JENNIFER ALICE JAGER

Sinabell
Zeit der Magie

Sinabell. Zeit der Magie

Alle Rechte vorbehalten.
Unbefugte Nutzungen, wie etwa Vervielfältigung, Verbreitung, Speicherung oder Übertragung, können zivil- oder strafrechtlich verfolgt werden.

Im.press
Ein Imprint der CARLSEN Verlag GmbH
Juli 2016
© der Originalausgabe by CARLSEN Verlag GmbH, Hamburg 2016
Text © Jennifer Alice Jager, 2016
Lektorat: Christin Ullmann
Umschlagbild: shutterstock.com / © Mayer George / © Mythja /
© Julias / © Andreiuc88
Umschlaggestaltung: formlabor
Schrift: Alegreya, gestaltet von Juan Pablo del Peral
Satz und Umsetzung: readbox publishing, Dortmund
Druck und Bindung: BoD, Hamburg
ISBN 978-3-551-30064-5
Printed in Germany
www.carlsen.de/impress

Alle Bücher im Internet: www.carlsen.de

Ich widme dieses Buch all jenen, die, ganz egal ob sie nun studieren oder zur Schule gehen, ob sie Kinder haben oder mitten im Berufsleben stehen, immer noch Tränen in den Augen haben, wenn sie sich »Das letzte Einhorn« anschauen.

All jenen, die nachts von ihrem Traumprinzen träumen, während ihr Partner neben ihnen liegt, oder ein bisschen eifersüchtig werden, wenn ihre Tochter sich als Prinzessin verkleiden darf. All jenen, die nie wirklich erwachsen geworden sind.

»Sinabell« ist eine Geschichte für Junggebliebene, für Fans von Einhörnern, Drachen und Abenteuern, für Disneyfilm-Sammler und Froschküsser. Eben für jene unter uns, die noch an Wunder glauben wollen, an Magie und die einzig wahre Liebe.

Die Melodie in deinem Herzen

Ihre Schritte hallten durch die weiten Arkadengänge. Mit angehobenem Rock und entblößten Knöcheln rannte sie, so schnell ihre Beine sie trugen, durch Hallen und Korridore, vorbei an steif herumstehenden Palastwachen.

In der Hand hielt sie ein Buch, dessen abgewetzten Ledereinband sie fest gegen ihre Brust presste. Der Geruch nach Tinte und Papier umspielte ihre Nase. Sie liebte ihn, diesen Duft nach Abenteuern und Geschichten. Er erinnerte sie an ihre Mutter.

»So wartet doch, Prinzessin!«, rief die Zofe ihr hinterher.

Sinabell warf einen Blick zurück. Die pummelige Frau stützte sich schwer atmend an einer Säule ab. Dabei wippte ihr breiter Reifrock auf und ab und ließ sie, zusammen mit ihrem knallrot angelaufenen Kopf, aussehen wie ein Hofnarr.

Sinabell musste bei diesem Anblick lachen. Sie ließ den hochgerafften Stoff ihres Kleides los, schüttelte die blassblaue Seide über ihre wallenden Unterröcke und lief dann zügig, mit erhobenem Haupt und einem unziemlichen Grinsen auf den Lippen weiter.

Hinter der nächsten Ecke knickste sie auf gestelzte Weise vor einer der Palastwachen, die den lieben langen Tag nichts weiter taten, als Löcher in die Luft zu starren.

Der Mann salutierte vor der jungen Prinzessin und sie ahmte ihn überzogen nach, bevor sie herumwirbelte, in ihr Zimmer lief und die Tür hinter sich schloss.

Sie zog einen Stuhl heran und schob ihn unter den Knauf. Einen Schlüssel hatte sie nicht mehr, seit sie sich vor Jahren zum ersten Mal in ihr Zimmer eingeschlossen hatte, um heimlich Bücher zu lesen.

Seitdem hatte sie sich von einem aufmüpfigen kleinen Kind zu einer ebenso wilden und widerspenstigen jungen Dame entwickelt und tat noch immer nichts lieber, als Bücher aus der Bibliothek ihrer Mutter zu stibitzen und sie aufzusaugen wie ein Keks die Milch.

Mit den Armen umschlang sie ihren neuesten Schatz, atmete den Geruch der fremden Welten ein, die sie zwischen den Zeilen erwarteten, und drehte sich dabei im Kreis, dass ihr Kleid um sie herumwirbelte und tanzte wie Regen und Staub.

Vor Schwindel taumelnd ließ sie sich auf die Kissen ihrer Leseecke fallen und schaute aus dem Fenster. Von hier oben hatte sie einen direkten Blick auf die Schlossgärten. Zwei ihrer vier Schwestern flanierten dort durch das Rosenlabyrinth, während die älteste Reitunterricht auf dem Turnierplatz nahm. Ihre Haltung wirkte steif, jede ihrer Bewegungen tat sie mit Bedacht. Ihr Haar, dunkel, glatt und zu einem strengen Zopf zusammengebunden, war so ziemlich das genaue Gegenteil von Sinabells störrischer brauner Mähne. Das Pferd, auf dem ihre Schwester saß, wurde umschmeichelt von ihrem schwarzen Reitrock, dessen Falten ohne Ausnahme genau so fielen, wie sie beabsichtigt waren.

Eine Weile beobachtete Sinabell das Pferd. Es war eines der schönsten Tiere aus den königlichen Stallungen. Rot, wie der Herbst, mit dunkler, seidener Mähne. So anmutig und edel sah es aus, und so traurig, wenn man ihm in die tiefschwarzen Augen blickte. Sie schüttelte den Kopf, nur ganz zaghaft. In Gedanken war sie bei dem Tier, das ihr zu sehr leidtat, um es noch länger beobachten zu können.

Sie strich über den ledernen Einband des Buches. Er war abgegriffen und die Schrift darauf verblasst. »Die flammenden Schwingen Ethernas« lautete der Titel, dessen Buchstaben sie schon oft betrachtet hatte. Nun endlich wagte sie sich in die Geschichte, die sich dahinter verbarg und die ihre Mutter schon so oft gelesen hatte, einzutauchen.

Sie schlug das Buch an einer Stelle auf, die ihre Mutter mit einem Eselsohr versehen hatte, und strich das Papier glatt. Die Königin war nie sorgsam mit Büchern umgegangen. Überall hatte sie Notizen hinterlassen und Sinabell hatte sie oft dafür verflucht. Mit der Zeit aber hatte Sinabell bei dem Gedanken an ihre Mutter bloß noch das Portrait im Foyer vor Augen und erst jetzt verstand sie, dass jeder Knick in einer Seite, jede Rille in einem Buchdeckel und jeder geschwungene Buchstabe der handschriftlichen Notizen eine Erinnerung an sie war. Es waren Zeitzeugen, Überbleibsel von dem, was sie einst gewesen war und was das Schicksal Sinabell für immer genommen hatte.

Diese Bücher, mit all ihren Macken, waren gelesen worden, hatten gelebt. Sie hatten Tränen aufgesogen, Gesichter zum Lachen gebracht und jede Emotion, die sie ausgelöst hatten, in sich aufgenommen. Dort zwischen den Seiten lag viel mehr verborgen als ein paar Tausend Worte. Dort lagen die Liebe und das Leid, dort fand Sinabell ein Zuhause und einen Ort, an dem sie sich immer wohlfühlen würde – und ihrer Mutter nahe.

Es klopfte an der Tür und Sinabell wurde aus ihren Gedanken gerissen.

»Sina, Schwesterchen, Vater verlangt nach uns!«, rief Malina.

Malina war gerade achtzehn geworden und die Vernünftigste von ihnen. Während Kirali, die älteste der fünf Schwestern, eher kühl und distanziert war und mit ihren jüngeren Geschwistern selten etwas zu tun haben wollte, hatte Malina stets ein Auge auf Firinya und Evalia, die beiden jüngsten im Bunde, gehabt.

»Ich komme gleich!«, antwortete Sinabell und schob das Buch unter die Kissen.

Sie lief zur Tür, zog den Stuhl zur Seite und öffnete sie.

Mit vor dem Körper gefalteten Händen stand Malina da. Ihr nussbraunes Haar, in feine Locken gedreht, umspielte ihren schmalen Hals. Für Sinabell war sie die schönste ihrer Schwestern. An ihr war nichts aufgemalt, nichts gestellt und in ihrem Blick lag immer dieser Funke Ehrlichkeit, den sie bei den meisten Menschen am Hof vermisste.

»So willst du zu Vater gehen?«, fragte Malina skeptisch.

Verwundert sah Sinabell an sich herunter. Sie trug ihr Lieblingskleid. Es war vielleicht schmucklos, aus einfacher Seide, kein Brokat, aber dafür viel bequemer als die anderen mit Fischgräten verstärkten und mit einem halben Dutzend Stoffschichten ausstaffierten Gewänder, die sie besaß.

Malina trug natürlich eines der schönsten Kleider, die ihr Kleiderschrank hergab. Golden war es, mit filigranen Blumenmustern, einem engen Korsett und passendem Kopfschmuck, der in einer aufwendigen Hochsteckfrisur wie eine Krone prunkte.

»Wieso nicht?«, gab Sinabell ihr zur Antwort. »Glaubst du, er enterbt mich meiner Kleidung wegen?«

»Vielleicht deines frechen Mundwerks wegen«, entgegnete Malina im Scherz. »Komm jetzt!«

Malina nahm sie bei der Hand und zog sie mit sich. Im Vorbeilaufen winkte Sinabell ihrer Zofe zu, die es endlich bis zu ihrem Zimmer geschafft hatte. Der Kopf der Frau war noch immer knallrot angelaufen, nahm aber schlagartig die Farbe von Kreide an, als sie begriff, dass sie den Weg umsonst auf sich genommen hatte.

Vor dem Eingang des Thronsaals angelangt lief ihnen Kirali in die Arme. In ihrer schwarz-weißen Reitkleidung sah sie mindestens fünf Jahre älter aus. Sie war sicherlich pikiert darüber, in dieser Aufmachung vor ihren Vater zitiert worden zu sein, entspannte sich aber sofort, als sie Sinabell in ihrem blauen Kleid sah. Sie belächelte sie sogar abfällig, bevor sie sich von ihr abwandte.

Sinabell knirschte mit den Zähnen. Es störte sie nicht, dass sie nicht die hübscheste der Schwestern war und dass ihre Art, sich zu kleiden, eher auf Bequemlichkeit und weniger auf Schönheit ausgelegt war, aber Kiralis Reaktion ging nicht spurlos an ihr vorbei. Dabei gab es doch wirklich Wichtigeres als schmucke Kleidung und Äußerlichkeiten.

Hinter Kirali kamen die jüngsten beiden angelaufen. Kichernd flüsterten sie sich etwas zu und stellten sich dann neben ihren Schwestern in einer Reihe auf.

Auch wenn Firinya, mit ihrer flachen Brust und ihren hohen Wangenknochen, größer und schmaler war als ihre Zwillingsschwester, sahen sie sich doch sehr ähnlich. Beide waren blond, hatten kleine Stupsnasen und große rehbraune Augen. Firinya stieß Evalia lachend zur Seite, als sie gerade dabei war, ihren Rock zu richten. Evalia stolperte, griff nach ihrer Schwester und erwischte ihren Haarschopf.

»Autsch!«, schrie Firinya und lachte laut.

Kirali räusperte sich, um dem unflätigen Verhalten ihrer jüngsten Schwestern Einhalt zu gebieten, und sah dann wieder nach vorn, wo die Pagen ihnen die Flügeltüren öffneten.

Die fünf Mädchen traten in einer Reihe durch das mächtige Eichentor. Die lichtdurchflutete Halle, die dahinter lag, flößte Sinabell jedes Mal aufs Neue Ehrfurcht ein. Über drei Stockwerke ragten zu beiden Seiten Säulen in die Höhe, trugen mit aufwendigem Stuck verzierte Balkone, hinter denen sich offene Korridore erstreckten. Die hohe Kuppel aus bemaltem Glas in vergoldeten Rahmen ließ den ganzen Saal im Sonnenlicht erstrahlen – alles in ihm, bis auf den Thron selbst.

Samtene Vorhänge lagen schwer über dem prunkvollen Herrschersitz aus weißem Marmor. Sie bildeten ein Dach, warfen dunkle Schatten weit in den Saal, und die fünf Mädchen blieben dort stehen, wo Licht und Schatten eine Grenze zogen.

Der König, ihr Vater, regte sich im Dunkel. Eine Hand legte sich fest um die Armlehne des Throns und sein Haupt erhob sich, so dass ein verlorener Sonnenstrahl von seiner güldenen Krone aufgefangen und reflektiert wurde.

Sinabells Herz schlug schnell. Sie konnte nicht anders, aber immer, wenn sie vor ihren Vater trat, packte sie die Angst.

In einem tiefen Knicks sanken die Prinzessinnen vor dem König zu Boden. Mit gesenktem Blick waren es nur seine Schuhe, die sie sahen, als er sich erhob und die oberste der drei Stufen des Thronpodestes nach unten nahm.

»Meine geliebten Töchter«, begann er in wohlwollendem Ton. Sinabell ahnte, dass es nichts Gutes heißen konnte, ihn so freundlich zu erleben. »Ihr seid die Edelsteine in der Krone meines Reiches. Wunderschön und anmutig. Jede von euch auf ihre Weise ein unbezahlbarer Schatz, mehr wert als aller Reichtum meiner Ländereien.«

Sinabell presste die Lippen zusammen. Was hatte er vor, dass er so sprach? War er krank oder würde er nun endlich offenbaren, dass Kirali von ihm als Thronerbin auserwählt worden war?

»Jeden Tag werdet ihr schöner, jeden Tag stehen mehr Verehrer vor den Pforten meines Palastes. Es wird Zeit, dass ich die Tore öffne und die Edelmänner, die sich im Glanze eurer Schönheit baden wollen, nicht länger abweise.«

»Was?«, rief Sinabell erschrocken und sprang auf.

»Sina!«, ermahnte Malina und zerrte sie am Arm, um sie wieder zu Boden zu ziehen.

Sinabell riss sich von ihr los. Sie konnte nicht glauben, was sie da hörte. Es war ihr egal, dass es sich nicht gehörte, so frei zu dem König zu sprechen, doch was er von ihnen verlangte, war einfach zu viel.

»Ich will nicht heiraten!«, widersprach sie ihm und das Herz pochte ihr dabei bis in den Hals.

Der König rieb sich seufzend den Nasenrücken und gebot dann mit einer Handbewegung seinen Töchtern, sich zu erheben.

»In deinem Alter, mein lieber Wildfang, war deine Mutter bereits an meiner Seite, trug die Krone auf dem Haupt und deine älteste Schwester in ihrem Arm.«

»Ja, aber ...«

»Nichts aber!«, unterbrach er sie herrisch. »Ihr alle seid längst im heiratsfähigen Alter. Du solltest langsam erwachsen werden!«

Sinabell schüttelte den Kopf. Hilfe suchend sah sie sich um, doch von ihren Schwestern konnte sie keinen Beistand erwarten. Noch nie hatten sie sich gegen ihren Vater aufgelehnt. Keine von ihnen wagte es, ihm zu widersprechen, und auch jetzt standen sie bloß da und starrten schweigend zu Boden.

»Firinya und Evalia sind doch erst fünfzehn Jahre alt!«

»Und die Grafen und Herzoge meines Landes werden ihnen in Scharen den Hof machen.«

Sinabell verschränkte die Arme vor der Brust. »Ein Haufen alter Säcke und verzogener Tunichtgute«, knurrte sie.

»Hüte deine Zunge«, ermahnte der König sie mit erhobenem Zeigefinger.

»Vater, wenn ich sprechen darf?«, fragte Malina zaghaft.

Der König nickte.

»Ihr sprecht von Herzogen und Grafen, doch wir sind des Königs Töchter. Sollten es nicht Prinzen sein, die um uns werben?«

»Wenn es in meinem Reich Prinzen gäbe, dann ganz gewiss«, antwortete der König.

»In Eurem Reich nicht, werter Vater«, mischte Kirali sich ein, »jedoch in den Nachbarsländern. Und um des Friedens willen ...«

»Frieden?«, unterbrach ihr Vater sie verächtlich lachend. »Den Frieden bewahren wir uns mit Waffengewalt. Sollen sie doch wagen, uns mit Krieg zu drohen. Wir werden sie dem Erdboden gleichmachen, noch bevor ihre Armeen zu den Lanzen greifen können. Nein, ganz gewiss wird keiner dieser verlogenen Königssöhne eine meiner Töchter zur Frau bekommen, so dass deren Kinder und Kindeskinder ein Anrecht auf meine Krone und mein Reich haben!

Aber macht euch keine Gedanken, meine geliebten Juwelen. Wenn es so weit kommen sollte, werden die Reiche, die wir uns unterjochen, eure Hochzeitgeschenke sein. Die einstigen Könige und Prinzen werden eure Pagen und die Königinnen und Prinzessinnen eure Zofen werden.«

»Und wenn«, begann Kirali zögerlich, »wenn, Gott bewahre, Ihr nicht mehr seid, mein geliebter Vater, wem steht dann die Krone unseres wunderbaren Königreiches zu?«

Der König nickte zufrieden und zollte damit Kiralis weiser Frage seinen Respekt. Hätte er doch nur halb so viel Verständnis für Sinabells Einwürfe, dann wäre sie jetzt nicht in so großer Angst um ihre Zukunft. »Dann soll ein Duell entscheiden, welcher eurer Angetrauten das Recht auf meinen Thron haben wird.«

»Das ist ein weiser und gerechter Entschluss, Vater«, pflichtete Malina dem König bei und beugte ihr Haupt.

»Du bist damit einverstanden?«, fragte Sinabell ungläubig.

Ihre Schwester antwortete ihr bloß mit einem scharfen Blick durch zusammengekniffene Augen.

»Nun gut, es freut mich, dass ihr meinen Entschluss so freudig aufnehmt«, sprach der König in völliger Ignoranz dessen, was Sinabell gesagt hatte. »Und so wird es euch sicher ebenso freuen, dass ich bereits alle Junggesellen des Landes zu einem feierlichen Tanzball eingeladen habe, der in nunmehr drei Tagen stattfinden wird.«

»In drei Tagen?«, fragte Firinya bestürzt. »Oh Vater, wie sollen wir denn so kurzfristig angemessene Gewänder schneidern lassen?«

»Sind eure Schränke denn nicht zum Bersten gefüllt mit den schönsten Kleidern des Reiches? Sicher werdet ihr etwas Angemessenes finden.«

Das machte ihren Schwestern also Sorge? Welche Kleider sie tragen würden? Sinabell wagte es nicht, ihnen das an den Kopf zu werfen. Nicht, nachdem die vier die Entscheidung des Königs mit solcher Selbstverständlichkeit, ja sogar mit Vorfreude, aufgenommen hatten.

»Mit Eurer Erlaubnis, mein König, lasse ich sogleich nach dem Hofschneider rufen«, bat Kirali und deutete einen knappen Knicks an.

Der König gab ihr mit einer ausholenden Handbewegung sein Einverständnis. »Was immer dir beliebt, mein Täubchen.«

Wieder knickste Kirali, diesmal tiefer und mit gesenktem Haupt, und ihre Schwestern taten es ihr gleich. Nur Sinabell blieb mit vor der Brust verschränkten Armen stehen und fixierte den Boden zwischen sich und ihrem Vater.

»Nun denn, geht und trefft eure Vorbereitungen«, entließ der König sie.

»Wenn Mutter noch …«, begann Sinabell durch zusammengepresste Lippen zu zischen, doch Malina packte sie am Arm und zog sie mit sich.

»Willst du, dass er dich am Ende doch enterbt?«, knurrte sie mit gesenkter Stimme und warf einen flüchtigen Blick zu ihrem Vater, um sicherzugehen, dass er sie auch wirklich nicht mehr hören konnte.

»Lieber das, als einen Fremden ehelichen!«

**

»Und was ist mit diesem hier?«, fragte Malina und hielt Sinabell ein Kleid aus weißer Spitze und Seide in blassem Flieder hin.

»Auch schön«, antwortete sie und sah sich wieder in Malinas Kleiderzimmer um.

Es mussten hunderte oder mehr Gewänder sein, die den Raum füllten. Die schönsten Stoffe und Schnitte in allen Regenbogenfarben hingen hier in Reih und Glied.

Sinabell war mehr von der Ordnung fasziniert als von der Fülle an Gewändern. In ihrem Anziehzimmer lag alles auf verschiedenen Haufen. Suchte sie nach etwas, musste sie sich durch alle hindurchwühlen, und dabei fand sie nicht selten ganz andere verloren geglaubte Schätze wieder. Bücher, Schmuckstücke und auch schon mal ihre Katze, Mimi, die es sich nur zu gerne in Samt und Seide gemütlich machte.

»Du musst es dir schon richtig ansehen!«, beschwerte Malina sich.

»Ich schaue doch! Es ist wirklich schön!«

Dabei hatte sie natürlich nicht wirklich hingeschaut. Sie interessierte sich nicht für dieses Kleid oder die anderen, die Malina für den Tanzball in Betracht zog. Ihre Gedanken drehten sich einzig und allein um die Pläne, die ihr Vater für sie alle hatte. Sie verstand einfach nicht, warum sie sich nicht erst verlieben durfte. Und musste sie sich nicht erst einmal selbst finden, bevor sie den Richtigen fand?

Malina seufzte und schob den Bügel wieder zurück auf die Kleiderstange. »Aber mit Kiralis Ballkleidern kann es nicht mithalten.«

»Nichts kann mit ihren Gewändern mithalten«, antwortete Sinabell.

Enttäuscht sank Malina zu Boden. »Sie werden sie alle umschwirren wie die Motten das Licht und wir bleiben wie die Mauerblümchen am Rande stehen.«

»Und das ist schlimm?«, fragte Sinabell. »Du willst doch nicht wirklich einen von denen heiraten, oder? Das sind doch alles faule und dickbäuchige alte Männer, mit voller Geldkatze und leeren Köpfen!«

»Du weißt doch gar nicht, ob sie wirklich alle so sind!«, widersprach Malina. »Außerdem bleibt uns nichts anderes übrig. Vater hat eine Entscheidung getroffen und wir müssen uns dem fügen.«

»Will er uns etwa zwingen?«, protestierte Sinabell. »Ich werde ganz bestimmt nicht heiraten!«

»Das sagst du jetzt«, lachte Malina, schnappte sich eines ihrer Kleider und begann, sich drehend, einen beschwingten Walzer zu tanzen. Das Kleid wirbelte um sie herum und Sinabell war beinahe, als könne sie das Orchester hören, das ein Lied in Malinas Kopf spielte.

Sinabell liebte es zu tanzen und sie wäre nur zu gerne aufgesprungen, um sich ihrer Schwester anzuschließen. Stattdessen verschränkte sie aber die Arme vor der Brust.

»Wenn die Musik erklingt und die hübschen Junggesellen sich darum reißen, einen Tanz mit dir zu ergattern, werden deine Füße sich von ganz allein bewegen.« Malina griff nach Sinabells Hand und zog sie mit sich.

»Ein Graf wird deine Hand ergreifen,
sein Blick wird deine Seele streifen«, fiedelte sie mit flötender Stimme ein Lied und ihr Lachen erfüllte den Raum.

»Und du wirst wortlos mit ihm gehen.
Du wirst an seinen Lippen hängen,
während er von Liebe spricht,
und schon bist du in seinen Fängen
und auf sein nächstes Wort erpicht.
Und wenn er auf die Knie fällt,
noch immer deine Hand in seiner,
dann denkst du nicht an Rang und Geld,
dann denkst du nur, der Graf ist meiner!«

Sinabell huschte ein Lächeln über die Lippen. Malina gab sich ja alle Mühe sie aufzuheitern und von dem Vorhaben ihres Vaters zu überzeugen. Sie war schon immer die Diplomatischere von ihnen gewesen, war immer um das Wohlergehen ihrer Schwestern besorgt und setzte alles daran, die Mutter zu ersetzen, die sie viel zu früh verloren hatten.

Sie liebte sie dafür, dass Malina stets geduldig mit ihnen war, auch wenn sie es gerade mit ihr sicher nicht immer einfach gehabt hatte. Und auch jetzt konnten ihre lieben Worte Sinabells Herz nur schwerlich erweichen.

Sie wollte es nicht zugeben, aber natürlich träumte sie davon, eben diesem Mann zu begegnen – der eine, der ihr Herz höher schlagen ließ. Doch nicht so, nicht auf diese Weise.

***

Drei Tage später, zur achten Stunde, war der Thronsaal so voller Menschen wie zuletzt zu den Zeiten, als die Königin noch gelebt und regelmäßig zu Bällen geladen hatte.

Sinabell hatte sich von ihrer Schwester überreden lassen, ein Ballkleid zu tragen, wenn auch nur ein schlichtes. Es war aus leichtem Stoff, in der Farbe von Buttergebäck und hatte anstelle eines Reifrocks füllige Unterröcke aus Taft und eine Schleppe, so lang, dass Sinabell sie an ihrem Handgelenk befestigt trug. Es war hübsch und sie mochte es. Im Vergleich zu Kirali sah sie aus wie ein blasses Dienstmädchen, doch es störte sie nicht weiter. Mehr noch war sie froh, nicht aufzufallen.

Während ihre Schwestern tanzten, hielt sie sich im Hintergrund. Die eifrigen Junggesellen rissen sich regelrecht um einen Tanz mit Kirali und auch Malinas Füße standen kaum still. Sinabell schlüpfte durch die Menge hindurch und beobachtete die Gesellschaft auf der Tanzfläche.

Sie musste sich auf die Zehenspitzen stellen, um etwas sehen zu können, und gerade als Kirali an ihr vorbeiwirbelte, nahm einer der Adligen ihr die Sicht. Zähneknirschend versuchte sie es mit einem Schritt zur Seite, doch der Fremde schien es darauf angelegt zu haben, ihr den Blick zu versperren.

Sie hob an, ihm mit scharfem Ton die Meinung zu sagen, da war er es, der das Wort ergriff.

»Darf ich Euch um diesen Tanz bitten?«, fragte der gut aussehende junge Mann.

Sinabell begutachtete den Jüngling skeptisch. Sie war eine Prinzessin und seine Anrede mehr als plump, zumindest für einen Markgrafen. Einen höheren Stand konnte er, seiner Kleidung nach zu urteilen, kaum innehaben. Andererseits war sie wohl die Letzte, die sich darüber ein Urteil erlauben durfte, wo sie doch selbst nicht viel auf edlen Zwirn gab.

Er sah aus, als wäre er gerade eben vom Pferd gestiegen. Sein Haar, dicht, von dunklem Blond, war zerzaust. Er trug ein einfaches Hemd, ohne Spitze und Zier, darüber einen dunklen Wams mit silbernen Knöpfen bestückt. Sie versuchte das Wappen darauf zu erkennen, doch sein ihr entgegengestreckter Arm nahm ihr die Sicht.

»Wenn Ihr darauf besteht«, gab sie schließlich zur Antwort. Sie verkniff sich ein Seufzen und reichte ihm die Hand.

Warum hätte sie auch ablehnen sollen? Ein Tanz konnte schließlich nicht schaden und es war allemal besser, als den ganzen Abend nur zu beobachten, wie ihre Schwestern sich amüsierten. Sicher wusste der Fremde nicht einmal, dass sie eine der Prinzessinnen war. Andernfalls hätte er wohl den Anstand gehabt, sich vor ihr zu verbeugen und sie mit ihrem Titel anzusprechen. So drohte ihr zumindest nicht die Gefahr, sich einen Bewerber um ihre Hand anzulachen.

Er schmunzelte. »Oh, das tue ich.«

Trotz der Handschuhe, die er trug, konnte sie die Hitze spüren, die in seinen Adern pochte. Sie wusste nicht, was sie plötzlich überkam, als er sie berührte, doch ein Kribbeln zog sich ihr von den Fingerspitzen bis in den Unterleib. Sie verlor sich für einen Moment in seinen tiefblauen Augen, in denen sein verschmitztes Lächeln nachklang.

Kaum merklich schüttelte Sinabell den Kopf, doch sie war noch nicht recht zur Besinnung gekommen, da zog er sie schon dichter an sich heran.

Alles um sie herum verblasste und sie verschmolzen miteinander in dem Tanz, der sie über das Parkett fliegen ließ.

Er war gut gebaut, sehnig, beinahe einen halben Kopf größer als sie und den Walzer beherrschte er, als hätte er sich sein Leben lang nie auf eine andere Weise bewegt.

War das der Moment, von dem ihre Schwester gesprochen hatte? Würde sie jetzt, beim Anblick dieser fein gezeichneten Grübchen, bei seinem dichten Haar und der Leidenschaft im Glanz seiner Augen all ihre Prinzipien über Bord werfen, alles vergessen, was sie war und was sie noch werden wollte, und sich ihm ganz und gar hingeben?

Nein, sie konnte und wollte das nicht. Sie wandte sich von seinem Antlitz ab und konzentrierte sich ganz auf die Schrittfolge. Sie sah sich jetzt schon mit Schürze und Kopftuch den Küchenboden schrubben, während ihr über die Jahre dick und runzlig gewordener Ehemann sich mit den Bauern und Knechten ihrer bescheidenen Markgrafschaft herumschlug.

Ihre Träume von Reisen und Abenteuern lägen dann längst vergraben und ihre Gedanken drehten sich um nichts weiter, als um ihre zwölf Kinder und die Frage, wie sie deren Mäuler stopfen sollte.

Der Walzer endete und sie löste sich von dem Mann, lief von der Tanzfläche, ohne ihn noch einmal anzusehen, und verschwand in der Menge. Sie wagte es nicht zurückzublicken. Zu groß war ihre Angst, er könne ihr folgen. Doch vielleicht fürchtete sich sie auch davor, dass er sich bereits der nächsten jungen Dame widmete, während sie schon über ihrer beider Kinder und Kindeskinder nachgedacht hatte.

Sie atmete tief durch. Was ging bloß in ihrem Kopf vor, dass sie sich so von dem Fremden hatte fesseln lassen? Sie nahm sich fest vor, keinen weiteren Gedanken an ihn zu verschwenden.

Als sie den Saal bereits zur Hälfte durchquert, dabei die Tanzfläche und den fremden Mann weit hinter sich zurückgelassen hatte, stand plötzlich Firinya vor ihr.

»Wer war das?«, fragte sie.

Natürlich war sie nicht allein, auch Evalia und Malina drängten sich ihr auf und wollten unbedingt erfahren, mit wem sie getanzt hatte.

»Ich weiß es nicht«, antwortete sie. »Er hat sich mir nicht vorgestellt.«

»Oh, wie geheimnisvoll!«, stieß Firinya aus und die anderen kicherten verhalten.

»Aber schaut euch Kirali an!« Evalia deutete auf ihre älteste Schwester, die mit einem stattlichen Edelmann tanzte. Er war nicht mehr der Jüngste, aber von ansehnlichem Äußeren. Es musste ein Herzog sein oder Großherzog und Kirali schien es zu genießen, von ihm geführt zu werden.

Die Musik verklang und der König erhob sich von seinem Thron. Er applaudierte der Tanzgesellschaft und die hohen Damen und Herren verbeugten sich ehrfürchtig vor ihm.

»Willkommen, willkommen«, grüßte er seine Gäste mit ausgebreiteten Armen.

Dann begann er mit einer von seinen berühmten Reden. Berühmt für ihre Langatmigkeit, wie Sinabell insgeheim dachte. Sie gähnte und legte sich die Hand vor den Mund. Malina warf ihr einen strafenden Blick zu, den sie mit einem Lächeln beantwortete.

Auf der gegenüberliegenden Seite des Saals entstand Getuschel. Die Leute flüsterten sich etwas zu und, was es auch war, es verbreitete sich wie ein Lauffeuer. Schließlich war es der bedauernswerte Herold, dem das Los zufiel, den König in seiner Rede zu unterbrechen.

Sinabell ging auf die Zehenspitzen, um einen Blick auf die Eingeweihten erhaschen zu können. Vielleicht war eine der Damen in Ohnmacht gefallen? Aber nur deswegen würde man den König nicht behelligen. Und wenn jemand gestorben war? Ermordet womöglich? Die Aufregung in Sinabell wuchs. Nun endlich geschah etwas Spannendes, etwas Unerwartetes und sie konnte es kaum aushalten, nicht zu wissen, was vor sich ging.

Dem Herold war es derweil gelungen, die Aufmerksamkeit des Königs zu gewinnen. Er trat an ihn heran und klärte ihn mit gesenkter Stimme über die Neuigkeiten auf. Sie konnte sehen, wie die Farbe aus dem Gesicht ihres Vaters wich und jede Freude von kochender Wut abgelöst wurde.

»Festnehmen!«, rief er über die Köpfe der versammelten Adelsgesellschaft hinweg.

Ein aufgeregtes Raunen zog sich durch die Menge und die Menschen sahen sich suchend nach dem Unglücklichen um, der die Wut des Königs auf sich gezogen hatte. Die Palastwachen reagierten sofort, verriegelten alle Zugänge und näherten sich mit vorgestreckten Lanzen der Tanzgesellschaft.

Sinabell drängte sich weiter vor. Um nichts in der Welt wollte sie verpassen, was nun geschah. Während einige der Frauen, die Hand vor den Mund gelegt, erstickte Angstschreie ausstießen und andere von den Männern gestützt werden mussten, sich Luft zufächelten oder gar in Ohnmacht fielen, grinste Sinabell breit.

Welchen Verbrecher würden sie nun aus den Reihen ziehen? Einen Dieb? Einen Mörder? Wäre es ein Adliger oder ein Betrüger? Sie schob sich zwischen zwei Baronen durch und blieb wie angewurzelt stehen.

Sie konnte es nicht fassen. Der Mann, den sie aus der Menge zogen, war genau der, mit dem sie zuvor noch getanzt hatte.

Er wehrte sich nicht einmal, als sie ihn nach vorn zerrten. Ganz im Gegenteil lächelte er Sinabell sogar noch fröhlich, ja fast herausfordernd, an, als sie ihn an ihr vorbeiführten. Ihr hingegen war alles andere als zum Lachen zu Mute. Sie sah die Wut ihres Vaters und sie wusste, was das zu bedeuten hatte. Alles in ihr drängte darauf, nach vorn zu stürzen und sich zwischen den Fremden und ihren Vater zu stellen. Doch sie konnte ihm nicht helfen. Niemand konnte das.

Ihre Hände ballten sich zu Fäusten und sie senkte den Blick, biss sich auf die Lippe, bis es schmerzte, und konnte doch nicht wegsehen, als der Jüngling vor ihren Vater trat.

Vor den Stufen zum Thron ließen die Wachen ihn los und der junge Mann vollführte eine musterreife Verbeugung.

»Hattet Ihr geglaubt, unbemerkt zu bleiben?«, fragte der König.

»Keineswegs, Eure Majestät«, antwortete der Mann ohne Scheu. Nicht einmal seinen Blick senkte er, als er zum König sprach. »Ich folge lediglich Eurer Einladung und möchte um die Hand einer Eurer bezaubernden Töchter anhalten.«

»Wie könnt Ihr es wagen?«, fuhr der König den Fremden an.

Der Mann verbeugte sich erneut vor ihm. »Um des Friedens willen.«

»Frieden?«, wiederholte der König ungehalten. »Zwischen dem Königreich Alldewa und dem verlausten Loch, das Eure Königinmutter Lithea nennt, wird es nie Frieden geben und schon gar nicht auf diese Weise. Sicher werde ich das Recht auf meinen Thron nicht an irgendeinen dahergelaufenen Prinzen abtreten!«

»Wie Ihr meint.« Der Prinz senkte einsichtig den Blick.

Ihr Vater war ein sturer Herrscher, ein Kriegstreiber, wenn man so wollte. Sie fand diesen jungen Edelmann fast bedauernswert, aber nur fast, denn er schien einzig gekommen zu sein, um eine Fremde eines politischen Schachzugs wegen zu ehelichen. Was hatte er sich dabei gedacht, hier ungeladen aufzukreuzen? Er hatte mit ihr getanzt, sich nicht einmal vorgestellt. Wollte er sie erobern und hatte geglaubt, sie würde auf seine Avancen eingehen wie ein dummes, verliebtes Ding? Hatte er sie dafür gehalten? Für dumm? Es geschah ihm recht, nun vor den König zitiert worden zu sein, und Sinabell bereute, dass sie ihn eben noch hatte schützen wollen.

»Ich werde meiner werten Mutter Eure Grüße ausrichten. Zumindest dies gewährt mir bitte«, bat der Prinz.

Sinabell biss sich auf die Unterlippe. Sie kannte ihren Vater und ahnte, wie seine Antwort lauten würde. Doch, nein, sie hatte sich fest vorgenommen, kein Mitleid für den Fremden zu empfinden. Er hatte sich selbst in diese Lage gebracht und musste mit den Folgen gerechnet haben.

»Grüße?«, sprach der König spöttisch. »Königin Ramiria erhält von mir den Kopf ihres Sohnes auf einem Silbertablett! Das soll mein Gruß an sie sein! Abführen!«

Die Palastwachen packten den Prinzen an den Armen und führten ihn fort.

Sinabell sah ihm nach, wie er mit erhobenem Haupt und kühlem Blick den Thronsaal durch einen Seiteneingang verließ. Die Wachen drängten ihn, schneller zu gehen, doch der Stolz des Prinzen und ihre Ehrfurcht vor ihm waren größer, sogar größer als die Wut des Königs. Sie ließen zu, dass er sich losriss und aus freien Stücken den Weg zu den Kerkern antrat.

In Sinabells Brust schnürte sich alles zusammen. Sie lief vor zu ihrem Vater und machte einen schnellen Knicks. Sie hatte es nicht gewollt, hatte versucht, sich einzureden, dass es keinen Grund gab, den Prinzen zu bedauern, doch ihre Füße bewegten sich von ganz allein.

»Mein König, ich bitte Euch, lasst Gnade walten.«

Der König seufzte schwer und sah sie an wie ein Vater, der sein kleines Töchterchen dabei erwischte, die Mäuse im Getreidesilo zu füttern.

»Ist es dein Wunsch, ihn zu ehelichen?«, fragte er, wohl wissend, wie ihre Antwort lauten würde.

»Nein Vater, ich ...«

Der König lachte.

»Dann geh und tanze, mein liebes Kind!«, forderte er sie auf und wies den Tanzmeister mit einer Handbewegung an, mit dem Ball fortzufahren.

Der Mann senkte ehrfürchtig sein Haupt vor dem König und wandte sich dem Orchester zu. Mit seinem Tanzstab schlug er den Takt auf den Boden, die Musik ertönte und die Adelsgesellschaft schloss sogleich wieder die leeren Reihen.

Sinabell schnaubte, drehte sich von ihrem Vater weg und suchte sich eine möglichst ruhige Ecke, weit weg vom Trubel. Ihr war die Lust aufs Feiern vergangen. Nein, eigentlich hatte sie nie Lust dazu gehabt. Und während Sinabell die beleidigte Tochter mimte, tanzte Kirali bereits zum dritten Mal mit dem stattlichen Großherzog, der es ihr ganz offensichtlich angetan hatte.

Sinabell gönnte ihrer großen Schwester dieses Glück. Kirali schien nie etwas anderes gewollt zu haben.

Doch für Sinabell war das undenkbar. Sie würde sich niemals auf so einen Mann einlassen. Sie waren alle wie dieser Prinz, glaubten, sie könnten eine Frau erobern wie eine Jagdtrophäe. Doch nicht sie. Selbst, wenn das hieße, als alte Jungfer zu enden, selbst, wenn ihr Vater sie enterben und in ein Kloster schicken würde. So einem ungehobelten Tunichtgut wie diesem fremden Prinzen würde sie niemals ihr Herz schenken.

Gefangen

Firinya ging aufgeregt in Sinabells Zimmer auf und ab. Warum ihre kleine Schwester bei ihr war, wusste sie nicht. Nur, dass Firinya sie vom Lesen abhielt.

»Das ist doch auch nicht verwunderlich, oder?«, fragte Firinya und der unverhohlene Vorwurf klang in ihrer Stimme mit.

Sinabell wusste, worauf sie hinauswollte, fragte aber dennoch nach. »Was ist nicht verwunderlich?«

Sie klappte ihr Buch zu, nun schon zum dritten Mal, seit Firinya zu ihr gekommen war, und legte es zur Seite.

»Na, das mit Kirali und ihrem Zukünftigen«, antwortete sie schnippisch und deutete auf das Fenster in Sinabells Rücken, gleich so, als müsste man dort draußen Kirali sehen, wie sie ihren Liebsten innig küsste.

Eigentlich war das gar nicht so abwegig. Drei Tage lag der Tanzball nun schon zurück und an jedem einzelnen dieser Tage hatte der Großherzog Kirali seine Aufwartung gemacht und sie waren stundenlang durch die Gärten flaniert.

»Sie hat so schöne Kleider! Sie hatte immer die schönsten von allen! Auf dem Ball hat jeder nur Augen für sie gehabt!«

Sinabell seufzte und schlug ihr Buch wieder auf. Sie sah die Wörter, die Zeilen und Absätze und suchte noch einmal Muster darin. Sie gab es nicht gerne zu, doch sie konnte sich nicht auf das konzentrieren, was dort geschrieben stand. Sie wusste nicht, woran es lag, aber seit dem Tanzball konnte sie keine Geschichte mehr in den Bann ziehen. Alles wirkte hohl und leer auf sie und jedes Mal, wenn sie versuchte, sich auf die Abenteuer einzulassen, die sie zwischen den Zeilen erwarten würden, wanderten ihre Gedanken zu dem jungen Prinzen und der Wärme seiner Berührung. Sie hätte sich dafür verfluchen können und schrieb es dem Mitleid zu, das sie für ihn empfand.

»Hörst du mir überhaupt zu?«, beschwerte Firinya sich.

Sinabell verdrehte die Augen.

»Gönn ihr doch ihr Glück«, sagte sie schließlich und schob ihre Gedanken beiseite. »Vater wird ohnehin nicht ruhen, bis wir alle verlobt sind.«

»Aber bis dahin werden die besten Männer schon vergeben sein!«

Sinabell lachte.

»Ach Schwesterchen, das sind doch keine Schuhe, von denen du da sprichst! Außerdem kannst du sie nicht danach bewerten, auf welche hübschen Ballkleider sie am ehesten anspringen. Kleider, Schmuck, Schuhe. Das ist doch alles nicht wichtig!«

»Doch! Genau das ist es!«, widersprach Firinya. »Es ist das Wichtigste überhaupt! Du bist da anders. Du hast Köpfchen und liest Bücher und dir ist es egal, dass du wie eine Vogelscheuche aussiehst. Aber eine Frau ist dazu da, die Zierde des Hauses zu sein. Es ist unsere Aufgabe, immer hübsch auszusehen und in Schönheit und Anmut zu erstrahlen. Wir müssen sein wie die Rosen in den Gärten: wunderschön und zart, mit lieblichem Duft. Und Kirali ist nun mal die schönste Rose von allen!«

Sinabell schüttelte den Kopf. Was hätte sie dazu noch sagen sollen? Dass sie mehr von Firinya erwartet hätte? Das hatte sie nicht. Sie war genauso wie all die Frauen in diesen quälend langweiligen Liebesgeschichten, von denen sie schon zu viele gelesen hatte. Ihre Schwestern waren alle so. Kirali, weil es ihre Art war, Firinya und Evalia, weil sie noch zu jung waren, um eigene Gedanken zu haben, und Malina – Malina war vielleicht anders, aber dank Vaters Wunsch, sie alle schnellstmöglich zu verheiraten, würde sie wahrscheinlich auch als Rose im Garten irgendeines Grafen enden.

Doch vielleicht urteilte sie auch zu hart über ihre Schwestern. Sie liebte sie – jede einzelne von ihnen und jede auf ihre Art. Doch manchmal, wenn sie in ihren Büchern las, wie gutgläubig und leichtsinnig sich junge Frauen auf den nächstbesten Verehrer einließen, musste sie an ihre Schwestern denken und an all das, was sie mit diesen Frauen gemein hatten.

Vielleicht war es die Angst, sie zu verlieren. Das musste es sein. Nicht nur, sie nicht mehr in ihrer Nähe zu wissen, in ihrer vertrauten Umgebung, sondern auch, dass sie sich selbst verlieren würden, ohne sich je richtig kennengelernt zu haben.

»Wenn du so unbedingt ein neues Kleid haben willst, dann lass dir doch den Schneider kommen«, schlug sie ihrer Schwester schließlich vor.

Firinya schürzte die Lippen, verschränkte die Arme vor der Brust und ließ sich auf den Boden plumpsen.

»Evalia hat den Schneider in Beschlag genommen«, murrte sie.

Das erklärte natürlich, warum sie bei ihr und nicht bei ihrer Zwillingsschwester war.

Sinabell lachte.

»Dann geh doch einfach in die Stadt. Dort gibt es auch Schneider«, riet sie ihrer Schwester.

»Hast du den Verstand verloren?«, fragte Firinya bestürzt. »Ich will mich nicht in Lumpen kleiden!«

»Ich bin mir sicher, dass die Schneider in der Stadt dir ein ebenso schönes Kleid zaubern können wie der Hofschneider.«

Firinyas Augen weiteten sich. Sinabell konnte förmlich sehen, wie in dem Mädchen ein Gedanke entflammte, der sich schließlich als Lächeln auf ihren Lippen abzeichnete.

»Ich weiß etwas viel Besseres«, rief sie aus und sprang wieder auf.

Sinabell lächelte und suchte mit dem Finger die Stelle, an der sie in ihrem Buch stehengeblieben war. Firinya aber nahm es ihr aus der Hand und warf es achtlos auf eines der Sitzkissen.

»Du kommst mit!«

Firinya zog sie auf die Beine und grinste sie breit an. Sinabell rollte mit den Augen und tat so, als würde Firinyas Übermut sie so gar nicht anstecken können. Doch tatsächlich schlug ihr Herz schneller, als ihre kleine Schwester sie durch den Raum und in den Gang hinauszog.

Sie liefen durch die Korridore des Schlosses, rannten mit angehobenen Röcken und als Firinya ins Schlittern geriet, während sie um die Ecke schossen, begannen sie zu lachen.

Oh ja, sie liebte Abenteuer, sie liebte es zu rennen, zu lachen und zu tanzen – vor allem zu tanzen. Doch wenn sie das tat, dann oft, viel zu oft, allein, in ihrem Zimmer. Vielleicht lag es daran, dass Malina oft zu ruhig und schüchtern war, Kirali zu kühl und die Zwillinge ein untrennbares Gespann. So kam es häufig vor, dass Sinabell in ihrem Zimmer saß und Bücher las, während sie ihre Schwestern nur durch das Fenster beobachten konnte.

»Psst!«, zischte Firinya und lugte um die Ecke.

Sie waren bis hinunter in das Kellergeschoss gelaufen, vorbei an den Quartieren der Bediensteten, an der Küche und den Waschräumen. Nun standen sie am Treppenabgang in die Kellergewölbe und Sinabell ahnte noch nicht, wo ihre Schwester sie hinführen wollte.

Firinya packte sie bei der Hand und sie liefen gemeinsam nach unten. Dunkel war es dort, feucht und kalt. Nur spärlich erhellten Fackeln ihren Weg vorbei an Weinkellern und Lagerräumen. Sie passierten Dutzende schwerer Holztüren, die mit gusseisernen Schlössern verhangen waren, hinter denen sich die Waffenkammern und Zugänge zu den Schatzkammern verbargen.

Jede dieser Türen war für sie verboten. Allein hier unten zu sein war schon Grund genug, sie eine Woche bei Brot und Wasser in den Sündenturm zu sperren.

Die Tür, vor der Firinya am Ende stehen blieb, war keine dieser einfachen Eichentüren, wie die, hinter denen sich die Schätze aus Gold, Silber und Edelsteinen verbargen, oder aber Schwerter und Lanzen. Sie war mehr als doppelt so breit, bestand zur Gänze aus Eisenholz und war über und über mit silbernen Beschlägen verstärkt. Diese bildeten die Silhouette eines Waldes und luden dazu ein hindurchzutreten, wären da nicht die schweren Ketten, die ihnen das Weitergehen verwehrten.

Fast unmerklich schüttelte Sinabell den Kopf. Sie war noch nie hier unten gewesen, sah diese Tür zum ersten Mal und ahnte doch, was sich dahinter verbergen mochte. Dabei konnte das unmöglich sein. Nicht hier, nicht im Kellergewölbe.

Firinya sah sich flüchtig um, hob dann das Schloss, das die Kette hielt, an und öffnete es.

»Es ist nicht verschlossen?«, fragte Sinabell erstaunt.

»Durchgerostet«, antwortete ihre Schwester breit grinsend.

Noch einmal sah sie sich um, dann schob sie den schweren Flügel einen Spaltbreit auf und schlüpfte hindurch. Sinabell folgte ihr.

Obwohl es keinen Grund dazu gab, flüsterte sie, als sie beide durch den Gang liefen, der sich hinter der Tür erstreckte. »Woher wusstest du, dass das Schloss durchgerostet ist?«

Sie hatte immer geglaubt, sie wäre die Rebellin unter den fünf Schwestern, dabei schien Firinya auch mit allen Wassern gewaschen zu sein. Als Antwort auf ihre Frage schenkte sie ihr ein hämisches Grinsen, das im Dunkel des langen Ganges bloß durch das kurze Aufblitzen ihrer Zähne zu sehen war.

»Nicht alle von uns können sich stundenlang mit Büchern beschäftigen. Die Tage sind lang und das Schloss ist groß.«

Sinabells Herz schlug schneller, als sie sich dem Ende des Ganges näherten. Vor ihnen war bereits ein schmaler Streif Licht zu sehen, der durch eine eiserne Tür fiel. Auch hier war die Silhouette eines Waldes abgebildet.

Sinabell strich über das filigran gegossene Laub, atmete tief durch und stieß sie dann auf.

Gleißendes Licht blendete sie und tränkte ihre Lider in ein warmes Rot. Es umspielte ihre Finger, die sie schützend vor das Gesicht gehoben hatte, wie weicher Samt. Sie wagte es erst nicht, die Augen wieder zu öffnen, doch zu sehr brannte in ihr das Verlangen zu sehen, was ihr verboten war.

»Unglaublich, nicht wahr?«, hauchte Firinya neben ihr.

Sinabell senkte die Hand. Ja, es stimmte, sie konnte es nicht fassen. Der Anblick, der sich vor ihr auftat, war tatsächlich nicht zu glauben, kaum zu begreifen und unmöglich in Worte zu fassen. Und so stand sie bloß da, mit offenem Mund und wild pochendem Herzen und atmete das Licht ein, das Tageslicht gleich in der Dunkelheit erstrahlte.

Vor ihnen lag er, der Wald, dessen Abbildung sie eben noch berührt hatte. Mächtige Pappeln ragten schlank und imposant bis zur Decke des Kellergewölbes hinauf, reckten sich dem Licht entgegen, dass dort oben durch jede Fuge brach, als wolle es die gesamte Konstruktion zum Einsturz bringen.

»Der geheime Garten«, flüsterte Firinya.

»Wie kann das sein?«, hauchte Sinabell und kannte die Antwort bereits.

»Magie.«

Jeder kannte die Geschichten und niemand sprach darüber. Seit die Königin nicht mehr lebte, war der Garten ein Tabuthema. Doch wer hätte ahnen können, dass sich der Zugang unterhalb des Schlosses verbarg? Selbst jene, die diese Tür bereits gesehen hatten, vermuteten wohl kaum, dass es einen so mächtigen Zauber geben konnte, der einen Wald in einen Raum sperren konnte.

Sie liefen einige Schritte über den abfallenden Boden in Richtung der Waldgrenze.

»Ich hatte es mir anders vorgestellt ...«, hauchte Sinabell.

»Mehr wie einen Garten?«, fragte Firinya und lief einige Schritte voraus.

Es lag kein Laub auf dem von dichtem, sattem Gras bewachsenen Boden. Zarte weiße Flugsamen tanzten durch die Luft und schienen in ihrer Bewegung durch den windstillen Raum ein Eigenleben zu haben. Sinabell glaubte zu sehen, wie sie flimmerten, sobald sie etwas berührten. Sie legten sich auf den Boden und bildeten dort einen weichen Teppich, der die Prinzessinnen einlud, die Schuhe auszuziehen und über ihn hinwegzurennen.

Ihre Brust schnürte sich ihr zu und ihre Finger kribbelten, während sie mit dem Verlangen kämpfte, sofort loszurennen. Ein Geräusch riss sie aus ihrer gebannten Erstarrung. Sie sah zu ihrer Schwester, die sich, über beide Ohren strahlend, auf einem Bein hüpfend, ihrer Pantoletten entledigte.

»Komm schon!«, rief sie freudig aus und rannte los.

Wie aufgeschreckte Glühwürmchen stoben die Flugsamen auf und wirbelten um das blassrosa Kleid ihrer Schwester. Sie tanzten mit ihr im wilden Reigen und strahlten dabei in einem zarten blauen Licht, gleich dem des Mondes und der Sterne.

Sinabell sah ihrer Schwester zu und wusste nicht, ob sie lachen oder weinen sollte. Sie war zu Hause, ja, das wusste sie. Das erste Mal in ihrem Leben – einem Leben voller Abenteuer und fremder Welten, in die sie eingetaucht war – fühlte sie sich lebendig.

Sie weinte. Sie weinte und lachte zugleich, warf ihre Schuhe und all ihre Bedenken von sich und rannte los. Sie rannte, so schnell sie konnte, nahm in sich auf, was sie umgab, und schloss die Augen, als sie sich im Kreis zu drehen begann.

Sie ließ sich zu Boden fallen und das weiche Gras fing sie auf wie feinste Daunen. Aufwirbelnder Blütenstaub tänzelte zwischen ihr und der Decke, kitzelte sie an der Nase und legte sich sanft auf den Stoff ihres weit aufgefächerten Kleides.

Die Flugsamen, die mit pulsierendem Leuchten mitten im Blütenstaub tanzten, sprachen zu ihr. Zwar verstand Sinabell nicht, was sie sagten, doch sie war sich sicher, ganz sicher, das alles hier mit ihr zu reden versuchte.

Unter ihren Fingern fühlte sie kalten Stein. Sie sah zur Seite und erkannte den gepflasterten Kellerboden, fast gänzlich von Gras und Moos bedeckt.

Schlagartig saß sie aufrecht.

»Das ist ein Verlies!«, stolperten die Worte aus ihrem Mund, bevor sie den Gedanken zu Ende bringen konnte.

Firinya kam zu ihr und griff nach Sinabells Händen, um ihr aufzuhelfen.

»Was redest du da?«, fragte sie lachend und zog sie auf die Beine.

»Nichts, nichts«, gab Sinabell zur Antwort und war noch immer nicht wirklich bei sich.

»Komm jetzt!«, forderte Firinya sie auf, nahm sie bei der Hand und zog sie mit sich.

Warum sie ihrer Schwester verschwieg, welcher Gedanke sie soeben wie ein Blitz durchfahren hatte, verstand sie selbst nicht. Vielleicht lag es daran, dass es sich ihr einfach nicht begreiflich machen wollte. Sie wusste nur, dass all ihre Freude und Euphorie mit einem Mal verblasst waren. Die Schönheit, die sie gesehen hatte, war zu einem unwirklichen, fast schon verlogenem Schein geworden. Beinahe fröstelte sie beim Anblick des in diese vier Wände gezwängten Waldes. Das pulsierende Leben, gefesselt vom eisigen Griff kalten Gesteins, gewürgt von Schatten und Dunkelheit, zappelnd, flackernd im sinnlosen Kampf gegen das Unvermeidbare.

Was war es, das jede Faser ihres Ichs zu begreifen versuchte? Worte, geschrien in purer Verzweiflung, in einer Sprache, die allein ihr Herz zu verstehen vermochte.

Ihre Kehle schnürte sich zu. Sie kämpfte mit den Tränen und war froh, dass ihre Schwester von alledem nichts mitbekam. Unbeirrt zog Firinya sie tiefer in den Wald hinein. Bald schon lag alles um sie herum im schimmernden Zwielicht und mit ihren nackten Füßen liefen sie durch dichten Nebel, der den Waldboden bis zur Höhe ihrer Fesseln bedeckte. Er fühlte sich unwirklich warm und weich an, wirbelte dort auf, wo sie liefen, und erlaubte ihnen so einen Blick auf den mit sattgrünem Moos bewachsenen Grund.

Sinabell verstand nicht, warum sie nicht längst schon den Rand des Kellergewölbes erreicht hatten. Vor ihnen lag nichts weiter als dichter grüner Wald, soweit das Auge reichte.

Firinya blieb stehen und ließ Sinabells Hand los.

»Pssst«, zischte sie und sah sich vorsichtig um, bedacht, keine schnellen Bewegungen zu machen.

Sinabell wusste nicht, wonach ihre Schwester Ausschau hielt und suchte die Umgebung ab. Trotz des Gefühls, beobachtet zu werden, glaubte sie nicht, etwas in dem Zwielicht entdecken zu können. Dann aber, ganz plötzlich und unerwartet, huschte etwas durch die Schatten. Es war hell, weiß, beinahe strahlend, ebenso von innen heraus leuchtend wie die weichen Flugsamen.

Es verschwand ebenso schnell, wie es aufgetaucht war, und Sinabell meinte, es müsste ein weißer Hirsch gewesen sein.

»Nicht bewegen!«, flüsterte Firinya und legte ihr die Hand auf den Arm. »Wenn wir ruhig bleiben, kommt es vielleicht näher.«

Wieder huschte das Tier lautlos hinter den Bäumen vorbei und Sinabell war sich nicht mehr so sicher, ob es wirklich ein Hirsch sein konnte. Sie erkannte dünne, lange Beine und ganz kurz erhaschte sie den Blick auf den grazil geschwungenen Hals, der von einer seidenen Mähne umspielt wurde. Wie Mondlicht, reflektiert von wogenden Wellen, so sah sie aus. Eine sanfte Flut reinen Lichts war der Schweif und dort, wo die Hufe den Boden berührten, so sanft wie ein fallendes Blütenblatt, glomm der Nebel auf, schimmerte in bläulichem Schein, ohne der Bewegung des Wesens zu weichen.

Es war kein Hirsch, kein Pferd. Sinabells Augen füllten sich mit Tränen und ihre Hand legte sich in einer unbewussten Geste auf ihre Kehle, wo sie ihren wild pochenden Puls spüren konnte. Es war ein Einhorn. Wahrhaftig, es musste eines sein.

Wie viele Bilder hatte sie bereits von ihnen gesehen? Wie viele Geschichten gelesen? Nichts von alledem war vergleichbar mit der wahren Schönheit dieses Geschöpfes.

Die Neugier trieb es aus dem Schatten. Firinyas Hand verkrampfte sich um Sinabells Oberarm. Sie sog die Luft ein, hielt sie an und hüpfte von einem Bein aufs andere.

»Es kommt, es kommt!«, flüsterte sie aufgeregt und ihre Worte ließen das Einhorn zögern.

Unruhig tänzelte es, warf den Kopf in die Höhe und trat doch keinen Schritt zurück. Durch wache Augen sah es Sinabell an. Ihre Blicke trafen sich und eine Ruhe, ein innerer Frieden, ergriff sie.

Sie wusste nicht, wie lange sie so dastand und sich in den Augen dieses wundersamen Geschöpfes verlor. Auch als sie ihre Hand hob und das Einhorn ihr gleichsam den Kopf entgegenreckte, befreite sie das nicht aus dem Bann, der über ihr und dem Einhorn zu liegen schien.

Erst als Firinya an ihrem Ärmel zupfte, zog es sie wieder in das Hier und Jetzt.

»Du musst dir etwas wünschen!«, sagte sie in einem Ausbruch schierer Begeisterung, aufgeregt hibbelnd und drängend.

Sinabell sah kurz, nur flüchtig, zu ihrer Schwester und als sie wieder nach vorn schaute, hatte der Blick des Einhorns sich verändert. Ein Teil des Glanzes, den die Augen eben noch innehatten, war verblasst. Fragend sah Sinabell das zerbrechliche Geschöpf an, versuchte zu verstehen, was es verschreckt haben mochte, und schenkte ihm schließlich ein mattes Lächeln, als sie glaubte zu verstehen.

»Ich habe keine Wünsche«, sagte sie mit ruhiger Stimme.

Was hätte sie sich auch wünschen sollen? Sie war eine Prinzessin und hatte schließlich alles, was sie brauchte, und mehr als die meisten.

»Aber ich!«, sagte Firinya entschlossen.

Das Einhorn wich zurück, doch in ihrem Übermut bemerkte Firinya das nicht einmal.

»Muss das denn wirklich sein?«, fragte Sinabell.

»Ja, es muss!«, betonte ihre Schwester. »Ich wünsche mir ein Kleid so schön, dass jeder vor Neid erblasst, der es sieht. Aus Gold und Silber soll es sein und mit Edelsteinen besetzt.«

Das Einhorn senkte den Kopf, so anmutig in der Bewegung, dass es einer Verbeugung gleichkam. Es kam einen Schritt auf Firinya zu und das Mädchen hob die Hände, um das Geschenk entgegenzunehmen, dass das Einhorn ihr zu geben gedachte.

Das Horn, klar wie Kristall, schimmernd wie die Sterne selbst, begann zu leuchten, als es sich der Prinzessin näherte. Auch das Kleid des Mädchens leuchtete, so hell, dass Sinabell von dem Schein geblendet wurde.

Firinya senkte die Arme und sah voller Erstaunen an sich hinab.

Als das Einhorn den Kopf wieder hob und das Leuchten verglomm, war aus dem einfachen Gewand der Prinzessin das wunderschöne Kleid geworden, das sie sich so sehnlichst gewünscht hatte. Fäden aus Gold und Silber woben sich durch den wallenden Stoff, kristallklare Edelsteine funkelten wie Sterne auf dem blassen Pastellton des gerafften Damasts, aus dem der Überrock gefertigt war.

Firinya hob den Rock leicht an, bewunderte die mit dem passendem Stoff überzogenen Tanzschuhe, hob dann die Arme und bestaunte die Handschuhe, die so fein gewoben waren, dass sie wie eine zweite Haut saßen.

Das Funkeln des Kleides spiegelte sich in den Augen des Mädchens wider. Sie strahlte bis über beide Ohren und drehte sich im Kreis. Nebel und Blütenstaub tanzten dabei um sie herum, als wollten sie – als wollte alles hier, vom Laub bis hin zu jedem einzelnen Grashalm – die Schönheit ihres Gewandes lobpreisen.

»Freiheit«, murmelte Sinabell in Gedanken versunken und betrachtete das Kleid ihrer Schwester. Sie brauchte einen Moment, um das fassen zu können, was ihr durch den Kopf gehuscht war.

»Das ist es, was ich mir wünsche«, sagte sie schließlich und wandte sich wieder dem Einhorn zu.

»Was sagst du da?«, fragte Firinya, doch Sinabell achtete nicht darauf.

Sie wusste, dass sie dem Einhorn nicht die Freiheit schenken konnte. Es war hier gefangen, gebunden durch etwas Mächtigeres als bloße Ketten und verriegelte Türen. Doch da war dieser junge Prinz, der unverschuldet hinter Gittern saß und den Sinabell nicht mehr aus dem Kopf bekam.

»Ich bitte dich, liebes, gnädiges Einhorn«, begann sie ihren Wunsch vorzutragen. Sie fiel vor dem edlen Geschöpf auf die Knie und senkte den Blick. »Schenk dem armen Prinzen, der ein Gefangener ist wie du, der unschuldig im Kerker sitzt und keine Gnade erwarten kann, die Freiheit.«

Unsicher hob sie den Kopf und sah dem Einhorn direkt in die Augen. Es war so leicht, sich darin zu verlieren. Ganze Welten verbargen sich im Funkeln der Pupillen, schwarz und tief wie die See. Sinabell ertrank darin, tauchte ein, wie sie sonst nur in Büchern, in Geschichten eintauchen konnte, und verlor sich.

Das reine Geschöpf kam näher und senkte sein Haupt. Das Horn, glitzernd und beinahe durchsichtig wie klares Wasser, neigte sich Sinabell entgegen und all das Licht, dass sich darin fing und es zum Funkeln brachte, sammelte sich in der Spitze und entlud sich in einem gleißenden Weiß.

Sinabell öffnete die Handflächen, die in das strahlende Licht getaucht wurden und für einen Moment vollends darin verschwanden. Als sie wieder etwas erkennen konnte, war es ein Buch, das sie sah, und erst als sie das begriff, spürte sie auch das Gewicht und fühlte das warme Leder auf ihrer Haut.

»Was ist es?«, fragte Firinya höhnisch lachend. »Ein Buch über die Freiheit?«

Sinabell sah auf. Das Einhorn war verschwunden. Ganz ohne ein Geräusch, ohne eine Spur zu hinterlassen.

»Komm jetzt, Sina!«, forderte Firinya sie auf. »Lass uns gehen.«

Sinabell drückte das Buch fest an ihre Brust. Sie wollte den Zauber nicht verlieren, der ihr Herz erwärmt hatte, doch es war schwer, sich daran zu klammern, nach dem, was gerade geschehen war.

»Was hattest du denn erwartet?«, fragte Firinya. »Es ist bloß ein Tier. Ja, ein magisches Tier, aber eben nur ein Pferd mit Horn. Es kann keine Wunder vollbringen.«

Ganz gewiss war dieses Geschöpf kein Pferd oder auch nur etwas Ähnliches. Da war sie sich sicher.

Dennoch stimmte sie Firinya nickend zu und richtete sich mühsam auf. Sie blickte noch ein weiteres Mal in die Richtung, aus der das Einhorn gekommen war, dann folgte sie ihrer Schwester.

»Außerdem, was sollte das denn?«, wollte Firinya wissen. »Freiheit? Und dann auch noch für diesen Prinzen?«

**

Sinabell blieb stehen. Sie hatten den geheimen Garten und das Gewölbe, in dem das Einhorn eingesperrt war, hinter sich gelassen und gingen wieder durch die vom Fackellicht erhellten Korridore.

Firinya lief voraus, hüpfte und drehte sich in ihrem neuen Kleid und war so glücklich wie zuletzt, als Vater ihr ein Pony geschenkt hatte.

Noch immer hielt Sinabell das Buch fest umklammert. »Die Herrin der Drachen« hieß es. Der Einband war rot, geziert von einem goldenen Drachen, der tief in das Leder eingebrannt war.

Drachen. Sie mochte keine Geschichten über diese Bestien. Es waren brutale und erbarmungslose Geschöpfe und die Erzählungen über sie oft blutrünstig und voll von Schlachten und Kriegen.

Sie warf einen Blick in den Seitengang, neben dem sie stehengeblieben war.

»Jetzt beeil dich«, rief Firinya ihr zu und winkte dabei aufgeregt. In gesenktem Ton sprach sie weiter. »Wenn sie uns erwischen, macht Vater uns einen Kopf kürzer!«

»Geh du schon mal voraus«, bat Sinabell ihre Schwester. »Ich muss noch etwas erledigen.«

»Erledigen?«, fragte Firinya stirnrunzelnd. »Du kannst dein tolles Buch später in deinem Zimmer lesen!«

Sinabell wollte etwas entgegen, wusste aber selbst nicht, was sie eigentlich vorhatte.

»Ja, du hast Recht«, stimmte sie schließlich zu und folgte Firinya. Natürlich hatte sie nicht wirklich vorgehabt das Buch zu lesen. Nicht hier unten, nicht an einem Ort, der ihr auf Strafe verboten war.

Sie folgte ihrer Schwester zurück zum Treppenaufstieg und heraus aus dem Kellergewölbe, doch in Gedanken war sie bei dem Gang, an dem sie innegehalten hatte. Wäre sie ihm gefolgt, hätte er sie zu den Kerkern geführt – zu dem Prinzen.

Sie kannte diesen Weg. Einmal war sie ihn gegangen. Damals hatte sie ein Buch geklaut. Ebenso eines, wie sie es nun in Händen hielt. Ihr Vater hatte sie zur Strafe zu den Kerkern führen lassen. Sie musste zehn oder elf Jahre alt gewesen sein und hatte fürchterliche Angst gehabt. Natürlich hatte man sie gehen lassen, ehe sie die Tür zu den Zellen hätte passieren müssen. Die Lektion aber war gelernt: Lass dich nie wieder beim Stehlen erwischen. Vielleicht nicht gerade die Lektion, die der König ihr beizubringen gedacht hatte.

»Hast du Angst, ich klaue es dir?«

Verwirrt sah sie zu Firinya, die ihren verdutzten Gesichtsausdruck einem Spiegelbild gleich erwiderte.

Verlegen schmunzelte Sinabell und lockerte den Griff um das Buch. In Gedanken versunken hatte sie es so fest an sich gedrückt, dass ihre Finger ganz weiß geworden waren.

»Drachen ...«, murmelte Firinya. »So etwas liest du?«

Sinabell schüttelte den Kopf. »Nein, nicht unbedingt.«

»Nun ja, jedem das Seine«, antwortete Firinya, als hätte sie ihr nicht zugehört.

Ein weiteres Mal und ebenso plötzlich wie zuvor, blieb Sinabell stehen.

»Was ist denn nun wieder?«, fragte Firinya, noch bevor sie sich zu ihr umgedreht hatte.

Sie wusste es im ersten Moment selbst noch nicht genau, doch langsam begannen sich ihre Gedanken zu ordnen.

Das Buch, es war nicht für sie gedacht. Das war es nie.

Sie lächelte. Natürlich hatte das Einhorn dem Prinzen nicht die Freiheit zurückgeben können, doch was war freier als die Gedanken selbst? Und wo sonst konnte man sie höher fliegen lassen als in Geschichten?

»Ich ... ich gehe in mein Zimmer«, stotterte sie, noch immer nicht sicher, ob sie das Richtige tat.

»Dann ist das aber der falsche Weg«, meinte ihre Schwester und deutete in die Richtung, aus der sie gekommen waren.

»Ich gehe einen Umweg. Ich will den Kopf freikriegen.«

Firinya hob an, etwas zu entgegnen, winkte dann aber entnervt ab. »Wie du willst.«

Sinabell wartete, bis ihre Schwester außer Sicht war, und nahm dann den Weg zurück zu den Kellergewölben.

***

Ihr war klar, dass sie vorhatte etwas zu tun, das ebenso verboten war, wie den geheimen Garten aufzusuchen, und auch, dass sie ihr Ziel nicht unbemerkt erreichen konnte, also lief sie erhobenen Hauptes und zielstrebig auf die Wachen zu, als die Kerkertüren in Sichtweite kamen.

Die Männer, die links und rechts neben dem Durchgang postiert waren, standen stramm, als die Prinzessin sich ihnen näherte. Obwohl die Tür zu ihrer Mitte verriegelt war, kreuzten sie ihre Lanzen, als Sinabell vor ihnen stehenblieb.

»Aufmachen«, verlangte sie mit fester Stimme.

»Verzeiht, Prinzessin«, sagte einer der Männer unsicher. »Wir sind angewiesen, niemanden hindurchzulassen.«

»Und ihr glaubt, ich weiß das nicht? Ihr werdet niemanden durch diese Türe lassen, doch ich bin eure Prinzessin und im Namen meines Vaters verlange ich, dass ihr mich hindurchlasst!«

Die beiden Wachen wechselten verwirrte Blicke.

»Unverzüglich!«, verlangte sie.

Sie hoffte nur, die Männer kämen nicht auf die Idee, den König zu fragen. Noch ein Grund mehr, sie in den Sündenturm zu sperren, käme ans Tageslicht, dass sie den Namen ihres Vaters missbrauchte. Die Nervosität, die ihr Herz flattern ließ, durfte sie sich aber nicht anmerken lassen, also hielt sie die Luft an und sah die beiden Wachposten durch zusammengekniffene Augen an, so wie es Malina immer tat, wenn sie unbedingt Recht haben wollte.

»Zu Befehl«, sagte schließlich einer der beiden, löste das Vorhängeschloss und öffnete die Tür.

Sinabell huschte hindurch, lief zügig den Gang entlang und warf nach wenigen Metern einen flüchtigen Blick zurück zu den Wachmännern. Von den beiden war nichts mehr zu sehen bis auf den Zipfel eines Waffenrocks und einer Hand, die sich fest um die kerzengerade aufgestellte Lanze schloss.

Sinabell atmete auf und ließ sich in ihrer Erleichterung gegen die Wand in ihrem Rücken fallen.

Quietschend vor Schreck machte sie einen Satz nach vorn, als etwas Warmes ihre Schulter berührte.

Einer der Wachmänner lugte um die Ecke und Sinabell warf ihm ein unsicheres Lächeln zu.

»Nichts passiert!«, beteuerte sie.

Der Mann runzelte die Stirn, sagte aber nichts.

»Komm ruhig wieder näher«, säuselte eine Stimme aus den Schatten.

Sinabell verzog angewidert die Mundwinkel und trat einen weiteren Schritt von den Gitterstäben weg. So kam sie allerdings den Kerkern auf der anderen Seite des Ganges zu nahe, so dass sie schnell weiterlief, als sich auch dort etwas im Dunkeln regte. Sie wollte gar nicht wissen, welcher Verbrechen sich diese Menschen hier schuldig gemacht hatten und zu welchen Grausamkeiten sie fähig wären, würden zwischen ihr und ihnen keine Gitterstäbe liegen. Niemand landete hier unten bloß wegen einer Lappalie. Andererseits hatte ihr Vater auch den Prinzen eingesperrt und der war schließlich kein Schwerverbrecher. Zumindest in ihren Augen.

Jemand griff nach ihrem Rock und sie rannte schnell bis zum Ende des Ganges, wo weitere Zellen hinter eisernen Türen lagen. Sie warf vorsichtig einen Blick durch den Sehschlitz der ersten Tür. Die Zelle dahinter war leer. Dennoch stank es, als wäre darin erst kürzlich ein Tier verendet.

Übelkeit stieg in ihr auf und sie presste sich fest die Hand auf Mund und Nase. Bevor sie in die nächste Zelle spähte, hielt sie die Luft an. Auch hier war niemand zu sehen. Nur kahle Wände, beschienen von fahlem Licht, das durch ein winziges Fenster fiel, durch das man kaum eine Hand hätte hindurchstrecken können. Von der Decke tropfte es in eine Pfütze gammligen Wassers und in einer Ecke lagen die Überreste einer angenagten Ratte. Sinabell musste nicht einatmen, um zu wissen, dass es schrecklich riechen musste.

Sie lief ein Stück weiter und lehnte sich mit der Schulter gegen die Wand. Sie rang mit sich, warf einen Blick zurück zum Eingang und schließlich gelang es ihr doch, sich zu überwinden und weiterzulaufen. Das Buch drückte sie dabei so fest an sich, als wäre es der einzige Halt, den sie hatte.

Hinter dem nächsten Sehschlitz fand sie ihn schließlich. Er saß gleich unter dem Loch, das ein Fenster darstellen sollte, hatte den Blick gesenkt und ein Bein angezogen. Er sah traurig und müde aus. Natürlich war er traurig. Er war ein Prinz und hatte sicher Besseres verdient.

Als er sie bemerkte, sah er auf. Er legte seinen Kopf schief, schien sie zu erkennen und lächelte. Da war etwas Dreistes im Schwung seiner Lippen, frech und schelmisch sah er aus. Nicht so, wie es einem Prinzen gebührte, nicht so, wie sie es erwartet hätte.

Es irritierte sie, verwirrte sie, dass er so unberührt blieb von dem Schicksal, das ihn ereilt hatte. Und vielleicht war das der Grund dafür, dass ihre ersten Worte an ihn alles andere als freundlich waren.

»Ihr habt Euch das selbst zuzuschreiben, das wisst Ihr sicher!«

Der Prinz verlor sein Grinsen nicht, ließ es sogar noch breiter werden und auf seine Augen übergreifen. Er nickte.

»Das mag so sein«, antwortete er ihr in gelassener Akzeptanz seiner misslichen Lage.

Empört schnappte Sinabell nach Luft und bereute gleich darauf, tief eingeatmet zu haben. Erneut ließ der grässliche Gestank Übelkeit in ihr aufsteigen. Wie konnte das bloß irgendjemand aushalten? Wieso tat niemand etwas gegen diesen Geruch nach Verwesung und Gammel? Aber wer hätte daran schon etwas ändern können? Ihr Vater genoss es sicher, die Menschen hier unten in ihrem eigenen Dreck verrecken zu lassen, und keiner seiner Untergebenen würde es wagen, ihm dieses Vergnügen zu nehmen. Die Königin, ihre Mutter, sie hätte dem ein Ende bereiten können. Doch sie war gestorben – viel zu früh, viel zu jung.

»Was hattet Ihr Euch dabei gedacht, hier einfach ungeladen aufzutauchen? Denkt Ihr denn nicht nach, bevor Ihr handelt? Könnt Ihr überhaupt denken oder ist das Land, aus dem Ihr kommt, so verarmt, dass Ihr Euch nicht nur keine angemessene Kleidung, sondern nicht einmal Verstand leisten könnt?«

Während sie sprach, mühte er sich, auf die Beine zu kommen. Geschwächt wirkte er und auch kränklich. Das ließ sie ihre harten Worte bereuen, doch wo sie einmal in diese Richtung gegangen war, wusste sie keinen Weg mehr zurück.

Hatte er denn nichts zu essen bekommen? Sicher war es des Nachts eisig kalt hier unten und in dieser kahlen Zelle gab es nicht einmal ein Bett.

»Ihr habt eine scharfe Zunge für eine Prinzessin«, antwortete er. »Oder ist es Euer Vater, der da aus Euch spricht?«

»Mein Vater?«, wiederholte sie seine Worte empört. »Was erlaubt Ihr euch? Ich bin durchaus in der Lage, meine eigenen Schlussfolgerungen zu ziehen.«

Er kam näher und sie wich zurück.

»Ihr seid ungehobelt und frech!«, warf sie ihm mit zitternder Stimme entgegen. »Ich frage mich, ob Ihr nicht ein Betrüger seid, ein Dieb, der sich in das Schloss geschlichen hat, um sich an unseren Schätzen zu bereichern.«

»Wenn ich etwas stehlen wollte, dann wäre es Euer Herz«, gab er zurück und brachte sie mit diesen Worten völlig aus dem Konzept. Selbst jetzt noch versuchte er sie um den Finger zu wickeln. Erkannte er den Ernst seiner Lage nicht? Sie spürte, wie ihre Wangen erröteten, und wusste nicht, wieso sie seine Worte nicht einfach von sich abprallen lassen konnte.

Unsicher sah sie sich um, als ob sie die Worte, die sie entgegnen wollte und auf die Schnelle nicht finden konnte, hier irgendwo, im Korridor auf dem Boden verteilt, hätte finden können. Sie wagte es nicht, wieder zu ihm zu sehen, ehe sie die passende Antwort parat hatte.

Er war derweil so nahe an die Tür herangetreten, dass durch den Sehschlitz bloß noch seine stahlblauen Augen zu sehen waren und Sinabell befürchtete, sich darin ebenso zu verlieren wie im Blick des Einhorns, in dem dieselbe Traurigkeit gelegen hatte wie in dem seinen.

»Lasst solche Scherze! Gar nicht scherzen solltet Ihr, in Eurer ernsten Lage«, sagte sie schließlich, ohne ihn dabei direkt anzusehen. »Ihr könnt ruhig zugeben, dass Ihr hergekommen seid, um Euch das Anrecht auf den Thron durch eine Heirat zu erschwindeln.«

»Ich leugne es nicht«, gab er überraschend zu. »Um des Friedens willen wäre ich bereit, das kratzbürstigste und störrischste Weibsbild zu ehelichen, das je von sich behaupten konnte, von Stand zu sein.«

Sinabell klappte die Kinnlade herunter.

»Was erlaubt Ihr Euch? Man kann nur hoffen, dass Eure Inhaftierung Euch etwas Demut und Anstand lehrt!«

»Sie wird mich noch einiges mehr lehren«, entgegnete er und diesmal klangen seine Worte nicht nach einem neckenden Scherz.

Sie sah von ihm weg. Ihre Finger klammerten sich fest an das Buch, das sie noch immer an die Brust gepresst hielt.

»Ich ... Ich habe Euch etwas zu lesen mitgebracht«, sagte sie, ohne ihren Blick zu heben. Sie ging in die Hocke und schob das Buch in die Essensreiche. Es passte hindurch, als wäre es genau für diesen Zweck geschaffen worden. »Ihr wisst, lesen bildet, und Euch kann es gewiss nicht schaden.«

Seine Hände legten sich auf den ledernen Einband und dabei berührte er ihre Finger.

»Habt Dank«, hörte sie dumpf seine Stimme hinter der Tür.

Seine Finger fühlten sich kalt an, ganz anders als an dem Abend, als sie gemeinsam getanzt hatten. Dennoch blieb ihr Herz stehen bei dieser flüchtigen Berührung.

Sie zog ihre Hände weg, sprang auf und rannte davon. Erst, als sie am Ausgang angelangt war, verlangsamte sie ihren Schritt wieder.

»Ihr könnt die Tür nun wieder schließen«, gebot sie den Wachen in aufgesetzt beiläufigem Ton.

»Zu Befehl.«

Sinabell lief erhobenen Hauptes weiter und zuckte doch zusammen, als sie den schweren Riegel ins Schloss einrasten hörte. Sie zögerte, dann drehte sie sich zu den Wachen um.

»Ihr werdet den jungen Prinzen seines Standes entsprechend behandeln«, verlangte sie. »Ihr werdet ihm zu essen und zu trinken geben und eine Decke, wenn er danach verlangt.«

Die Wachen tauschten fragende Blicke aus.

»Stellt Ihr meine Befehle in Frage?« Sinabell war selbst überrascht, wie viel Wut in ihrer Stimme lag.

»Nein, Prinzessin«, entgegnete der eine und der andere stimmte ihm knapp nickend zu. »Wie Ihr befehlt.«

In der Dunkelheit

Die Männer standen Schlange, um mit Firinya zu tanzen. Ihre Zwillingsschwester stand neben Sinabell am Rand des Ballsaals in ihrem neu geschneiderten Kleid und hatte die Arme vor der Brust verschränkt.

»Du wirst doch nicht etwa eifersüchtig sein?«, fragte Sinabell belustigt. »Vor ein paar Tagen haben die Männer noch um Kirali gebuhlt.«

»Ja, und wenn der Hofschneider bessere Arbeit geleistet hätte, würden sie jetzt mit mir tanzen wollen. Wo hat Firinya bloß dieses Kleid her?«

»Ich weiß nicht«, log Sinabell gedankenversunken.

Sie konnte und wollte sich jetzt nicht mit den Problemen ihrer Schwestern auseinandersetzen. Sie hatte den Prinzen gesehen, wie er da unten einging, und alles, was sie ihm hatte geben können, war ein Buch. Nicht die Freiheit, nicht einmal eine Decke oder etwas zu essen. Bloß ein Buch. Wie hätte sie sich hier amüsieren können oder gar ihre Schwester unterhalten, die doch bloß von Eitelkeit und Eifersucht getrieben wurde?

Sie ließ Evalia stehen und drängte sich zu ihrem Vater durch. Der König saß auf seinem Thron, versunken in schwer lastenden Schatten, und beobachtete den Tanzball mit zufriedener Gelassenheit. Am Treppenabsatz knickste sie knapp vor ihm und seinem Berater. Der Fürst – ein rundlicher alter Mann mit falschem Grinsen und kleinen Augen – trat in einer überzogenen Verbeugung widerwillig zur Seite und Sinabell nahm die Stufen hinauf zu ihrem Vater.

»Siehst du dort hinten deine Schwester?«, fragte ihr Vater.

Sinabell suchte den Raum ab. Es war Kirali, von der er sprach. Sie unterhielt sich gerade mit Großherzog Stavanis, eben der Edelmann, mit dem sie schon auf dem Ball vor gut einer Woche getanzt hatte.

»Er hat um meinen Segen gebeten und ich habe ihm diesen natürlich nicht verwehrt. Schau, er führt sie nun in die Gärten und dort, unter dem Schein des vollen Mondes, umgeben von prachtvollen Rosen, wird er um ihre Hand anhalten.«

»Ja, Vater, das ist schön«, sagte Sinabell flüchtig. Sie ließ sich neben dem Thron nieder und ergriff die Hand ihres Vaters. »Du weißt, dass ich dich sehr lieb habe, nicht wahr?«

»Aber sicher, mein Täubchen«, antwortete er und strich seiner Tochter über die Wange.

Sie sah ihn direkt an und ihr war klar, dass sie ihn nicht bitten konnte, den Prinzen zu begnadigen. Niemals würde er dem zustimmen.

»Vater, du bist so ein weiser und großzügiger Herrscher und für deine Töchter hast du stets ein offenes Ohr«, begann sie und entlockte ihm ein hohles Lächeln. »Aber warum willst du uns alle so schnell vermählt wissen?«

Des Königs wohlwollender Blick lag lang auf seiner Tochter, bevor er ihr mit einem freundlichen Lächeln Antwort gab.

»Du warst immer die Aufgeweckteste von euch Fünfen«, sagte er. »Weißt du eigentlich, wie ähnlich du deiner Mutter bist? Auch sie musste immer alles hinterfragen. Als ich sie zur Frau wählte, was meinst du, hat sie da gesagt?«

»Ich weiß es nicht, Vater.«

»Abgelehnt hat sie. Kannst du dir das vorstellen?«

Sinabell schüttelte den Kopf. Nein, das hatte sie tatsächlich nicht gewusst, auch wenn ihr die Vorstellung gefiel.

»Sie hat gelernt mich zu lieben und wir waren glücklich. Eine lange Zeit. Und du wirst auch glücklich werden.« Er umfasste ihren Unterkiefer mit seiner rauen Hand und strich ihr dabei mit dem Daumen über die Wange. »Du bist wie ein wildes Pferd, willst dich nicht fangen und zähmen lassen. Aber glaube mir, wenn sie erst einmal gezügelt und gesattelt sind, lernen sie alle, wo ihr Platz in der Welt ist.«

Sinabell dachte an das Pferd ihrer Schwester, dessen verlorene Freiheit sich in Scherben im Glanz seiner Augen wiederfand. Auch an das Einhorn musste sie denken, gefangen in der Dunkelheit als eines der letzten seiner Art. Und der Prinz – unschuldig eingekerkert und ohne jede Hoffnung. Glücklich? Nein, niemand konnte glücklich sein, der nicht frei war zu gehen, wohin der Wind ihn trug. Sie hatte ihre Mutter geliebt, hatte zu ihrem Vater immer aufgesehen und nun erfuhr sie, dass er ihrer Mutter alles genommen hatte. Dasselbe tat er nun mit seinen Töchtern. Für Sinabell brach eine Welt zusammen. Alles, woran sie geglaubt hatte, alles, was für sie selbstverständlich gewesen war, basierte auf einer Lüge – auf der Lüge, dass ihr Vater im Grunde seines Herzens ein guter Mensch war. Hatte er seine Frau je wirklich geliebt? Ihre Mutter konnte unmöglich etwas für diesen Mann empfunden haben.

»Du bist ein ganz besonderer Schatz«, sprach der König weiter. »Doch glaube mir, du wirst heiraten, und ich gebe dir mein Wort, als dein Vater und König: Ich gebe dich an den ersten Mann, der glaubt, dich zähmen zu können.«

»Aber Vater!«, brachte sie mit zittriger Stimme hervor, bevor sich ihr die Kehle zuschnürte und jedes weitere Wort erstickt wurde.

Eben noch hatte sie gesagt, dass sie ihren Vater liebte. Nun aber war jedes Gefühl der Zuneigung für ihn wie weggewischt.

»Und jetzt geh tanzen, mein Täubchen«, forderte er sie auf und deutete in den Saal.

Sinabell kam wackelig auf die Füße und wandte sich der Tanzgesellschaft zu. Auf zittrigen Beinen stolperte sie voran. Wie ein Albtraum kam ihr das alles hier vor. Die Gesichter, die eben noch fröhlich und ausgelassen waren, schienen nun verzerrte Grimassen zu sein, die sie höhnisch auslachten. Die Musik klang dröhnend und unwirklich in ihren Ohren. Ja, selbst das Mondlicht, das durch die gläserne Decke fiel, war trist und grau geworden.

Sie schob sich durch die Menge, vorbei an all den Junggesellen, die sie mit ihren Blicken durchbohrten, sie gierig anstarrten und von denen jeder, jeder Einzelne, nur den Mut aufbringen musste, vor den König zu treten, um sie für immer an sich zu binden.

Benutzt fühlte sie sich, bevormundet wie ein kleines Kind. Jemand sprach sie an. Ein junger Mann mit pockennarbigem Gesicht und schiefer Nase. Sie verstand nicht, was er sagte, und sie wollte es auch nicht wissen.

»Lasst mich!«, verlangte sie und stieß ihn von sich.

Sie lief weiter in Richtung Ausgang, hielt sich dabei die Brust, weil sie das Gefühl hatte zu ersticken, und stieß die Flügeltür auf, bevor die Pagen dazu kamen, sie ihr zu öffnen.

»Sinabell, warte doch!«, rief Evalia ihr nach.

Sinabell achtete nicht darauf. Sie musste weg hier, weg von all den Menschen, den falschen Gesichtern und grausamen Klängen. Raus musste sie, an die frische Luft, wo sie frei von alledem war.

Vor dem Portrait ihrer Mutter blieb sie stehen. Irrte sie sich oder war das Lächeln der verblichenen Königin heute ein Stück trauriger und ihre Augen trüber geworden? Vielleicht hatte es Sinabell bisher bloß noch nicht bemerkt? Wie hatte sie es bisher übersehen können? Sie sah so unglücklich aus, so verloren. Ihr Leben lang war sie eine Gefangene gewesen und Sinabell hatte fröhlich gesungen, getanzt und gelacht, während ihre Mutter vor ihren Augen zu Grunde ging. Sie hasste sich dafür. Doch viel mehr hasste sie ihren Vater, für das, was er ihnen allen antat. Er war ein grausamer Mann und der Krone nicht würdig. Jetzt endlich begriff sie das. Aber sie hätte es noch viel früher begreifen müssen. Sie war hier ebenso eine Gefangene wie das Einhorn und ihr einziger Ausweg war der, den ihr Vater ihr vorgab, den ihre Mutter bereits gegangen war und der sie von einem Verlies in ein anderes führte.

»Wo willst du denn hin?«, wollte Evalia wissen. Sie atmete schwer, als sie Sinabell endlich erreichte.

»Einfach nur weg von allem«, sagte sie mit den Tränen kämpfend.

»Firinya hat gesagt, dass du mir sagen kannst, woher sie dieses wunderschöne Kleid hat.«

»Warum hat sie es dir nicht selbst gesagt?«

»Sie hat mich weggeschickt«, murrte Evalia. »Die ganze Zeit ist sie nur am Tanzen und die letzten drei Tänze immer mit diesem hübschen Herzog. Gestern noch hat er mit mir tanzen wollen! Jetzt schaut er mich nicht einmal mehr an!«

»Schön und gut, aber ich ...«, begann Sinabell, brach dann aber ab. Sie schnappte sich die Hand ihrer Schwester und zog sie mit sich. »Gut, dann komm, ich zeige es dir!«

»Aber der Ball!?«, rief Evalia aus.

Sinabell ließ sie los. »Willst du es jetzt wissen oder nicht?«

Evalia öffnete den Mund und warf einen unsicheren Blick zurück zum Thronsaal.

»Vergiss doch den Ball! Dieses oberflächliche Adelsvolk hat nur Firinya und ihr neues Kleid im Kopf. Niemand interessiert sich für uns. Niemand wird uns vermissen!«

»Gut, ich komme mit dir!«

***

Sinabell wusste nicht, warum sie Evalia hierhergebracht hatte. Vielleicht um einen Grund zu haben, hier zu sein.

Mit weit aufgerissenen Augen lief Evalia über die Wiese, starrte hoch zur Decke, wo das Licht durch alle Ritzen fiel, und hob die Hände in die Höhe, wo samtig-weiße Flugsamen wie Schmetterlinge um ihre Arme tänzelten.

Sinabell stand nur da und betrachtete den weinenden Wald. Wie Tränen fielen die Blätter, die gerade noch kräftig und grün gewesen waren und nun in feurigem Rot zu Boden sanken, wo sie ihre letzte Ruhestätte fanden. Es war wunderschön anzusehen und traurig zugleich.

»Oh mein Gott, schau mal!«, stieß Evalia aus und deutete nach vorn.

Dort unten, wo die ersten Bäume die Grenze zum Wald markierten, trat das Einhorn aus den Schatten. In seinem strahlenden Weiß sah es vor dem rot leuchtenden Wald aus wie ein Bruch in der Welt. So unberührt, so rein, wie es war, wagte nicht einmal das fallende Laub es zu berühren.

»Es kommt her!«, hauchte Evalia ungläubig und legte sich die Hände vor den Mund. Sie sah zu Sinabell. »Ist das wirklich wahr? Das hier ist der geheime Garten aus den Geschichten, oder?«

Sinabell lächelte trübe und nickte. »Er ist genauso, wie Mutter ihn immer beschrieben hat, nicht wahr? Wunderschön, magisch. Wie aus einem Märchen.«

Es wunderte sie nicht, dass sie das Einhorn diesmal erwartet hatte. Dieser Wald hier, vom Blütenstaub bis hin zum Flackern in den Wänden dieses Ker-

kers, war ein Teil dieses Geschöpfs. Da war sich Sinabell ganz sicher. Kein Fuß, der die Wiese betrat, und kein Wort, das hier gesprochen wurde, blieb vor dem Einhorn verborgen.

Es hatte gewusst, dass Sinabell zu ihm kam, und diesmal hatte es keine Scheu vor ihr. Wie gerne hätte sie ihre Hand gehoben und das Einhorn berührt, doch was das Wesen an Scheu verloren hatte, war nun Sinabell zu eigen.

Evalia wich ein Stück zurück, als das Einhorn nahe vor ihnen zum Stehen kam.

»Darf ... darf ich mir jetzt etwas wünschen?«, fragte die junge Prinzessin unsicher.

Sinabell hörte die Worte ihrer Schwester, war in Gedanken aber ganz bei dem Einhorn, in dessen Augen sie sich wieder verlor. Es war ihr, als könne sie darin nicht bloß ihr Antlitz sehen, sondern das Spiegelbild ihrer Seele, ihrer Gefühle, all ihrer Ängste, und nicht zuletzt alles, was sie mit diesem Geschöpf gemeinsam hatte, was sie verband und ihnen erlaubte, einander zu verstehen.

Eine Träne lief Sinabell über die Wange und als sie die Hand hob, um sie wegzuwischen, riss sie diese Bewegung aus ihrer Erstarrung. Erst jetzt begriff sie die Frage, die ihre Schwester gestellt hatte.

»Ja«, sagte sie hastig. »Ich denke schon.«

»Dann wünsche ich mir ein Kleid ... Nein, warte! Nicht nur ein Kleid. Ich will, dass es schöner ist als das von Firinya! Es soll leuchten wie die Sonne, gelb und weiß, und ich will Schmuck und Schuhe, die den Glanz der Kronjuwelen übertreffen!«

So schüchtern Evalia im Vergleich zu ihrer Zwillingsschwester auch war, so wenig zurückhaltend war sie mit ihren Wünschen.

Das Einhorn aber urteilte nicht. Es senkte sein Haupt und trat an die junge Prinzessin heran. Das Licht, das sich in seinem Horn sammelte, leuchtete wie die ersten Strahlen der aufgehenden Sonne. Dieser Schein breitete sich über der Prinzessin aus, legte sich um ihren Körper und tanzte wie Blütenblätter um sie herum. Ihr neues Kleid wob sich aus dem Licht, glitzerte gleich eingefangenem Sonnenschein und brachte auch die Prinzessin zum Strahlen.

Aus breit aufgefächerten Rüschen bestand der Rock. Das mit zitronengelben Edelsteinen besetzte Korsett lag wie eine zweite Haut um ihren schmalen Körper und war mit demselben zarten Spitzenstoff bezogen, wie er sich in ihren Handschuhen und dem Saum ihres neuen Kleides wiederfand.

»Oh schau nur! Schau mich an«, rief Evalia völlig aus dem Häuschen, hüpfend und sich drehend. »Ist es nicht wunder-wunderschön?«

Sie bestaunte die Ringe aus Weißgold, besetzt mit denselben Citrin-Steinen, wie sie auf ihrem Korsett und dem Handschmuck zu finden waren.

»Sie werden dich alle bewundern«, versprach Sinabell.

»Oh, der Ball!« Evalia schlug erschrocken die Hände vor den Mund. »Ich muss sofort zurückgehen, sonst ist er vorbei, noch bevor mich jemand sehen kann.«

Sinabell schmunzelte. »Es wird noch andere Bälle geben. Spar dir deinen triumphalen Auftritt doch für den nächsten auf.«

»Nie im Leben!«, fuhr ihre Schwester sie schroff an.

Das Einhorn trat unruhig auf der Stelle und Sinabell glaubte, es würde davonlaufen, doch es war Evalia, die sich auf dem Absatz umdrehte und zurück zum Eingang rannte.

Sinabell hob die Hand und wollte ihr etwas hinterherrufen, besann sich dann aber. Sie hätte ihre Schwester ohnehin nicht aufhalten können und so blieb ihr nur zu hoffen, dass ihr Vater sich nicht fragen würde, woher so plötzlich neue Kleider kamen.

Bei dem Gedanken an den König brach ihr das Herz. Das Lächeln ihrer freudestrahlenden Schwester, die Schönheit des geheimen Gartens, nichts konnte sie vergessen lassen, wie grausam ihr Vater doch war. Sie sank zu Boden und vergrub ihre Finger tief im dichten Grasteppich. Ein tänzelnder Flugsamen legte sich auf ihren Handrücken, wo ihre Tränen ihn ertränkten und er schmolz wie Schnee.

Sie sah auf. Weitere Flugsamen verwandelten sich in weiße Flocken, legten sich kühl auf ihre Wangen und ihr Haar. Sie schmolzen und blieben schließlich liegen, bis sie sich wie eine weiße Decke über Sinabell und die gesamte Landschaft legten.

Das Einhorn, im dichten Schneegestöber kaum zu erkennen, umrundete sie. Dort, wo seine schmalen Hufe in die unberührte Schneedecke sanken, hallte seine Berührung in blauem Licht wider.

»Wie konnte es geschehen, dass du hier enden musstest?«, fragte sie das Einhorn, wohlwissend, dass es nicht antworten würde. »Mit welcher Macht der Welt hält mein Vater dich hier gefangen?«

Magie. Magie und selbstlose Wünsche, hörte sie den Schnee flüstern und sah zu dem Einhorn auf.

»Du sprichst, nicht wahr? Nicht mit Lippen und Worten, aber du sprichst.«

Das zarte Geschöpf, schweigend auf eine Weise, die tausend Bände sprach, senkte den Blick und berührte mit seinem Horn eine der Schneeflocken. Diese fing zaghaft an zu glimmen und Sinabell hob die Hände, um sie aufzufangen. Die Schneeflocke hatte sie noch nicht berührt, da breitete sich der Schimmer weit über ihre Handflächen aus. Was zurückblieb, als das Licht erlosch, war ein weiteres Buch. Auf dem blauen Einband war die silberne Silhouette einer Fee zu sehen.

Sinabell lächelte. Es war ein kleiner Trost, aber wohl alles, was das Einhorn zu tun vermochte, um ihre Tränen zu lindern.

»Für ihn?«, fragte sie. »Ob er Bücher über Feen mag? Die Drachen waren vielleicht eher sein Geschmack.«

Sie sah auf, doch das Einhorn war verschwunden. Was blieb, war ein Schneegestöber, durch das Sinabell sich kämpfen musste, als sie sich aufmachte, den Ausgang zu erreichen.

***

Sinabells Haar war feucht vom geschmolzenen Schnee, ihr Kleid schwer vor Nässe. Zu ihrem Glück wussten die Wachen vor dem Verlies wohl nichts von der sternenklaren Nacht draußen und so schöpften sie keinen Verdacht, als die Prinzessin pitschnass vor sie trat, als wäre sie in einen Regenschauer geraten.

Ohne Widerworte öffnete man ihr die Tür und Sinabell lief mit gesenktem Blick und schnellen Schrittes an den Zellen vorbei.

»Warum so eilig?«, geiferte eine Stimme aus dem Schatten und der dürre Arm eines Mannes streckte sich ihr entgegen. »Willst du mich nicht auch besuchen kommen? So ein schönes Ding!«

Sinabell senkte ihren Blick noch tiefer, so dass sie kaum mehr sehen konnte als ihre eigenen Füße. Sie lief einen Bogen um die Zelle des Mannes und versuchte, sich die Angst und den Ekel, die sie ergriffen, nicht anmerken zu lassen.

Bei den massiven Kerkertüren angelangt konnte sie den Prinzen bereits durch den Sehschlitz erkennen. Er stand in seiner Zelle, als hätte er sie bereits erwartet.

»Ich habe Euch am Schritt erkannt«, sprach der Prinz. »Ihr solltet Euch hier nicht herumtreiben. Die Männer, die hinter diesen Gittern sitzen, gehören zu der Art Mensch, die schönen Damen nichts Gutes verheißt.«

Sinabell schmunzelte. »Ihr seid einer dieser Männer.«

»Wie ich es bereits sagte. Es kann nicht gut für Euch sein, Euch hier aufzuhalten.«

Es fühlte sich gut an, wieder mit ihm zu reden, auch wenn er sie ganz offensichtlich bevormunden wollte – vielleicht aber auch nur beschützen.

»Ich kann sehr wohlauf mich selbst aufpassen.«

»Das glaube ich Euch aufs Wort. Regnet es etwa?«

Sie sah an sich herunter, während der Prinz zu der winzigen Aussparung heraufblickte, durch die man nicht einmal den Regen hätte sehen können.

»Ähm ... nein ...«, antwortete sie unbeholfen und lächelte. »Es schneit.«

»Ihr erlaubt Euch Scherze mit einem zum Tode Verurteilten«, stellte er trocken fest.

»Zum Tode? Sagt doch so etwas nicht!«, bat sie. »Mein Vater mag ein jähzorniger Mann sein, doch sicher ist er kein Unmensch. Nach den Feierlichkeiten werde ich noch einmal mit ihm sprechen und um Eure Freiheit bitten. Sicher wird er sich erweichen lassen.«

Sie glaubte selbst nicht, was sie da sprach. Doch sollte sie dem Prinzen jede Hoffnung nehmen? Sie wollte nicht, dass er verlor, was sie selbst nicht mehr hatte.

»Die Freiheit habt Ihr mir bereits geschenkt, als Ihr mir das Buch brachtet.«

Tränen sammelten sich in Sinabells Augen, Tränen der Trauer und der Rührung zugleich. Um die Lüge zu vertuschen, die sie um ihren Vater wob, zwang sie sich zu einem Lächeln. »Ihr habt es gelesen?«

»Verschlungen habe ich es.«

Sinabell spürte die Hitze in ihren Wangen aufsteigen. Seine Worte machten sie verlegen. Dann aber schüttelte sie den Kopf. Sie würde sich doch nicht etwa in diesen frechen und ungehobelten Prinzen verlieben? Ausgerechnet jetzt, wo ihr Vater sie auf Biegen und Brechen zur Hochzeit zwingen wollte und der Prinz der Letzte war, den der König an ihrer Seite geduldet hätte.

»Ich ... Ich habe Euch ein neues Buch mitgebracht«, sagte sie und ging in die Hocke. »Ich weiß nicht, ob es Eurem Geschmack entspricht ...«

Sie legte das Buch auf den Boden und schob es durch die Essensreiche, blieb dann sitzen und schloss die Arme um ihre angezogenen Beine.

»Ich vertraue da voll und ganz Eurem Urteil«, sagte er und sie konnte durch den Spalt erkennen, dass er sich ebenfalls auf den Boden setzte.

So saßen sie beide eine ganze Weile da und schwiegen. Mehr als seinen Schatten konnte sie von ihm nicht sehen und auch er konnte wohl kaum mehr als ihr Atmen wahrnehmen.

Sie hob die Hand und legte sie auf das kalte Metall der Tür, die sie von ihm trennte. Das Rascheln seiner Kleidung und der sich bewegende Schatten verrieten ihr, dass auch er sich gegen die Tür lehnte, und sie bildete sich ein, ihn durch das rostige Metall hindurch spüren zu können.

»Ihr hättet damit rechnen müssen«, warf sie ihm bitter vor.

»Mit dem Jähzorn eures Vaters?«

»Und mit den Folgen Eures Handelns.«

»Das habe ich und es war mir das Risiko wert.«

»Aber Ihr werdet ...«

»Sterben?«, fragte er beinahe flüsternd, als sie über ihre Worte stolperte.

Sie schüttelte vehement den Kopf. »Nein! Das meinte ich nicht.« Doch genau das war es, was sie gedacht hatte.

»Mein Vater starb in der Schlacht um Imbira«, erzählte der Prinz unverhofft.

Sinabell wusste nicht, worauf er hinauswollte, und wagte sich nicht zu fragen, also hielt sie sich an die Sitten.

»Ihr habt mein Beileid.«

»Bitte, keine Beileidsbekundungen, es liegt schon Jahre zurück und ich kannte diesen Mann kaum. An meinen Bruder hingegen erinnere ich mich noch sehr gut. Vor einem Jahr starb er an den Grenzen unseres Landes.«

»Und nun wollt Ihr Rache nehmen? Ist es das, was Euch hierhertrieb?« Irgendwie hoffte sie darauf, dass er es bejahte. Sie fühlte sich machtlos, aber wenn er doch noch niedere Beweggründe erkennen ließ, könnte sie sich wenigstens einreden, er habe es nicht anders verdient.

»Rache? Nein. Ich hatte gehofft, dass Euer Vater nicht so stur wie meine Mutter wäre, und dass es mir gelänge, unseren beiden Ländern den Frieden zu bringen.«

»Doch was wird Eure Mutter tun, wenn sie noch einen Sohn verliert?«

»Ich bezweifle, dass meine Abwesenheit am Hofe überhaupt bemerkt wurde. Ich habe zwei jüngere Brüder, die weitaus mehr Aufmerksamkeit von ihr bekommen und diese wohl auch verdienen. Sie sind hervorragende Schwertkämpfer und belegen stets die ersten Ränge in Turnieren um Ruhm und Ehre. Und mein älterer Bruder, er war ein Held. Ich war noch ein Kind, als er schon in den Krieg zog. Er besiegte Drachen und schwarze Hexen, während ich von meinen jüngeren Brüdern vermöbelt wurde, Äpfel aus der Küche stahl und meiner Mutter Schande bereitete.«

»Niemand besiegt einen Drachen, wenn nicht in einem Märchen«, entgegnete sie. »Sicher wurden Eurem Bruder diese Heldentaten bloß angedichtet.«

»Es mag das ein oder andere etwas ausgeschmückt worden sein, doch den Ruhm, den er erlangte, hatte er sich verdient.«

»Den will ich ihm nicht absprechen, doch was ist mit Euch? Ist es denn nicht heldenhaft, Euer Leben für die richtige Sache zu riskieren? Ihr wart bereit, eine völlig Fremde zu ehelichen und Euch für den Rest Eures Lebens an sie zu binden, und das ganz ohne Eigennutz.«

»Vor ein paar Tagen nanntet Ihr das noch töricht.«

»Das ist es auch. Das sind die meisten Heldentaten.«

Schritte waren zu hören und Sinabell schrak auf. Die beiden Wachen kamen den Gang entlang und steuerten auf Sinabell zu.

Sofort dachte sie an Evalia. Sicher war sie aufgefallen und der König hatte eins und eins zusammengezählt.

Die beiden Männer blieben salutierend vor ihr stehen.

»Verzeiht, Prinzessin«, sagte der eine von ihnen und während sie darauf wartete, dass er erklärte, der König hätte nach ihr verlangt, schloss der andere die Zellentür auf und zerrte den Prinzen heraus.

»Was soll das werden?«, verlangte Sinabell zu wissen.

»Wir wollten Eure Verabschiedung nicht unterbrechen«, sagte der Wachmann, der den Prinzen am Arm hielt, »doch gerade wurde die Verlobung von Prinzessin Kirali mit dem Großherzog Stavanis bekanntgegeben. Der König hat die Hinrichtung des Prinzen als Höhepunkt der Feierlichkeiten und Verlobungsgeschenk für die Prinzessin angesetzt.«

Auch der zweite Wachmann packte den jungen Prinzen am Arm, als dieser sich bei den letzten Worten zu wehren begann.

Sinabell sah die Angst in seinem Blick, die sogleich verblasste. Er schien sein Schicksal hinzunehmen, widersetzte sich plötzlich nicht mehr und die Männer führten ihn ab.

Sinabell war wie erstarrt. Sie wusste nichts zu sagen oder zu tun. Sie konnte sich gegen den Befehl ihres Vaters nicht auflehnen und es blieb ihr nichts anderes übrig, als mit anzusehen, wie die Wachen taten, was ihnen aufgetragen worden war. Erst, als sie beinahe schon außer Sicht waren und das hohle Tropfen von der steinernen Decke auf den Zellenboden lauter war als die Schritte der Männer, kam Sinabell zur Besinnung und rannte ihnen nach.

Der Klang der Freiheit

Ihr war, als habe man ihr das Mieder so fest geschnürt, dass sie nicht atmen konnte. Sinabell presste eine Hand fest an ihre Brust, während sie die Treppe hinunter auf den Vorplatz nahm, wo der Pöbel sich versammelt hatte. Sie grölten und jubelten und warfen mit faulem Obst nach dem Prinzen, der, sich vergebens wehrend, zum Schafott gezerrt wurde.

Sinabells Atem hetzte. Sie hatte Angst, so große Angst, wie sie es noch nie verspürt hatte. Er würde sterben. Eben noch hatte sie ihm versprochen, dass sie sich für ihn einsetzen würde, und nun trennten ihn nur noch Minuten von seinem Ende.

Ein Blick nach oben verriet ihr, dass die gesamte Adelsgesellschaft sich auf den Balkonen versammelt hatte. Neben ihrem Vater stand Kirali am Arm ihres Verlobten. Glücklich sah sie aus und zufrieden, wie sie mit kühler Miene und steifer Haltung nach unten blickte, wo man ihr zu Ehren den Prinzen die Holztreppe hinauf zum Henker stieß.

Firinya und Evalia standen etwas abseits und unterhielten sich mit ihren zahllosen Verehrern. Was dort unten auf dem Platz geschah, schien sie nicht im Geringsten zu interessieren. Nur Malina übte sich in der gebotenen Zurückhaltung.

Sinabell nahm die letzten Stufen und drängte sich durch die Menschenmenge. Am Schafott angelangt stolperte sie auf die Treppe.

»Aufhören!«, schrie sie und nahm auf allen Vieren die Stufen hoch auf das Holzpodest.

»Was tut Ihr da?«, zischte der Prinz mit gesenkter Stimme und wurde sogleich von dem Henker unterbrochen. Der Mann verpasste ihm einen so kräftigen Schlag in die Rippen, dass er mit schmerzverzerrtem Gesicht auf die Knie fiel.

»Aufhören habe ich gesagt!«, brüllte Sinabell dem Henker entgegen und wandte sich dann an ihren Vater. »Bitte, Vater, das könnt Ihr nicht tun!«

Die Menschen waren mittlerweile verstummt und starrten gebannt auf die junge Prinzessin, die mit zerzaustem Haar, rot angelaufenem Kopf und schwer atmend ihren Vater fixierte.

»Das kann ich und das werde ich!«, widersprach der König ihr mit scharfem Tonfall.

Kirali trat nach vorn ans Geländer. »Sinabell, was erlaubst du dir?«

In ihrem Rücken sah Sinabell die Zwillinge tuscheln und kichern. Niemand nahm sie hier ernst und vielleicht war das auch gut so. Wenn sie das nämlich getan hätten, hätte sie mit dem Schlimmsten rechnen müssen.

Der Prinz kniete auf dem Boden, die Hände wurden ihm auf dem Rücken zusammengebunden und sein Blick gebot ihr, aufzugeben. Doch das konnte sie nicht. Wie hätte sie auch? Nicht nach allem, was sie wusste, nicht nach dem, was er ihr erzählt hatte. Dafür riskierte sie sogar, in den Sündenturm gesperrt zu werden.

»Ihr habt es mir versprochen!«, rief sie ihrem Vater zu.

Ein Raunen zog sich durch die Menge. Wenn es etwas gab, das hier in diesem Königreich mehr wog als Gold und Silber, dann war es das Wort – und genau auf dieses musste sie ihren Vater festnageln.

»Was soll ich dir versprochen haben?«

»Ihr sagtet, egal, wer es sei, der um meine Hand anhielte, ob Junker oder Graf, Ihr würdet mich an ihn freigeben.« Sie deutete auf den Prinzen. »Hier seht Ihr den Mann, der mich zur Frau nehmen will. Er ist kein Junker und kein Graf, er ist ein Prinz, und als solcher hat er jedes Recht, um die Hand einer Prinzessin anzuhalten.«

Schweigen legte sich über den Vorplatz des Schlosses. Selbst der König wusste im ersten Moment nichts zu entgegnen.

Sinabells Herz pochte wild. Würde er es leugnen? Dann aber stellte er seine Tochter als Lügnerin da und es gab keine größere Sünde als die der Lüge.

»Ich widerspreche dir nicht, mein Kind. Ich gab dir dieses Versprechen«, erklärte der König. »Dieser ... Prinz allerdings, hat mich um nichts dergleichen gebeten.«

Sinabell sah zu dem jungen Mann, dessen Namen sie nicht einmal kannte. Statt nachzuholen, was ohnehin der Grund seiner Reise hierher gewesen war und womit er sein Leben hätte retten können, ließ er seinen Kopf sinken. Der Henker zog ihn auf die Füße und drängte ihn zum Schafott.

»So sagt doch etwas«, verlangte Sinabell von ihm.

»Ich werde Euch ...«, begann der Prinz, wurde aber unterbrochen, als der Henker ihn hinter dem Holzklotz auf die Knie zwang. »Ich werde Euch nicht dazu zwingen.«

Sinabell konnte es nicht mit ansehen. Sie drängte sich vor den Scharfrichter und schubste den Mann von sich. Der hob die Hände und stolperte rückwärts. Der Prinzessin gegenüber handgreiflich zu werden wagte er nicht und so blickte er Hilfe suchend hinauf zum König.

»Ihr lasst ihn jetzt sprechen!«, verlangte sie und wandte sich leise an den Prinzen. »Ihr zwingt mich zu gar nichts. Ich bin diejenige, die Euch drängt.«

Ein schiefes Grinsen huschte ihm über die Lippen.

»Und wer bin ich, Euch zu widersprechen?« Er kam umständlich auf die Beine, lief bis zum Rand des Holzpodestes und sank dort auf ein Knie. »Mein König, lasst mich nachholen, was ich bisher versäumte«, bat er.

Sinabell konnte beinahe hören, wie ihr Vater mit den Zähnen knirschte. In einer scheinbar beiläufigen Geste erteilte er dem Prinzen das Wort. »Sprecht.«

»Ich muss Euch nicht sagen, dass Eure Tochter etwas ganz Besonderes ist. Ein Juwel, wie man es nur selten findet ...«

»Ja, ja, kommt zum Punkt«, drängte der König. »Wir haben eine Hinrichtung erwartet. Ihr langweilt mich und mein Volk mit Euren langen Reden.«

»Nun denn ...«, sprach der Prinz kaum hörbar und richtete sich auf. »Ohne Umschweife«, rief er hoch zu dem König und seinem Gefolge. »Ich, Prinz Farin von Annwar, rechtmäßiger Thronerbe des Königreiches Lithea, bitte Euch um Euren Segen und die Hand Eurer Tochter ...« Er stockte.

»Sinabell«, flüsterte sie ihm zu.

»Prinzessin Sinabell von Alldewa.«

Der König nickte schwerfällig.

»Ich gab mein Wort und so sollt Ihr meinen Segen haben«, sagte er widerwillig.

»Ja!«, schrie Sinabell aus und hüpfte vor Freude. Schnell schlug sie sich die Hände vor den Mund, als ihr klar wurde, was ihr da über die Lippen gekommen war. Die Wirklichkeit holte sie wieder ein. Während die das Schafott umringenden Menschen überschwänglich jubelten und applaudierten, wich Sinabell jede Farbe aus dem Gesicht. Sie hatte sich verlobt, sich für den Rest ihres Lebens gebunden, an einen Mann, von dem sie nichts wusste. Bis eben noch nicht einmal seinen Namen.

Sie sah ihn an, wie er dastand, mit gebundenen Händen und erhobenem Haupt. Da war so viel Ehrlichkeit in seinem Blick, Güte und Anstand. Vielleicht brauchte sie nicht mehr von ihm zu wissen. Sein freches, ja, aufmüpfiges Lächeln, diese Funken in seinen Augen, das genügte, um ihr jeden Zweifel zu nehmen.

»Allerdings«, warf der König ein, »es gibt Traditionen, auf deren Einhaltung ich bestehen werde.«

Sinabells Gedanken rasten. Die Brust schnürte sich ihr zu und jede Freude über den errungenen Sieg war wie weggeblasen, als ihr einfiel, worauf der König hinauswollte. Sie hob an, zu widersprechen, doch nichts konnte verhindern, was nun kam. Statt ihrem Vater ins Wort zu fallen, statt zu ihm hinaufzurufen, dass er das nicht verlangen könne, sprach sie leise zu sich selbst, was sich in schwerwiegender Gewissheit auf ihr Herz gelegt hatte. »Drei Aufgaben ...«

Das war sein Todesurteil.

»Ich stehe Euren Traditionen nicht im Wege«, sagte Farin an den König gerichtet.

»Drei Aufgaben sollt Ihr erfüllen«, sprach der König. »Beweist mir, dass Ihr meiner Tochter würdig seid, und bringt mir das Herz eines Drachen. Das soll Eure erste Prüfung sein.«

Der Prinz sagte nichts. Seine Antwort beschränkte sich auf eine tiefe Verbeugung, die er trotz seiner gebundenen Hände eleganter vollführte, als jeder der Adligen auf dem Balkon dort oben es je vermocht hätte.

***

Sinabell rannte, so schnell sie konnte, durch den langen Korridor. Sie hoffte und betete, dass sie keiner ihrer Schwestern und erst recht nicht ihrem Vater in die Arme laufen würde.

Sie hatten Prinz Farin keinen Moment der Ruhe gegönnt. Gleich nachdem ihr Vater ihm die erste Aufgabe gestellt hatte, wurden ihm ein Pferd und eine Lanze gebracht.

Sie hatten ihn in den Tod geschickt. Ohne Proviant, ohne einen Knappen an seiner Seite, nicht einmal eine Rüstung hatte man ihm gegeben. Sinabell konnte nur hoffen, dass er so klug wäre zu fliehen. Was sonst hätte er auch tun sollen? Wahrscheinlich spekulierte ihr Vater sogar darauf.

Er musste einfach heimkehren und nie wieder zurückkommen! Sie würde es nicht ertragen können, wenn er ihretwegen in den Tod ritt.

Sie erreichte den Westflügel des Schlosses und lief bis zu der breiten Fensterfront, von wo aus sie weit über das Land blicken konnte. Ihre Hände lagen auf dem kalten Glas und ihr hetzender Atem ließ die Scheibe beschlagen und verdeckte für einen Moment den kleinen Punkt in der Ferne, der sich langsam von ihr fortbewegte.

Es war Prinz Farin, den sie dort sah, wie er in Richtung der Berge ritt.

»Das ist die falsche Richtung!«, rief Sinabell und schlug gegen die Scheibe. Wie konnte er bloß so töricht sein? Er ritt geradewegs zu den Drachenfelsen, in den sicheren Tod. Konnte der Stolz eines Prinzen denn so groß sein? Die Ehre so viel wichtiger als Leib und Leben?

»Sina«, sprach Malina sie zaghaft an.

Sinabell drehte sich nicht zu ihr um. Sie ließ den Kopf sinken und lehnte die Stirn gegen das Fenster.

»Oh Sina, was hast du dir bloß dabei gedacht?« Malina legte die Hand auf ihre Schulter, doch die Berührung ihrer Schwester schenkte ihr keinen Trost.

»Vater will dich sehen und du kannst dir sicher vorstellen, dass er sehr, sehr wütend ist.«

Sinabell löste sich von dem Anblick des Prinzen, der kaum mehr zu erkennen war. Sie wirbelte herum und warf sich mit dem Rücken gegen die Wand. »Was ich mir dabei gedacht habe? Dass es Unrecht ist, das habe ich mir gedacht!«

»Ach, Sina, du bist einfach zu naiv für diese Welt. Und viel zu impulsiv! Jetzt hast du die Wut des Königs auf dich gezogen und deinem Prinzen hast du auch keinen Gefallen getan. Er wird im Kampf gegen die Drachen sterben und sollte er feige sein und heimkehren wollen, statt sich der Prüfung zu stellen, werden unsere Grenzwachen ihn niederstrecken, ehe er auch nur einen Fuß in sein Land setzen kann.«

»Warum sagst du so etwas?« Sinabell konnte nicht glauben, was ihre Schwester da sagte. Sie wollte es nicht hören, es nicht wahrhaben.

»Weil es die Wahrheit ist«, erklärte Malina. »Ich will dir doch nur helfen. Du musst damit aufhören. Lenk ein, solange du noch kannst. Vater ist kein Mensch, der verzeiht, und ich will dich nicht verlieren.«

Sinabell drehte sich von ihrer Schwester weg, sah zu Boden und kämpfte mit den Tränen. »Ich hasse ihn«, knurrte sie durch zusammengebissene Zähne.

Ihre Schwester trat näher an sie heran. »Das darfst du auch«, flüsterte sie, »aber behalte diese Gedanken für dich. Denn sie sind alles, was hier noch frei ist und nicht dem König zu Diensten. Lass sie fliegen, aber sprich sie niemals offen aus. Nicht, wenn dir dein Leben lieb ist.«

Sinabell schwieg. Ihre Hände ballten sich zu Fäusten und sie atmete tief durch, bevor sie sich von der Wand abstieß. Zumindest in einem hatte Malina Recht. Sie musste damit aufhören. Sie durfte sich nicht ihrer Angst hingeben und in Selbstmitleid versinken. Sie war vielleicht dem Willen ihres Vaters ausgeliefert, aber wenn Farin mit offenen Augen seinem sicheren Tod entgegentreten konnte – wenn er ohne Zögern zu den Drachenfelsen reiten konnte, um sich übermächtigen Feinden zu stellen –, dann konnte sie auch ihrem Vater die Stirn bieten.

»Wo erwartet er mich?«

»Im Arbeitszimmer«, antwortete Malina. »Die Gesellschaft hat sich bereits aufgelöst«, fügte sie hinzu, als Sinabell bereits im Gehen war. »Vater hat alle fortgeschickt.«

***

Sinabell blieb vor dem Arbeitszimmer ihres Vaters stehen. Die links und rechts postierten Wachen traten einen Schritt vor, salutierten und öffneten ihr die Tür.

Der König erwartete sie an dem massiven Eisenholztisch sitzend, der die Mitte des Raumes markierte. Sinabell vollzog einen tiefen Knicks vor ihm und verharrte lange mit gesenktem Haupt und wild pochendem Herzen, während ihr Vater sich viel Zeit ließ, aufzustehen, den Tisch zu umrunden und sein Schweigen auf sie wirken zu lassen.

Sie wollte mutig sein, wollte ihm ohne Furcht entgegentreten und doch hatte sie einen Kloß im Halse stecken, der ihr das Schlucken zur Qual machte. Sie spürte die Hitze in ihren Wangen und biss sich auf die Unterlippe, weil Tränen sie zu übermannen drohten.

»Meine eigene Tochter«, begann er schließlich. »Bloßgestellt hast du mich, vor meinem Volk, vor meinem versammelten Hofstaat und das am Tag der Verlobung deiner Schwester. Köpfen sollte ich dich für diesen Frevel.«

Ihr Herz machte einen Sprung. Köpfen, das würde er wahrscheinlich sogar tun und für einen kurzen Augenblick wurde ihr bei dem Gedanken schwindelig. Aber sie war hier, sie lebte und sicher würde er ihr nichts antun, solange nicht gewiss war, dass Farin seine Aufgabe nicht hatte meistern können.

»Ich tat, was ich für richtig hielt«, erklärte sie und hob vorsichtig den Blick.

»Schweig!«, schrie er und sofort sah sie wieder zu Boden. »Ich bin mehr als enttäuscht von dir«, sprach er weiter. »Doch jetzt habe ich eine Entscheidung getroffen, die wohl für alle das Beste sein wird. Du wirst in drei Tagen mit Fürst Annbold vermählt werden.«

»Was?«, rief sie unüberlegt aus und sah nun doch auf zu ihm. Ihr Vater drehte ihr den Rücken zu, als sie aufsprang und in ihrer Bestürzung von ihm wegstolperte.

»Fürst Annbold ist ein treuer Untergebener und genießt mein vollstes Vertrauen. Er war zudem bereits dreimal verheiratet und hat kürzlich seine dritte Frau zu Grabe getragen. Mit so einem ungezähmten Ding wie dir wird er sicher auch zurechtkommen.«

In Sinabells Ohren rauschte es. Sie hatte das Schlimmste erwartet, doch der Tod wäre eine Gnade gewesen verglichen mit einem Leben an der Seite eines vertrockneten, alten, rückgratlosen Speichelleckers, wie Annbold einer war.

»Aber Ihr habt der Verlobung mit Prinz Farin zugestimmt«, warf Sinabell in ihrer Verzweiflung ein.

»Ja, das habe ich, doch in drei Tagen wird von ihm nicht mehr geblieben sein als ein Häufchen Asche.«

»Aber Vater ...«, brachte sie mit erstickter Stimme hervor. Dabei wusste sie, dass es beschlossene Sache war. Jede Hoffnung, Farin lebend wiederzusehen, wurde zerschlagen von dem, was ihr Vater von ihr verlangte. In ihrem zerberstenden Herzen war kein Platz mehr für Angst oder gar Wut. Da war nur noch die Machtlosigkeit, die ihre Beine zittern und alles um sie herum fremd und unwirklich wirken ließ.

»Du wirst keine Widerworte geben! Du hast schon genug angerichtet und kannst froh sein, so glimpflich davongekommen zu sein. Drei Menschenleben hast du schon auf dem Gewissen. Ich denke, das ist genug für einen Tag.«

»Drei ...?«, brachte sie kaum hörbar hervor.

»Was dachtest du, geschieht mit den Wachen, die dich zu dem Prinzen gelassen haben? Während wir hier sprechen, rollen ihre Köpfe. Ich habe dem Volk eine Hinrichtung versprochen und genau die haben sie von mir bekommen.«

Sinabells Puls begann heftig zu pochen. Ihre Kehle schnürte sich zu. Was ihr Vater sprach, wollte sich ihr nicht begreiflich machen. Nichts hatten diese Männer falsch gemacht. Nichts. Sinabell schlang ihre Arme um ihren zittrigen Körper und doch schenkten sie ihr nicht den Halt, den sie so dringend brauchte. Ihre Knie wurden weich und drohten wegzusacken. Sie wäre gefallen, hätte sie nicht irgendwo in der Ferne ihren Vater sagen hören, sie solle nun auf ihr Zimmer gehen.

Ohne ein weiteres Wort oder einen Knicks zum Abschied stolperte sie zur Tür und stützte sich dort gegen den Rahmen. Die Wachen ließen sie passieren und irgendwie gelang es ihr, den Weg zu ihrem Zimmer zu finden. Dort sackte sie in ihrer Leseecke zu Boden und weinte. Sie tränkte die Kissen mit Tränen, bis ihr Kopf schmerzte, ihre Augen brannten und ihre Stimme heiser war vom Wimmern und Schluchzen.

Ihr Leben, all ihre bisherigen Erfahrungen, jedes Lachen und jeder schöne Moment, waren unwichtig und sinnlos geworden. All das war aufgebaut auf Lügen, die sich tief in ihr Inneres fraßen und nichts weiter übrigließen als dunkle, kalte Schwärze. Sie hatte keinen Halt mehr, sah keinen Sinn noch zu kämpfen. Was sie berührte, zerbrach. Was sie versuchte zu flicken, wurde unwiderruflich zerstört. Sie war verflucht. Das musste es sein, anders konnte sie es sich nicht erklären.

Sie zog das Kissen, auf dem sie lag, dichter an sich heran und berührte dabei etwas Hartes. Sie richtete sich auf, wischte sich die Tränen aus dem Gesicht und schob das Kissen beiseite. Noch einmal trocknete sie ihre Tränen, denn sie konnte nicht glauben, was sie da verschwommen vor sich liegen sah. Dort, auf dem Boden und eben noch unter dem Kissen versteckt, lagen die zwei Bücher, die sie Farin gegeben hatte.

Sie warf einen flüchtigen Blick auf die Tür. Wer hatte ihr die Bücher gebracht? Malina vielleicht? Wer auch immer es gewesen war, hatte gewusst, dass sie die Bücher hier finden würde.

Sie strich mit den Fingern über den Drachen, der den Einband des roten Buches zierte. Gestern noch hatte Farin über diese mächtige Bestien gelesen, die morgen schon sein Tod sein würden. Sie nahm das Buch in die Hand und zog es dicht an sich heran. Es roch nach ihm – nach ihm und nach Abenteuern.

Sie schlug es auf und begann zu lesen.

***

Nirgends war sie so frei wie in den endlosen Weiten der Lüfte. Das Land weit unter ihr war ein Meer aus Farben und vor ihr lag nichts weiter als der blaue Himmel. Bis zum Horizont erstreckte er sich und weit darüber hinaus.

Über das Land unter ihr flog ihr Schatten. Mächtige Schwingen spannten sich weit über die Felder. Ihr Körper, schlank und wendig, folgte ihrem echsenartigen Kopf.

Sie genoss den Wind, der ihren Körper umspielte, das kühle Nass der Wolken, die sie durchpflügte und die sich in glitzernden Tropfen auf die Schuppen ihrer Haut legten.

Die grünen und blauen Flecken unter ihr wandelten sich bald in karges Land. Hier war sie zu Hause, hier lebten ihre Brüder und Schwestern und hier fand sie den Fremden. Sie erspähte den Eindringling weit voraus.

Er ritt auf einem weißen Ross, das seine besten Jahre bereits hinter sich gelassen hatte. Eine Lanze war seine einzige Waffe. Und damit war er ein leichtes Opfer. So leicht, dass sie nicht der einzige Drache war, der ihn bereits ins Visier genommen hatte.

Ein paar kräftige Flügelschläge ließen sie wie ein Pfeil über die Felsen rasen. Sie schnellte dicht über den Reiter hinweg und ließ sein Pferd scheuen.

Ihre Pranken schlugen sich mit voller Wucht in den Steindrachen, der gleich neben dem Fremden auf der Lauer gelegen hatte. Der Drache schrie auf, wurde von ihr weit zurückgedrängt und prallte mit dem Rücken gegen den Fels. Sie zögerte nicht, verbiss sich im Hals der Bestie und riss ihm die Kehle raus.

Ein Röcheln war das letzte Geräusch, das er von sich gab, bevor er zu Stein erstarrte und starb.

Sie wandte sich dem Reiter zu. Er war derweil von seinem Pferd gesprungen und hatte die Lanze auf sie gerichtet. Mutig war er, das musste man ihm lassen. Seine Hände zitterten nicht, sein Blick war entschlossen und doch lag kein Anzeichen von Leichtsinn in seinen Zügen. Eine Eigenart, die ihn nur als Prinzen auszeichnen konnte.

In wohlgewählten Schritten vollführte sie einen Bogen um den jungen Mann, der sie dabei keine Sekunde aus den Augen ließ und ihr mit der Spitze seiner Lanze folgte.

Sie hatte ihn erst zur Hälfte umrundet, da war sie sich sicher, ihn nach der kurzen Zeit gut genug einschätzen zu können. Sie konnte den nächsten

Schritt wagen. In einer schnellen Bewegung reckte sie sich in die Höhe, wirbelte um sich selbst und verdeckte dabei für einen Augenblick ihren Drachenkörper, nur um im nächsten Moment ihr wahres Wesen preiszugeben.

Sie lächelte verstohlen, als sie ihm in ihrer menschlichen Gestalt gegenüberstand und mit Zufriedenheit erkannte, dass sie sich nicht in ihm getäuscht hatte. Er war wirklich ein besonnener Charakter. Andere Recken hätten den Moment, und den scheinbaren Vorteil, für sich genutzt und sich auf sie gestürzt.

Er aber war nicht so einfältig gewesen.

»Ich bin im Zwiespalt«, sprach sie und musterte ihn durch schmale Augen, ohne ihr Lächeln dabei zu verlieren. Seine aufkommende Unsicherheit amüsierte sie. »Ihr beweist Mut und Tapferkeit Euch hierherzuwagen, in das Reich der Drachen, in mein Königreich. Es war klug, Euch nicht im törichten Übermut auf mich zu stürzen, als meine vermeintliche Blöße sich auftat. Doch wie dumm von Euch, überhaupt hierherzukommen. Was erhofft Ihr Euch von diesem närrischen Tun?«

Der Prinz senkte seine Waffe und ging vor ihr auf die Knie.

»Verzeiht mir mein Eindringen in Euer Reich, Königin der Drachen.«

Er tat gut darin, seine Waffe zu senken und ihr denselben Respekt entgegenzubringen, wie er es bei einer Königin aus seinem Volk getan hätte. Das schenkte ihm weitere Minuten seines Lebens. Doch mehr konnte sie ihm kaum entgegenkommen. Sich ihm zu zeigen, mit ihm zu reden, das war bereits mehr, als sie den meisten Menschen je gewährt hatte. Es mochte die Langeweile und ein Stück weit Neugier sein, die sie dazu veranlasst hatten, ihn nicht gleich zu verschlingen, nachdem sie ihren Fressfeind aus dem Weg geräumt hatte.

»Dein Leben liegt nun in meiner Hand, junger Prinz«, erklärte sie ihm. »Hattet Ihr geglaubt, mit diesem Zahnstocher etwas gegen mich und meine Brüder und Schwestern ausrichten zu können?«

»Ich hoffte auf das Glück«, antwortete er und sah zu ihr auf.

Obwohl er ihr ausgeliefert war und auf dem Boden vor ihr kniete, umspielte ein sanftes Lächeln seine Lippen.

Sie breitete ihre Schwingen aus, die alles waren, was an ihr noch an einen Drachen erinnerte, und ließ den Prinzen in deren Schatten verschwinden.

Doch noch immer zeigte er keine Spur von Furcht in seinem Blick. Selten hatte sie solch einen Menschen getroffen. Dabei kamen sie oft und starben in Scharen. Sie war beeindruckt und gewillt, ihn am Leben zu lassen. Zumindest für eine Weile, zumindest so lange, bis sie seiner überdrüssig wäre.

Sie streckte ihm die Hand entgegen und forderte ihn auf, sie zu ergreifen.

»Ihr könnt hier sterben wie ein Held, doch einsam und ohne, dass je ein Lied über Euch gesungen wird, oder Ihr nehmt mein Angebot an und lebt fortan an meiner Seite. Schließt Euch mir an, lasst mich Eure Königin sein, und gemeinsam werden wir das Reich der Drachen beherrschen. Unsere Macht wird unermesslich sein und die Menschen werden uns fürchten. Wir werden sie uns untertan machen, die Drachen werden ihre Schwingen erheben und ihren Feuerodem in alle vier Winde verbreiten.«

»Euer Angebot ehrt mich, doch mein Herz ist bereits vergeben und durch ein Versprechen gebunden.«

Wie hätte es auch anders sein können? Was, wenn nicht die Liebe, konnte einen Mann so weit treiben? Doch Menschen ahnten nicht, was es tatsächlich bedeutete, aufrecht zu lieben. Ihre Lebensspanne war doch viel zu kurz, um einander tatsächlich nahekommen zu können. Nicht Liebe, sondern närrische Blindheit trieb einen Mann so weit.

»Dann wählt Ihr den Tod«, stellte sie trocken fest und spielte mit dem Gedanken, seine Antwort nicht abzuwarten.

Eine einzige Bewegung hätte ihr genügt, ihn hier und jetzt zu vernichten. Ihm wäre nicht einmal Zeit geblieben, um sein Liebchen zu trauern, wäre ihr danach gewesen, sein Leben zu beenden. Doch noch immer beherrschte die Neugier sie und sie wollte hören, was er zu entgegnen hatte.

»Ich kam, um das Herz eines Drachen zu erringen. Ihr bietet mir nun das Eure und dennoch muss ich ablehnen. Wenn die unvermeidbare Folge davon der Tod ist, dann werde ich ihm mit offenen Augen entgegentreten.«

Der Schrei eines Drachen – so nah, dass sie die Erde unter ihren Füßen beben spürte ließ den Prinzen aufschrecken. Unwillkürlich wollte er nach seiner Lanze greifen und ließ es doch bleiben, als die Drachenfrau bedrohlich ihre Flügel reckte. In diesem Bruchteil einer Sekunde, indem er zögerte, mit dem Blick auf die Drachenfrau gerichtet, war der Drache bereits bei ihnen. Wie aus dem Nichts schoss er in die Höhe, ließ die Felsen unmittelbar neben dem Prinzen zerbersten, der sich zur Seite rollte, um sich in Sicherheit zu bringen. Er ergriff die Lanze, als der Drache über sie beide hinwegrollte, wich den Gesteinsbrocken aus, die zu Boden prasselten, und schlug mit dem Rücken gegen den Fels.

Der Feuerdrache, der es auf den Prinzen abgesehen hatte, ließ sich Zeit, ihm zu folgen. Dichter, rot flimmernder Rauch drang aus seinen geweiteten Nüstern und in seinem Blick lag unbändige Gier.

Das Pferd des Prinzen bäumte sich auf, als der Drache ihm gefährlich nahekam. Sein Wiehern zog die Aufmerksamkeit der Bestie auf sich. Panisch ergriff es die Flucht.

Der Drache riss sein Maul auf und spie dem Pferd seinen Feuerodem nach, während der Prinz seine Chance ergriff und sich von hinten auf die Bestie stürzte. Er rammte ihm seine Lanze in den Rücken und klammerte sich daran fest, als der Drache herumwirbelte, seinen Kopf nach hinten warf und in einem markerschütternden Aufschrei eine Feuersäule in den Himmel spie. Taumelnd schlug der Drache gegen sein steinernes Ebenbild und schlug es dabei in tausend Teile.

Die Drachenfrau hörte den Prinzen schreien, ehe das Getöse alles übertönte. Aufwirbelnder Staub nahm ihr die Sicht auf das Geschehen und erst, als er sich wieder legte, sah sie den reglosen Körper des jungen Mannes zwischen dem Schutt liegen.

Den Feuerdrachen hatte er mit seiner wagemutigen Aktion nur wütend gemacht, seine Lanze lag gebrochen neben ihm, während er taumelnd versuchte, auf die Beine zu kommen.

Sie mochte die Königin der Drachen sein, doch auch ihre Macht war begrenzt. Hatte ein Drache erst einmal seine Beute erspäht, gab es nichts und niemanden, der ihn davon abhalten konnte, sich auf sie zu stürzen.

Doch dies hier war ihre Beute, ihr Prinz. Sie hatte ihn erspäht, hatte den Steindrachen im Kampf um ihn geschlagen und sie war nicht bereit, ihn so einfach aufzugeben.

Sie breitete ihre Schwingen aus, wirbelte hinauf in die Lüfte und stürzte sich in Form eines Drachen wieder hinab. Der Feuerdrache ließ von dem Prinzen ab und warf ihr seinen Feueratem entgegen, als sie sich auf ihn herabstürzte wie ein Falke auf ein Kaninchen. Geschickt wich sie aus, flog einen Bogen um ihn und wagte einen erneuten Angriff, als sein Feuer erloschen war.

Nichts als schwarzen Rauch würgte der Drache ihr in einem erstickten Aufschrei entgegen, als der Prinz ihm die gebrochene Lanze durch den langgestreckten Hals rammte.

Die Drachenkönigin bremste ihren Ansturm nicht ab, fegte über die in sich zusammensackende Bestie hinweg, ergriff den Jüngling mit ihren Pranken und warf ihn gegen den Fels im Rücken des sterbenden Drachen.

Der harte Aufschlag presste ihm die Luft aus den Lungen. Er verdrehte die Augen, seine Finger zuckten, so dass sie einen Moment glaubte, ihm das Rückgrat gebrochen zu haben.

Wieder in Form einer menschlichen Frau, waren es nur ihre Schwingen, die den Prinzen vor dem Feuersturm schützten, als der Drache in ihrem Rücken seinen letzten Atemzug tat und anschließend von seinem eigenen Odem verschlungen wurde.

Die aufwirbelnden Flammen strömten wie die Wellen des Meeres gegen die umliegenden Felsen und verloren sich in den Weiten des Ödlandes. Nichts als verkohlte Klumpen blieben von dem Feuerdrachen. Und der Schatten seiner Gestalt in den steinigen Grund gebrannt.

Der Prinz warf hustend und Blut spuckend seinen Oberkörper zur Seite und erstarrte in seiner Bewegung, als er sah, was von dem Drachen übriggeblieben war.

Sie hatte Mitleid mit ihm. Er war gekommen, um einen aussichtslosen Kampf zu kämpfen, hatte das Unmögliche vollbracht und einen Drachen erlegt – sogar dem Tod von zweien von ihnen beigewohnt – und stand nun doch mit leeren Händen da. Er rappelte sich auf, stolperte an der Herrin der Drachen vorbei und starrte voller Entsetzen auf die Überreste des Feuerdrachen.

Sie drehte sich ihm zu, hob den Blick und die Brauen. Ein amüsiertes Lächeln umspielte ihre Lippen und er wich ihr aus, als sie auf ihn zukam.

Doch es gab keinen Ausweg. Mit dem Rücken berührte er die Steilwand und presste sich fest gegen den Fels. Sein Blick fixierte sie, er atmete tief durch und sie wusste, dass er mit seiner Angst kämpfte. Keine Angst zu haben wäre auch töricht gewesen.

Dennoch gewannen sein Stolz und sein Mut. Er sah ihr direkt in die Augen. Sie konnte sein Herz wild schlagen hören und als sie begriff, dass es mit dem ihren im Gleichklang schlug, wusste sie, dass nicht er ihr ausgeliefert war, sondern sie ihm.

Sie legte die Hand auf ihre Brust und spürte die Hitze ihres Blutes. Unter ihren Fingern glomm sie auf und tauchte ihr Fleisch in rotes Licht.

»Ich bin die Königin der Drachen«, erklärte sie mit ruhiger Stimme. »Der Drachenodem fließt durch meine Adern, mein Herz ist hart wie Stein und wie Eisen meine Haut. Nichts und niemand berührt mich, nichts kann mich erweichen. Und dennoch fühle ich mit Euch, junger Prinz. Ich bedaure Euer Schicksal und bewundere Euren Mut. Es tut mir leid, dass Ihr Euer Ziel nicht erreichen könnt. Versteht Ihr, mein Prinz? Ich leide und noch nie zuvor litt ein Drache auf diese Weise. Ich kann nicht sein mit dieser Hitze in meiner Brust, also nehmt mein Herz, denn Ihr habt es erobert.«

Ihre Hand versank in dem roten Schein ihrer Brust und dieser verglomm, als die Drachenfrau die Finger wieder herauszog und dem Prinzen ihr pochendes Herz entgegenstreckte.

Stumme Schmerzen

Sinabell schrak auf. Sie musste eingeschlafen sein. Sie lag in ihrer Leseecke, vor ihr das aufgeschlagene Buch, und sie war sich nicht sicher, ob sie das Erlebte gelesen oder bloß geträumt hatte. Noch einen kurzen Moment waren das Gefühl von Freiheit und die Stärke, die der Königin der Drachen zu eigen gewesen waren, so deutlich spürbar, dass sie die Trauer überdeckten. Dann aber holte sie die Wirklichkeit ein. Das erstickende Gefühl der Machtlosigkeit trieb ihr erneut die Tränen in die Augen.

Mit den Fingern strich sie über die Buchstaben. Sie riss die Augen auf, als die Zeichen sich unter ihrer Berührung von den Seiten lösten und davonflogen wie aufgewirbelter Staub. Sie lösten sich auf, kaum dass sie das Papier verlassen hatten. Das Papier selbst zerfiel, als hätte es bereits Jahrhunderte dort gelegen.

Ein lautes Klopfen ließ Sinabell aufschrecken.

»Mach schon auf, Sina!«, rief Malina durch die geschlossene Zimmertür.

Sinabell rappelte sich auf und wollte sich den Staub vom Rock klopfen, doch von dem Buch war keine Spur geblieben. An die Geschichte darin erinnerte sie sich dennoch so gut, als wäre sie dabei gewesen – es kam ihr beinahe so vor, als wäre sie selbst die Königin der Drachen und Farin der Prinz gewesen.

Wieder klopfte Malina an die Tür. Sinabell zögerte, als sie den Schlüssel im Schloss entdeckte. Sie konnte sich nicht entsinnen, abgeschlossen zu haben, und wusste auch nicht, seit wann sie wieder einen Schlüssel besaß.

Sie öffnete die Tür und ließ Malina eintreten.

»Du kannst dich doch nicht den ganzen Tag einschließen«, beschwerte sie sich. »Der Hofschneider wartet auf dich. Zwei Tage für ein Hochzeitskleid. Das ist kaum zu schaffen und du lässt ihn auch noch warten!«

»Ich werde nicht heiraten!«, entgegnete Sinabell. »Farin wird die Aufgabe erfüllen und zurückkehren.«

Malina sah sie mitleidig an. »Dann lass das Kleid für deine Hochzeit mit ihm schneidern.«

Malina schien nicht im Geringsten an Farins sichere Heimkehr zu glauben. Doch das Letzte, was Sinabell wollte, war zu streiten. Dafür hatte sie keine Kraft, wo sie doch all ihre Energie brauchte, um die Hoffnung aufrechtzuerhalten, die ihr das Buch der Drachen geschenkt hatte. Sie wollte nicht diskutieren und sich nicht gegen das Unvermeidbare wehren. Nicht, wenn sie dadurch Zeit schinden konnte. Zeit, die Farin brauchen würde.

Sie warf noch einmal einen Blick auf das Kissen, auf dem eben noch das rote Buch gelegen hatte.

»Dann meinetwegen, soll der Schneider kommen.«

***

Es war bloß ein Traum gewesen. Zwei Tage waren vergangen und keine Spur von Farin. Vielleicht war sie wirklich die Königin der Drachen gewesen und er der tapfere Prinz – einst, in einem anderen Leben. Ja und vielleicht würden sie irgendwann wieder aufeinandertreffen, lange nachdem ihr Körper schon zu Staub zerfallen war, so wie das Buch.

Nun stand sie in der Tür des Thronsaals. Hunderte Geiger standen auf der Galerie und spielten eine Melodie, die romantisch sein sollte, in Sinabells Ohren jedoch düster und wehklagend klang.

Sie versuchte ruhig zu atmen, während die Adelsgesellschaft links und rechts von ihr eine Gasse für sie bildete. Ihre in Spitzenstoff gehüllten Hände hielt sie vor dem Bauch gefaltet. Das weiße Kleid schnürte ihre Brust fest ein und endete in einer weit ausfächernden Schleppe, die Sinabell hinter sich her zog. Sie trug keinen Schleier vor dem Gesicht. Mit offenen Augen wollte sie ihrem Schicksal entgegentreten und hatte alle Mühe, die Fassung zu bewahren, als sie den ergrauten Fürsten sah, der vor dem Thronpodest auf sie wartete.

Er war alt, untersetzt und trug einen dicken Bauch vor sich her, der es ihm wohl kaum erlaubte, seine eigenen Füße zu sehen. Der Stoff seiner Ausgehuniform spannte sich so fest um seine Wampe, dass es aussah, als würden ihm jeden Moment die Knöpfe abspringen. Seine Hände waren in seidene Handschuhe gestopft wie Würste in ihre Pelle und seine Rechte ruhte auf dem Knauf eines schlecht polierten Paradeschwertes. Ihr wurde übel, als sie sah, wie seine Finger sich gierig reckten, während sie näherkam, wie er sie von dem Schwert löste und ihr entgegenstreckte.

Wie oft hatte sie ihn schon dort stehen sehen? Wie ein treuer Hund wich er nie von der Seite des Königs, scharwenzelte um ihn herum wie eine Biene um den Honig und wurde nie müde, ihm giftige Worte ins Ohr zu flüstern. Schon als Sinabell ein kleines Kind gewesen war, hatte er neben ihr am Tisch gesessen, mit ihr auf Bällen getanzt und sie beim Spielen in den Palastgärten beobachtet. Nun, da sie ihn dort vorn stehen sah, warf alles, was geschehen war, ein ganz anderes Licht auf ihn und seine Beziehung zu ihr, ihrem Vater und dem Königshaus.

Sinabell schloss für einen Moment die Augen und atmete tief durch. Alles in ihr drängte sie, umzukehren und davonzurennen, doch wohin hätte sie gehen sollen? Was hätte es ihr genutzt?

Sie lief weiter und trat schließlich vor den König. Sie wagte es nicht, ihrem Vater oder ihrem Zukünftigen ins Gesicht zu schauen. Noch immer kämpften in ihr Wut und Trauer und sie konnte sich nur unter Kontrolle halten, indem sie den Blickkontakt zu ihnen vermied.

Die Musik verstummte und gerade in dem Moment, als der König anhob zu sprechen, flogen die Flügeltüren auf.

Sinabell wirbelte herum. Ihr Antlitz erhellte sich, als sie den Reiter sah, der in den Thronsaal galoppiert kam.

Die Damen schraken auf und alle wichen dem Prinzen aus, dessen Pferd sich aufbäumte, ehe er den Gang entlangritt und knapp vor der Prinzessin und dem König zum Stehen kam.

Farin sprang aus dem Sattel und verbeugte sich tief vor Sinabell. Das kecke Grinsen auf seinen Lippen steckte sie an.

Er sah mitgenommen aus. Seine Kleidung war verrußt und zerrissen. Kratzer und Schrammen zeugten von seiner Tortur. Doch seine Augen strahlten und Sinabells Herz machte einen Sprung, als er ihre Hand nahm und sie liebevoll küsste.

»Ihr wagt es …«, begann Fürst Annbold zu protestieren, wurde aber sogleich von Farin unterbrochen.

»Ihr wagt es, meine Braut stehlen zu wollen?«, entgegnete er. »Ist es ein Duell, das Ihr wünscht? Nein? Dann schweigt!«

Zähneknirschend trat der Fürst einen Schritt zurück. Dennoch lag seine Hand auf dem Knauf seines Schwertes und er wartete nur auf ein Wort des Königs, um es zu zücken.

Prinz Farin schmunzelte und zog etwas aus seiner Tasche. Ein dumpfes Pochen erfüllte den Thronsaal und ließ jeden und alles verstummen. Farin kniete vor dem König nieder und reichte ihm seine Beute. Das rot leuchtende Herz eines Drachen.

»Wie habt Ihr …?«, murmelte der König, ungewohnt fassungslos und wagte es nicht, das Herz entgegenzunehmen.

»Ihr schicktet mich, das Herz eines Drachen zu erobern. Ich tat, wie mir geheißen.«

»Ich selbst schlug Drachen in meiner Jugend, um Ruhm und Ehre zu erlangen. Ich sah sie versteinern und zu Staub zerfallen.«

»Vater, worauf willst du hinaus?«, fragte Sinabell, wohl wissend, wie provokant ihre Worte waren. »Hieltet Ihr diese Aufgabe denn für unlösbar?«

»Natürlich nicht!«, widersprach er. »Ihm traute ich es allerdings nicht zu! Und nun nehmt dieses Ding vor meiner Nase weg.«

Farins Lächeln verstummte. Er ließ das Herz wieder in seiner Tasche verschwinden, so behutsam, als wäre es aus Glas und das Wertvollste, was er besäße.

»Nun denn, kommen wir zu Eurer nächsten Aufgabe«, sprach der König laut und über den Kopf des Prinzen hinweg.

»Aber Vater!«, warf Sinabell ein. »Lass ihm doch zumindest ein paar Tage Zeit, sich zu erholen.«

»Wer mit einem so breiten Grinsen im Gesicht in den Thronsaal stürmt, als stände der Krieg vor den Toren, wird eine Erholungspause kaum brauchen.«

»Stellt mir Eure Aufgabe«, sprach der Prinz. »Ich bin bereit.«

Ein triumphales Lächeln huschte über des Königs Lippen. »Geht und bringt mir den Flügel einer Fee. Mehr verlange ich nicht.«

Ein Raunen zog sich durch die Menge, während Farin sich nur knapp verbeugte.

»Wie Ihr wünscht.«

Sinabell gab sich alle Mühe bestürzt zu wirken. Mit dem Wissen, dass das Buch der Feen in ihren Gemächern lag, fiel ihr das allerdings schwer. Es gelang ihr, ein Lächeln zu unterdrücken, und sie verbarg den Anflug dessen hinter ihren Händen.

Der König aber machte aus seiner Freude keinen Hehl.

»Nun gebt dem tapferen Prinzen ein Schwert!«, rief er lachend in die Runde und die Adelsgesellschaft stimmte mit ein. »Auf dass er sich gegen die Feen verteidigen möge.«

Fürst Annbold trat nun einen Schritt vor und zog das Schwert aus seiner Scheide.

»Nehmt meins!«, höhnte er und streckte Farin den Griff entgegen. »Es ist zwar stumpf und mehr ein Schmuckstück als eine Waffe, aber gegen Feen wird es ebenso wirksam sein wie jedes andere Schwert auch.«

Prinz Farin ignorierte den Spott. Dankend nahm er das Paradeschwert an und befestigte es an der Satteltasche seines Pferdes. Ein weiteres Mal nahm er Sinabells Hand und ließ sich viel Zeit, sich vor ihr zu verbeugen und sich zu verabschieden. Dabei sah er sie schweigend an, sprach allein mit seinen Augen, liebkoste ihre Hand und hielt diese fest umschlossen.

»Nun geht schon!«, blaffte der Königin ihn an. »Oder wollt Ihr hier etwa Wurzeln schlagen?«

Prinz Farin verbeugte sich knapp vor dem König und schwang sich auf sein Pferd.

Sinabell sah ihm nach, wie er durch den Thronsaal ritt, und bemerkte erst, dass ihr Vater neben sie getreten war, als sie den Prinzen schon nicht mehr sehen konnte.

»Drei Tage«, sagte er. »Wenn er in drei Tagen nicht zurück ist ...«

»Er wird zurückkommen«, entgegnete sie und erhob die Stimme. »Er wird diese Prüfung bestehen und auch die dritte. Ihr werdet schon sehen!«

Ohne auf eine Antwort zu warten, rannte sie aus dem Saal.

In ihrem Rücken hörte sie den König zur Adelsgesellschaft sprechen. Es war ihr egal, was er zu sagen hatte. Es war ihr egal, dass sie sich für ihr ungebührliches Verhalten Ärger einhandeln würde, und beinahe vergaß sie über ihrer Wut, dass sie bloß das Buch in ihrem Zimmer aufschlagen musste, um dem Prinzen helfen zu können.

Sie durchquerte das Foyer und stieß die Flügeltür auf, um diese Mauern zu verlassen, die ihr das Atmen schwer machten. Draußen holte sie tief Luft und hatte dennoch das Gefühl, zu ersticken.

Sie lief die Treppe hinunter zum Marktplatz. Eine Gruppe Frauen stand tuschelnd an einem Blumenstand, als die junge Prinzessin an ihnen vorüberlief. Die Frauen waren nicht die Einzigen hier, die ihr verwundert nachsahen.

Wie hätte es auch anders sein sollen, als dass ausgerechnet heute und in dem Moment, da sie mit rot angelaufenem Kopf, wirren Gedanken und mitsamt Hochzeitskleid aus dem Schloss stürmte, Markt auf dem Vorplatz des Schlosses abgehalten wurde? Jeder hier schien nur Augen für Sinabell zu haben.

»Prinzessin?«, rief ein betagter Kaufmann ihr mit ausgebreiteten Armen zu. Flüchtig sah sie zu dem Mann, der auf sie zugelaufen kam wie ein pummeliges Kleinkind, das eifrig seinem Spielball nachrennt. »Lasst mich Euch gratulieren!«

Sinabell achtete nicht auf ihn. Ihr Blick flog über den Markt, über die vielen Menschen, Stände und Karren, doch was sie suchte, konnte sie nicht entdecken. Farin war nicht mehr hier. Er hatte den Platz wohl schon überquert und die Außenmauer passiert.

Der Kaufmann hatte sie derweil erreicht und starrte sie durch glasige Augen an. Er versuchte nach ihren Händen zu greifen, doch sie entzog sich seiner Berührung.

»Bitte, es gibt nichts, wozu Ihr mir gratulieren müsstet«, wehrte sie ihn ab.

Eine Bauersfrau die gleich neben Sinabell stand, räusperte sich. »Sucht Ihr den jungen Edelmann?«

Sie trat hinter ihrem Stand hervor, der aus nichts weiter als zwei großen Flechtkörben bestand, gefüllt mit ungeputztem Topinambur. Ein aufheiterndes Schmunzeln umspielte ihre Lippen, wofür sie einen abfälligen Blick des Kaufmannes erntete.

»Könnt Ihr mir sagen …?«, begann Sinabell und bekam die Antwort, noch bevor sie den Satz zu Ende sprechen konnte.

Die Frau nickte in Richtung des Haupttores und trat näher an sie heran.

»Geht durch den Seiteneingang dort hinten«, riet sie ihr mit gesenkter Stimme. »Wenn Ihr euch beeilt, könnt Ihr ihn auf den Feldern abpassen.«

»Habt Dank!«

Ein kurzer Blick zurück zum Schlosstor verriet ihr, dass ihre Flucht aus dem Thronsaal nicht ohne Konsequenzen geblieben war. Gerade trat ihre Zofe durch die Tür – in ihrer Begleitung zwei Palastwachen.

Sinabell schlüpfte an der Bauersfrau vorbei und lief geduckt in Richtung Außenmauer.

»Prinzessin!«, rief der Kaufmann ihr hinterher und verriet sie damit an ihre Verfolger.

Sie sah noch, wie die Wachmänner die ersten Stufen hinunter auf den Marktplatz nahmen, als sie bereits die Unterführung erreicht hatte.

Gerade polterte ein breiter, mit Kopfsalat beladener Ochsenkarren durch den schmalen Gang. Der Junge auf dem Wagen nickte ihr gelassen zu. Eine Prinzessin, die in ihrer Festkleidung dastand und ungeduldig wartete, bis der Weg frei wurde, schien ihn nicht im Geringsten zu irritieren. Er trieb das Tier zur Eile an und Sinabell schlüpfte an dem Karren vorbei, kaum dass sich eine Lücke aufgetan hatte. Ihre Schritte hallten durch den Korridor.

Ein Wachmann stand am Ausgang, lehnte gelangweilt an der Außenmauer und kaute auf einem Grashalm, als Sinabell an ihm vorbeilief.

»Heee … he, halt mal!«, rief er ihr verdutzt hinterher.

Sinabell wirbelte herum.

Nun, da sie das Schloss verlassen hatte, erfüllte sie ein berauschendes Gefühl von Freiheit. Sie winkte dem Wachmann übermütig zu.

»Ich will nur etwas frische Luft schnappen«, rief sie.

Dem Mann klappte die Kinnlade herunter. Er schien sich noch uneinig, ob er sie verfolgen oder auf seinem Posten bleiben sollte, doch die Zeit zu einem Schluss zu kommen, wollte Sinabell ihm nicht lassen.

Sie lief ein paar Schritte den Hügel hinauf, blieb stehen und schlüpfte aus ihren Schuhen. Die hochhackigen Sandaletten waren auf dem matschigen Feldweg so hilfreich wie eine Gabel zum Verspeisen von Suppe.

Mit angehobenem Rock lief sie weiter. Oben auf dem Hügel angekommen ließ sie ihren Blick über die Ebene schweifen.

In der Ferne sah sie dichte Wälder, eine Ansammlung kleiner Hütten, satte Wiesen, soweit das Auge reichte, und dort, wo der Weg nur noch ein kleiner Strich in der Landschaft war, erkannte sie einen Reiter auf einem weißen Ross.

Sie war zu spät. All ihre Freude verflog mit einem Mal. Farin hatte die Weggabelung längst passiert. Der Staub, den die Hufe seiner Stute aufgewirbelt hatten, hatte sich bereits wieder gelegt, und der heftige Wind, der hier oben über die Anhöhe fegte, kratzte unermüdlich an den Abdrücken, die das Pferd im dunklen Lehmboden hinterlassen hatte.

Auch an ihrem Kleid und den losen Strähnen ihres Haares zerrten die Böen, drängten sie zurückzukehren – zurück zu dem Schloss, das von hier oben düsterer und bedrohlicher wirkte denn je.

Ihr Blick hing an dem kleinen Punkt in der Ferne, an dem Reiter, der dem Wind trotzend unbeirrt gen Finsterwald ritt.

»Prinzessin!«, hörte sie die Stimme ihrer Zofe in ihrem Rücken rufen.

Keuchend und sich schwer auf die Knie stützend stand die pummelige Frau auf halber Höhe des Hügels und sah hinauf zu Sinabell. Sie wischte sich die Schweißperlen aus dem Gesicht und mühte sich weiterzulaufen.

Die beiden Palastwachen hatten hingegen keine Probleme den Hügel zu erklimmen. Schnellen Schrittes liefen sie an der Zofe vorbei und hätten die Prinzessin bald schon erreicht.

Hastig lief Sinabell ein Stück weiter voran und rief aus vollem Halse seinen Namen.

»FARIN!«, schrie sie so laut, dass ihr die Stimme wegbrach.

Sie hob zögerlich die Hand, versuchte zu erkennen, ob es ein Anzeichen gab, dass er sie gehört hatte, doch er war zu weit weg und gerade als sie meinte, er habe sein Pferd gezügelt, hatten die Wachen sie auch schon erreicht und versperrten ihr die Sicht.

Auch ihre Zofe war wieder zu Atem gekommen.

»Was ist bloß in Euch gefahren, Kindchen?«, fragte sie bestürzt.

Sinabell versuchte über die Schultern der Männer hinweg etwas zu erkennen. Und tatsächlich. Farin hatte sein Pferd gewendet.

Er kehrte zwar nicht um, doch hob er zur Antwort sein Schwert in die Höhe. Sinabell schlug sich die Hände vor den Mund. Tränen füllten ihre Augen und nahmen ihr die Sicht. Ihre zittrige Hand ballte sie zu einer Faust und streckte sie ebenfalls gen Himmel.

Sie lächelte und war sich sicher, dass Farin es ihr gleichtat. Er senkte sein Schwert wieder und die Zofe zog Sinabells Arm herunter.

»Reißt Euch zusammen«, ermahnte sie. »Einfach so von der eigenen Hochzeit davonzustürmen ... Ziemt sich das für eine junge Dame Eures Standes? Und dieses Benehmen!«

»Was kümmert es Euch?«, fragte Sinabell und wandte sich widerwillig von Farin ab. »Ihr seid meine Zofe, nicht meine Anstandsdame.«

»Eine Anstandsdame ist es, die Euch fehlt, junges Fräulein!«

Sie legte Sinabell die Hand um die Schulter und führte sie zurück in Richtung des Schlosses. »Ich kann Euch ja verstehen. Er ist ein stattlicher junger Mann. Doch Jugend und gutes Aussehen sind nicht alles im Leben. Nun lasst ihn seine Aufgabe erfüllen und kehrt zu Eurem Vater zurück.«

Sinabell wehrte sich nicht, als die Frau sie den Hügel hinabführte. Sie wollte nicht zurückkehren, wollte ihrem Vater kein weiteres Mal gegenübertreten. Doch was blieb ihr anderes übrig?

»Was hattet Ihr denn vor?«, fragte die Zofe mit gesenkter Stimme, so dass die beiden Palastwachen sie nicht hören konnten. »Eine Hilfe könnt Ihr ihm nur sein, wenn Ihr brav in Euren Gemächern bleibt, für seine sichere Heimkehr betet und Euren Verpflichtungen nachkommt, wie es sich für eine Dame Euren Blutes gehört.«

»Nein«, widersprach sie kopfschüttelnd. »Nichts tun und beten kann niemandem eine Hilfe sein.«

»Oh, sagt das nicht! Ein gutes Gebet hat schon so manche Wunder bewirkt! Und wenn er seine Aufgabe am Ende nicht zu erfüllen in der Lage ist, dann war es vielleicht nie sein Schicksal gewesen? Gottes Wege ...«

Sinabell stieß die Zofe von sich und unterbrach sie damit in ihrer Rede.

»Dann geht doch und betet!«, fuhr sie sie barsch an. »Ich jedenfalls werde nicht tatenlos zusehen!«

Sie rannte den Hügel hinab und wäre dabei beinahe über ihre Schuhe gestolpert, die halb versunken im Morast lagen.

»Prinzessin!«, rief die Zofe ihr ungehalten nach.

Sie folgte ihr, doch natürlich war Sinabell schneller und selbst die Wachen holten sie nicht ein, als sie den Weg zurücklief, den sie gekommen war.

**

Tränen füllten ihre Augen und sie blinzelte sie weg. Sie rannte weiter, durch die langen Korridore des Schlosses, vorbei an all den Wachposten, von denen keiner sie grüßte oder ihr auch nur nachsah.

Ihre Schleppe verhedderte sich an dem Geländer einer Treppe und Sinabell stürzte hart auf den Marmorboden. Schluchzend blieb sie einen Moment liegen und fand dann doch die Kraft, sich wieder aufzurappeln.

Sie zerrte an dem Stoff ihres Kleides und zerriss den Rock bei dem Versuch, sich zu befreien. Die Schleppe in den Armen tragend lief sie weiter und hielt erst inne, als sie ihr Zimmer erreicht hatte. Die Tür stand weit offen.

Spöttisch kichernd kamen Firinya und Evalia aus dem Zimmer gelaufen und erstarrten ihrerseits, als sie Sinabell sahen.

In Händen hielt Evalia das blaue Buch. Sinabell verlor alle Farbe aus dem Gesicht und zeitgleich überwanden ihre Schwestern den Schrecken.

»Wir leihen uns das mal aus«, sagte Firinya mit schiefem Grinsen auf den Lippen.

»Das macht ihr sicher nicht!«, fuhr Sinabell sie an.

»Aber das macht dir doch sicher nichts aus?«, neckte Evalia sie und hob die Brauen hoch. »Bei dir dreht sich doch sowieso alles nur um deinen ach so tollen Prinzen. Bei all den Gedanken, die du dir um ihn machst, wirst du gar keine Zeit mehr haben, ein Buch zu lesen!«

»Gebt es mir wieder«, verlangte Sinabell.

Firinyas Grinsen wurde breiter. »Ich dachte, du hättest keine Wünsche? Wozu brauchst du dann das Buch?«

»Es ist mein Buch und ich will es wiederhaben!« Sie warf zähneknirschend die Schleppe zu Boden und stürzte sich auf Evalia. Ihre Schwester wich ihr aus. Sinabell stolperte ungehindert nach vorne und Firinya trat ihr auf die Schleppe, so dass diese endgültig riss und den halben Rock mit sich nahm. Sie fiel zu Boden und schlug mit der Schulter gegen ihre Zimmertür. Firinya und Evalia lachten laut.

»Wieso tut ihr das?«, wollte Sinabell wissen und rappelte sich wieder auf. »Was habe ich euch getan?«

Sie verstand nicht, warum ihre Schwestern plötzlich so gemein zu ihr waren. Sicher, sie hatten sich nie besonders nahegestanden, aber hatten sie in den letzten Tagen nicht viel miteinander geteilt? Waren sie sich nicht viel näher gekommen?

»Getan?«, fragte Firinya. »Musst du das wirklich fragen?«

»Wegen dir hat Vater alle Tanzbälle abgesagt!«, warf Evalia ihr vor.

Sinabell war mittlerweile wieder auf die Beine gekommen und wagte einen erneuten Versuch des Buches habhaft zu werden. Firinya stellte ihr jedoch ein Bein, so dass sie an Evalia vorbeistolperte und alle Mühe hatte, nicht wieder zu fallen.

»Und unsere neuen Kleider waren total umsonst!«, blaffte Firinya sie an.

»Aber wieso denn umsonst? Ihr habt doch viele Verehrer gewonnen und es wird sicher wieder Tanzbälle geben.«

»Klar, dass du so etwas sagst. Du trägst ja auch jeden Tag dasselbe Kleid wie irgendeine dahergelaufene Küchenmagd.«

Sinabell kämpfte mit den Tränen. Sie wollte sich vor ihren kleinen Schwestern keine Blöße geben, doch in Gedanken war sie bei Farin, der jetzt auf dem

Weg in den Finsterwald war, mit nichts weiter bewaffnet als einem stumpfen Schwert.

»Ihr ... Ihr könnt doch wieder zu dem Einhorn gehen und euch neue Kleider wünschen. Jetzt bitte, gebt mir mein Buch zurück!«

»Wir denken nicht daran!«, warf Evalia ihr entgegen und drehte sich mit dem Buch von Sinabell weg, die mit ausgestreckter Hand danach griff.

»Was glaubst du denn, warum ich dich überhaupt mitgenommen habe?«, fragte Firinya. »Das blöde Einhorn versteckt sich ja vor uns! Es kam nur zum Vorschein, weil wir dich dabeihatten.«

Sinabell wollte nicht wahrhaben, was sie da hörte. War das alles von Anfang an ein abgekartetes Spiel gewesen? Hatte Firinya sie nur benutzt? Aber wieso hätte das Einhorn zu ihr kommen sollen und nicht zu ihren Schwestern?

Es fiel ihr wie Schuppen von den Augen. Natürlich! Ein Einhorn zeigt sich nur Menschen, die nichts Eigennütziges im Sinn haben. Das hatte sie in zahllosen Geschichten gelesen, es aber völlig vergessen. Es hätte sich ihren Schwestern niemals gezeigt, wo die es doch nur ihrer Kleider wegen aufgesucht hatten.

»Dann gehe ich noch einmal mit euch zu ihm«, versprach Sinabell.

Sie hätte alles getan, um das Buch wiederzubekommen, doch der Blick ihrer Schwestern verriet ihr, dass sie sich mit diesem Angebot nicht zufriedenstellen lassen würden.

»Was nützt uns das, wenn wir nicht wissen, wann der nächste Ball stattfindet und ob es überhaupt einen geben wird?«

»Aber es wird bestimmt noch mal einen Ball geben!«

»Kannst du uns das versprechen?« Evalia spuckte ihr die Worte abfällig ins Gesicht.

Noch einmal wagte Sinabell den Versuch und streckte die Hand nach dem Buch aus.

»Bitte ...«, flehte sie und diesmal gelang es ihr nicht, ihren Tränen Einhalt zu gebieten.

Evalia hielt ihr das Buch mit eiserner Miene hin. Es klappte auf, so dass Sinabell ein kurzer Blick auf sein Inneres gewährt wurde, bevor Evalia es mit beiden Händen packte und in zwei Hälften riss. Sie ließ sie fallen und Sinabell sank vor den zerfledderten Seiten zu Boden. Fassungslos starrte sie auf die Überbleibsel dessen, was ihr einziges Fenster zu Farin gewesen war. Die einzige Chance, ihm zu helfen.

Kichernd und tuschelnd zogen die Zwillinge ab und ließen Sinabell allein auf dem kalten Fußboden kniend zurück. Sie streckte ihre zitternde Hand nach dem Buch aus und hatte es noch nicht berührt, da lösten sich bereits die Buchstaben von den Seiten. Vor ihren Augen zerfiel es zu Staub und mit ihm ging jede Hoffnung verloren.

***

Verzweifelt rüttelte Sinabell an den schweren Ketten, die ihr das Durchkommen verwehrten. Sie hätte es sich ja denken können. An der Tür zum geheimen Garten hing ein neues Schloss. Es war vielleicht eine weitere Gemeinheit ihrer Schwestern oder ihr Vater hatte herausgefunden, was sie hier unten getrieben hatte.

Es war auch einerlei. Sie kam nicht weiter und sicher würde der Kerkermeister ihr nicht einfach so den Schlüssel überlassen. Erst recht nicht, nachdem ihretwegen zwei seiner Wachen geköpft worden waren. Wütend schlug sie mit den flachen Handflächen gegen die verriegelte Tür.

Dann musste es eben anders gehen. Sie krempelte die Ärmel hoch, legte eine entschlossene Miene auf und stapfte los. Ihr Vater bewahrte die Schlüssel zu allen wichtigen Räumen des Schlosses in seinem Schreibtisch auf. Eben dort hatte er damals auch den Schlüssel zu ihren Gemächern verschwinden lassen.

Nichts würde sie davon abhalten, Farin zu helfen. Schließlich war die Hoffnung, dass das Einhorn ihr einen weiteren Wunsch gewährte, alles, was sie noch aufrechthielt. Die Wut auf ihre Familie und die Chance, ihnen alles heimzuzahlen, war es, was sie antrieb.

Während sie die Kellertreppe nach oben nahm und den Gang einschlug, der sie zum Arbeitszimmer ihres Vaters führte, überlegte sie sich, welchen Grund sie vorschieben könnte, so unangekündigt bei ihm aufzutauchen.

Sie könnte sich für ihr Benehmen bei der Hochzeit entschuldigen, doch das würde er ihr sicher nicht glauben. Höchstwahrscheinlich war Fürst Annbold sogar bei ihrem Vater und saß mit ihm zusammen, um ihre Zukunft zu planen. Sinabell wurde ganz mulmig bei dem Gedanken und so abgelenkt von dem, was sie sich ausmalte, wäre sie beinahe in Malina hineingelaufen, die sich ihr plötzlich in den Weg stellte.

»Was hast du vor?«, fragte Malina sie frei heraus.

Sinabell schluckte ihre Wut herunter und versuchte in möglichst neutralem Ton zu antworten.

»Was meinst du?« Ihr hoher Ton klang beinahe zickig.

»Ich sehe doch in deinem Blick, dass du etwas aushecksst.«

»Nichts! Nichts habe ich vor!«, beteuerte Sinabell und wusste doch, dass sie ihre Schwester nicht täuschen konnte.

Malina stemmte die Fäuste in die Hüften und starrte sie durchdringend an. Sie wusste, dass ihre jüngere Schwester dem nicht lange standhalten konnte. Und vielleicht war es so das Beste. Malina war schließlich die Einzige, der sie vertrauen konnte. Sie war nicht nur eine Schwester für sie, sondern eine Freundin.

»Jetzt sag schon«, forderte Malina.

Sinabell senkte den Blick. Sie wollte die Wut, die sie bis hierhergeführt hatte und die heftig in ihr brodelte, nicht loslassen. Doch allein bei dem Gedanken, davon abzulassen und stattdessen mit Malina über alles zu reden, sich ihr und den Gefühlen, die sich hinter ihrer Wut verbargen, zu öffnen, schnürte sich ihr die Kehle zu.

»Ich wollte zu Vater ... Ich brauche den Schlüssel zum geheimen Garten«, flüsterte sie schließlich.

Malina klappte die Kinnlade herunter. Natürlich kannte sie den geheimen Garten. Jeder kannte die Geschichten. Sie packte Sinabell und zog sie zur Seite.

»Bist du denn von allen guten Geistern verlassen?«, fragte sie mit gesenkter Stimme und sah sich um. »Der Garten ist verboten!«, zischte sie. »Vater würde dich köpfen lassen, wenn er wüsste, dass du davon sprichst!«

»Ich habe nicht nur davon gesprochen, ich war auch schon dort. Und ich muss unbedingt noch einmal dorthin, also brauche ich den Schlüssel.«

»Mein Gott, Sinabell! Du hast doch wirklich schon Ärger genug! Was kann so wichtig sein, dass du jetzt unbedingt dieses Risiko eingehen musst?«

»Es geht um ...«

»Nicht hier«, unterbrach Malina sie und zog sie mit sich.

***

Malina ging in Sinabells Zimmer auf und ab und Sinabell sah ihr dabei zu. Sie hatte ihr alles erzählt und nun wartete sie ungeduldig auf das, was Malina dazu zu sagen hatte.

»Firinya und Evalia ... Denen traue ich das wirklich zu ...«

Sie blieb kurz stehen, öffnete den Mund und hob den Zeigefinger, um etwas zu ergänzen, und ließ es dann doch bleiben.

»Ich weiß nicht, wer das Schloss erneuert hat, aber ich muss es öffnen. Ich muss in den geheimen Garten und wieder zu dem Einhorn. Prinz Farin wird sterben, wenn ich ihm nicht helfen kann.«

»Wie hat Firinya den geheimen Garten überhaupt gefunden?«, fragte Malina. »Das ist ein magischer Garten, keine Frage. Wie sonst könnte er im Keller liegen? Bäume, dort unten? Ich kann mir das nicht einmal vorstellen.«

»Magisch, ja, das ist er ganz bestimmt«, überlegte Sinabell gedankenversunken. »Wenn ich nur wüsste, wer den Schlüssel zu meinem Zimmer aus Vaters Schublade genommen hat ...« Sie lief ein Stück auf die Tür zu, wirbelte dann aber herum und deutete auf ihre Leseecke. »Und die Bücher aus dem Kerker ...!«

Das alles konnte kein Zufall sein. Sinabell wurde ganz aufgeregt bei dem Gedanken. Da steckte mehr dahinter und wenn sie das Rätsel darum lösen könnte, würde es ihr vielleicht gelingen, Farin zu helfen.

»Wer hätte das sein sollen?«, fragte Malina. »Die Zwillinge waren es ganz bestimmt nicht, Vater auch nicht und ich wusste ebenso wenig von alledem. Kirali hatte sicher auch anderes im Sinn ...«

Sie kam auf Sinabell zu und ergriff ihre Hände. Ihr eindringlicher Blick durchbohrte sie und machte ihr ein wenig Angst.

»Sinabell, das Einhorn, es wusste genau, was passiert. Es hat dir die Bücher aus einem guten Grund gegeben.«

»Ja, aber das zweite Buch ist zerstört. Und es wird eine dritte Aufgabe geben«, antwortete Sinabell mit gesenktem Blick.

Wenn das Einhorn wirklich die Macht hatte, in die Zukunft zu blicken, und ihr die Bücher gegeben hatte, um Farin bei seinen Aufgaben zu helfen, dann endete seine Magie dennoch an den Grenzen des geheimen Gartens.

»Vielleicht musst du dem Einhorn einfach vertrauen.«

»Vertrauen?«, fragte Sinabell fassungslos. »Es geht hier um Farins Leben und du verlangst von mir, die Füße stillzuhalten und abzuwarten?«

»Wenn das Einhorn so mächtig ist – und wer sonst hätte dir die Bücher wiedergeben können –, dann ja. Oder glaubst du nicht, es könnte das Schloss selbst öffnen, wenn es wollte? Mächtig genug ist es jedenfalls.«

Sinabell warf noch einmal einen Blick auf ihre Zimmertür. Wenn dem so war, wieso war es dann hier gefangen? Malina irrte sich. Seine Macht war begrenzt und Sinabell konnte nicht einfach auf einen guten Ausgang vertrauen. Sie musste ihr Schicksal selbst in die Hand nehmen.

»Nein, ich muss etwas tun!«

Malina presste die Lippen zusammen. Sinabell konnte die Wut sehen, die in ihr aufkam, mit der sie zu kämpfen hatte, um ihr nicht freien Lauf zu lassen. Die Hände vor der Brust verschränkt, drehte Malina ihrer Schwester den Rücken zu.

»Dass du nicht einmal tun kannst, was man dir sagt!«, knurrte sie.

Das Letzte, was Sinabell wollte, war, den einzigen Menschen vor den Kopf zu stoßen, der noch auf ihrer Seite stand. Malina war alles, was sie noch hatte. Sie durfte sie nicht verlieren.

»Es tut mir leid, Malina!«, entschuldigte sie sich. »Aber was soll ich denn tun? Ich muss Farin helfen!«

Sie legte ihrer Schwester die Hand auf den Arm, doch die schlug sie von sich und wirbelte herum.

»Du hättest von Anfang an auf Vater hören sollen!«, warf Malina ihr an den Kopf. »Immer musst du widersprechen und nie denkst du darüber nach, welche Folgen dein Handeln hat! Das war schon immer so. Schon als kleines Kind hast du immer nur Ärger gemacht und ich musste dafür geradestehen!«

Sinabell wich vor ihrer Schwester zurück. So wütend hatte sie sie noch nie erlebt und sie verstand nicht, woher diese Aggressionen kamen.

»Ich tue doch nur, was ich für richtig halte«, verteidigte Sinabell sich unsicher.

»Ja genau! Du bist ... Du bist genau wie Mutter! Sie hätte uns nie von dem geheimen Garten erzählen dürfen! Es ist verboten. Und es steht unter Strafe, überhaupt über ihn zu reden. Allein, dass du mir davon erzählt hast, könnte mir schon Ärger einbringen!«

Eine schreckliche Ahnung schlich sich in Sinabells Gedanken. Sie erinnerte sich an den Tag, als Malina mit ihr zusammen das Kleid für den ersten Ball ausgesucht hatte. Wie sie sich ausgemalt hatte, von ihrem Traumprinzen zum Tanzen aufgefordert zu werden und sich auf den ersten Blick zu verlieben. Von dem Leuchten in ihren Augen war nichts mehr geblieben. Sie musste beim König gewesen sein, als Sinabell ihr eben in die Arme gelaufen war.

»Was hast du getan? Was hast du bei Vater getan?«, fragte Sinabell.

»Was wohl?«, fuhr Malina sie barsch an. Ihre Augen begannen zu schwimmen, doch sie ließ keine Tränen entkommen. »Vater hat Fürst Annbold eine Braut versprochen, aber dir ist es ja mal wieder gelungen, dich aus der Affäre zu ziehen.«

Sinabells Brust schnürte sich zu und sie brachte im ersten Moment keinen Ton heraus, als sie den Mund öffnete.

»Hat Vater dich ...«, presste sie schließlich hervor.

»Gezwungen? Nein, er hat mich gefragt und ich habe zugestimmt.«

»Aber Malina! Wieso tust du das denn? Fürst Annbold ist alt und dick und feige ist er auch!«

»Es kann nun mal nicht jeder ein so gutaussehender und selbstloser Held sein wie dein Prinz!«

Sinabell trat einen Schritt auf ihre Schwester zu, doch die wich ihr aus. »Aber du, du hast etwas Besseres verdient!«

»Vater hat mich gefragt und ich werde ihm ganz bestimmt nicht widersprechen. Er ist der König und ich beuge mich seinem Willen. So einfach ist das.«

Malina machte auf dem Absatz kehrt und lief erhobenen Hauptes zur Tür. Der Blick, den sie Sinabell zuwarf, bevor sie das Zimmer verließ, schnitt sich tief in ihr Herz.

Sie schlug die Tür fest zu. Malinas Augen waren so kalt gewesen, doch darunter lag eine tiefe Traurigkeit und Sinabell konnte das nicht ertragen.

Mit den Händen auf dem weiß gestrichenen Holz ihrer Zimmertür ruhend verharrte sie. Sie war allein. Nicht nur hier in diesem Raum. Allein in dieser unerträglichen Lage, mit ihren Sorgen und der Verpflichtung, die sie sich selbst auferlegt hatte.

Sie war nicht einmal sicher, ob Malina sie nicht verraten würde. Vielleicht war sie jetzt schon auf dem Weg zu ihrem Vater. Doch was hätte der schon tun können, außer den Schlüssel zu dem geheimen Garten wegzuwerfen? Köpfen könnte er sie, in den Sündenturm sperren, bis sie alt und grau war. Wie oft schon hatte sie darüber gescherzt und doch war sie diesem Schicksal ganz nah. Näher als je zuvor in ihrem Leben.

Konnte sie es jetzt noch riskieren, sich in das Arbeitszimmer ihres Vaters zu schleichen? Würde Malina sie tatsächlich verraten, stände ihr Wort gegen Sinabells, doch erwischte man sie bei dem Versuch den König zu bestehlen, wäre das ihr Todesurteil.

Sie ließ ihre Hand zum Schlüssel gleiten. Es war vielleicht töricht, sich hier einzuschließen, aber etwas Besseres fiel ihr nicht ein. Sie drehte den Schlüssel im Schloss. Er verhakte sich jedoch. Sie rüttelte daran, doch er wollte sich nicht drehen lassen.

Verwundert zog sie ihn aus dem Schloss und wendete ihn in ihrer Handfläche hin und her. Es war der falsche. Am Morgen noch hatte sie damit die Tür aufgeschlossen, da war sie sich ganz sicher, doch die ganze Machart dieses Schlüssels entsprach nicht den anderen Schlüsseln für die Gemächer des Schlosses. Er war zu schwer, zu grob.

Sie schloss die Faust um den Schlüssel, riss die Tür auf und rannte los.

Ein letzter Wunsch

Sinabells Atem hetzte. Hektisch sah sie sich um, doch es war weit und breit niemand zu sehen. Sie war allein im Kellergewölbe und stand vor der mächtigen Eisenholztür, die den Weg zum geheimen Garten versperrte.

Ihre Hände zitterten so stark, dass es ihr nicht gelingen wollte, den Schlüssel in das Schloss zu stecken. Sicher spielte auch die Angst mit, sich geirrt zu haben. Er passte womöglich doch nicht, es fügte sich vielleicht nicht so einfach alles ineinander und wendete sich zum Guten. Schließlich aber gelang es ihr und bei dem Klirren der zu Boden fallenden Ketten, fiel ihr ein Stein vom Herzen.

Sie rannte, so schnell sie ihre Beine trugen, durch den dunklen Korridor und stolperte in das grelle Licht hinein, das ihr für einen Moment die Sicht nahm. Als das Bild vor ihren Augen wieder deutlich wurde, war von der Schneelandschaft, die sie hier zuletzt gesehen hatte, nichts mehr geblieben.

Die Wiese, die bisher von einem satten Grün gewesen war, lag unter einem roten Blütenmeer. Auch das Laub an den Bäumen leuchtete in Gelb, Rot und kräftigem Orange. Selbst das Licht, das durch die Fugen der Decke fiel, war nicht mehr gleich dem des Mondes, sondern warm und golden.

Sie durfte keine Zeit verlieren. Prinz Farin hatte sicher schon den Finsterwald erreicht und niemand, der die Schwelle zu diesem Forst überschritt, war je lebend zurückgekehrt von diesem verfluchten Ort. Dort lauerten viel furchterregendere Wesen als Feen.

Sinabell rannte los, den Hügel hinab. Die roten Blütenblätter stoben auseinander, flatterten wie Schmetterlinge in einem ohrenbetäubenden Brausen um sie herum und nahmen ihr die Sicht. Dennoch wurde sie nicht langsamer. Sie durfte sich nicht aufhalten lassen, auch wenn sie kaum etwas sehen konnte und die Blätter sich in ihrer Kleidung und ihren Haaren verfingen. Zu viel hing von ihr ab.

Doch ihre Angst wuchs mit jedem Schritt, den sie tat. Die Panik, sich zu verirren, ihren Weg nicht zu finden – zu scheitern –, wurde schier übermächtig. Sie hatte Mühe, sich von ihr nicht überwältigen zu lassen.

Sie stolperte und als sie wieder aufblickte, wusste sie nicht mehr, in welcher Richtung der Wald lag. Sie wirbelte herum, drehte sich im Kreis und sah doch nichts weiter als tausende und abertausende rote flatternde Falter. Und als sie schon glaubte, es gäbe keinen Ausweg für sie, kein Vor und kein Zurück, zuckten zwischen all dem Rot die zarten Flügel eines weißen Schmetterlings. Nur kurz sah sie ihn, bevor er wieder zwischen den Blüten verschwand.

Sie machte ein paar Schritte in die Richtung, in die er geflogen war. Als sie erneut etwas Weißes aufblitzen sah, folgte sie ihm und verlor ihn abermals.

So schnell gab sie nicht auf. Ein weiteres Mal erblickte sie ihn und folgte dem flatternden weißen Falter durch das Meer aus blutroten Blütenblättern.

Er macht es ihr nicht leicht, schlug Haken, verschwand immer wieder, nur um kurz darauf an einer ganz anderen Stelle wieder aufzutauchen. Und schließlich – sie hatte längst die Orientierung verloren und wusste nicht einmal mehr, ob sie die ganze Zeit im Kreis gelaufen oder tief in den Wald vorgedrungen war – flatterte er direkt vor ihr. Vorsichtig hob sie die Hand, um ihn zu berühren. Sie wusste nicht, ob es eine Falle war, ob er gefangen werden wollte oder es bloß den Anschein hatte. Doch sie konnte sich kein Zögern und keine Zweifel erlauben.

Es gab kein Zurück und keinen anderen Weg für sie. Sie musste es auf einen Versuch ankommen lassen und streckte die Finger nach ihm aus. Diesmal flüchtete er nicht vor ihr, doch kaum hatte sie ihn berührt, zerfiel er wie Blütenstaub, der vom Wind getragen wurde.

Mit seinem letzten Flügelschlag löste er einen Wirbel aus, der all die roten Blütenblätter nach und nach in strahlendes Weiß verwandelte, bis Sinabell umgeben war von ihrem reinen Glanz. Das Licht blendete sie. Nur wenige Flügelschläge danach lösten sich auch die weißen Blätter auf, verloren ihre Substanz und offenbarten Sinabell den Anblick des Waldes, in den sie die Prinzessin geführt hatten.

Sie schien weit hineingelaufen zu sein. So tief, dass sie das Gemäuer des Schlosses längst hinter sich gelassen hatte. Dennoch hatte sie sich nicht verlaufen. Ein Lächeln huschte ihr über die Lippen, als sie das Einhorn sah, das nicht weit von ihr aus dem Schatten trat.

Sie hob an, etwas zu sagen, doch nun, da sie ihm gegenüberstand, erkannte sie, dass Worte unnötig waren. Das Einhorn wusste bereits alles. Ihre Stimme versagte in dem Moment, als sie versuchte, einen Ton über die Lippen zu bringen. Alles, was sie hätte sagen können, wurde in den Tränen erstickt, die ihr über die Wangen liefen.

Sie fiel auf die Knie, weinte bitterlich und vergrub ihr Gesicht in den Händen.

Das Einhorn kam näher, so nah, dass sein Schatten über die weinende Prinzessin ragte und die melancholische Ruhe, gebannt in der Anmut dieses reinen Wesens, auf Sinabell übergriff.

Ihre Tränen versiegten. Sie sah auf und der Blick des Einhorns lag auf ihr, schützend wie eine warme Decke.

»Er wird sterben«, hauchte Sinabell und diese schmerzhafte Erkenntnis schnitt sich tief in ihr Fleisch. »Das Buch ist zerstört und ich weiß nicht, was ich machen soll.«

Das Einhorn legte den Kopf schief und sie konnte es sprechen hören. Es war ein Flüstern im Wind, eine Melodie, die in Sinabells Herz widerhallte, kaum zu vergleichen mit von Lippen geformten Worten.

Die Stirn in Falten gelegt versuchte sie, den Sinn dahinter zu entschlüsseln, bis ihr klar wurde, dass es nicht ihre Ohren waren, mit denen sie zuhören musste.

Sie schloss die Augen und unwillkürlich legte sie sich ihre Hände auf die Brust, als sie mit jedem Atemzug das Lied in sich aufnahm, das ihr im Rauschen der Blätter zugetragen wurde.

»Ich bin der Wind, das Lied, das Meer, ich bin im Salz der Tränen Glanz. Ich bin von deiner Trauer schwer, du bist der Regen, ich bin der Tanz.«

Es musste einen Sinn in den Worten geben, die ihr Verstand aus dem formte, was ihre Seele in sich aufnahm. Sie wusste, dass es ihn geben musste. Sie konnte ihn bloß nicht greifen.

Doch eines verstand sie nun. Sie sprachen verschiedene Sprachen und nur dort, wo ihre Herzen sich berührten, konnten sie einander verstehen.

»Hilfst du mir, den Prinzen zu retten? Ohne dich ist er verloren.«

Das Einhorn sagte nichts. Der Wind, die Blätter, die Bäume, alles schwieg.

Mit einem weiteren Schritt auf die vor ihm kniende Prinzessin zu senkte das Einhorn den Kopf. Ein Leuchten zog sich durch sein Horn bis hinauf in die Spitze, wo es ausbrach und sich in Sinabells offenen Handflächen sammelte.

Schmal und lang war das Gebilde, das sich in ihrer Hand formte. Es fühlte sich kühl auf ihrer Haut an und als das Licht sich verlor, blieb eine Haarnadel zurück.

Ein Geräusch ließ die beiden aufschrecken. Das Einhorn sprang zur Seite und versteckte sich im Dickicht des Waldes.

Sinabell suchte den Wald nach dem Ursprung des Knackens ab, das sich kurz darauf wiederholte. Da brachen Äste, jemand lief auf sie zu. Sie stand vorsichtig auf und versteckte sich hinter einer Hecke.

Ob ihr jemand gefolgt war? Eine ihrer Schwestern vielleicht? Panik kam in ihr auf, ihr Herz schlug schneller und sie sah hinüber zu dem Einhorn, doch es war nicht mehr da.

Es war fort und alles, was es ihr gegeben hatte, war eine schlichte Haarnadel. Darin konnte sie nicht lesen, sie wusste nicht, wie sie ihr nutzen sollte. Die Schritte der sich nähernden Person wurden immer lauter. Wenn die Haarnadel ihr, und damit Farin, in irgendeiner Weise nützlich werden konnte, würde sie es jedoch nicht mehr herausfinden können, sobald man sie hier aufstöberte. Sie würden sie ihr wegnehmen und alles wäre verloren.

Sinabell steckte sich die Nadel in ihr Haar und schob sich weiter in das Gebüsch. Ihr Herz klopfte so wild, dass sie befürchtete, es könnte sie verraten. Sie biss sich auf die Unterlippe und schloss für einen Moment die Augen. Ein weiterer knacksender Ast ließ sie zusammenzucken. Sie kamen näher. Ganz vorsichtig kroch sie noch ein Stück tiefer in das Dickicht hinein, doch dabei blieb sie mit dem Rock an einer Wurzel hängen. Sie zerrte am Stoff und sobald sie das tat, wurde er in ihrer Hand porös und brüchig. Er löste sich von der Wurzel, zerfiel zu Staub und sie fiel rückwärts.

Sie kniff die Augen fest zusammen und erwartete den Aufprall auf die harten Wurzeln, doch nichts geschah. Sie fiel und fiel durch den Staub hindurch, der einmal ihr Kleid gewesen war, und als ihr Sturz von etwas Weichem abgefangen wurde, stockte ihr der Atem. Alles wurde schwarz um sie herum und sie verlor das Bewusstsein.

***

Zusammengerollt wie eine schlafende Katze lag sie auf dem weichen Moos. Sie träumte davon, eine Prinzessin zu sein und in pompösen Ballkleidern von Prinzen über die Tanzfläche gewirbelt zu werden. Während sie träumte, zuckten ihre Lider und die zarten Flügel auf ihrem Rücken. Ihr blondes seidenes Haar umspielte ihren bloßen Körper, wie die Kleider die Prinzessin umspielten, von der sie träumte.

»Wach auf, Ci!«, rief eine ihrer Schwestern ihr zu. »Du bringst die Zeit ganz durcheinander mit deinen wilden Träumen!«

»Die Zeit?«, fragte sie und blinzelte verschlafen. Sie richtete sich auf, während ihre Schwester neben ihr auf dem Boden landete und ihre Flügel dabei wild flattern ließ.

Für einen Moment hatte sie erwartet, Malina zu sehen, doch gleich darauf verblasste der Traum bereits, indem sie eine Adlige der Menschenwelt gewesen war, und sie kam zu sich.

Sie war eine Fee und als solche war sie eine Königin. Das waren sie alle. Alle Feen – sie waren hunderte, tausende. Manchmal hatten sie Namen, wenn ihnen danach war, manchmal aber auch nicht. Heute nannte sie ihre Schwester Ci und morgen wäre es vielleicht ein anderer Name.

»Es sei denn, wir lassen morgen ausfallen und machen gleich mit nächster Woche weiter«, ergänzte die Fee Cis Gedanken.

»Ich bin dafür«, stimmte sie zu, streckte sich und gähnte. »Wir können gleich hundert Jahre verschlafen, wenn es nach mir ginge.«

Ihre Schwester nickte. »Und jetzt komm schnell! Wir haben Besuch!«

Sie erhob sich in die Lüfte. Ihre Flügel, gleich denen einer Libelle, summten in schnellen Schlägen und wirbelten Luft wie Zeit gleichermaßen auf. Da sie aber nicht größer war als ein Insekt, hatten die Wirbel, die sie verursachte, kaum Auswirkungen auf ihre Umgebung. Einzig ihr Haar, das im Wind tanzte, bewegte sich wie in Zeitlupe und das ein oder andere Blatt welkte oder blühte auf.

Ci schwang sich ebenfalls in die Lüfte und folgte ihrer Schwester.

»Was meinst du mit Gast?«, rief sie ihr hinterher, doch ihre Schwester kicherte nur und flog schneller.

Auch Ci erhöhte das Tempo und schlug einen Haken um einen hervorstehenden Zweig, gerade, als ihre Schwester zwischen den Blättern eines Brombeerbuschs verschwand.

Sich um sich selbst drehend wirbelte sie in die Höhe, erhaschte einen Blick auf ihre Schwester, wie sie zwischen den Blättern hindurchflitzte und schoss dann nach unten wie ein Falke im Sturzflug.

Ihre Schwester lachte laut auf, als Ci von oben auf sie herunterstürzte und ihre Hände ergriff, so dass sie sich beide im Kreis drehten. Ci ließ ihre Schwester los und flog voraus. Sie schlug Haken um die Dornen des Brombeerstrauchs. Dornen, die so spitz und groß waren, dass sie ihre Flügel hätten aufschlitzen können, wenn sie nur eine falsche Bewegung machte. Doch davor fürchtete sie sich nicht. Nichts machte ihr Angst. Sie war eine Fee, sie war frei, unsterblich und nichts konnte ihr etwas anhaben, nichts sie berühren oder verletzen.

Vor ihr zeichnete sich in gleißendem Weiß eine Lichtung ab. Sie beschleunigte noch einmal ihren Flug und stoppte abrupt ab, als sich ein Schatten vor das Licht schob.

Ihre Schwester holte sie ein und legte den Finger auf die Lippen.

»Pssst!«, zischte sie.

Sie sah sich um. Überall hinter den Blättern versteckten sich weitere Feen. Sie saßen auf den Dornen, hielten sich an Ästen fest oder schwebten frei in der Luft.

Ein Eindringling lief an ihnen vorbei. Ci und ihre Schwester huschten hinter ein Blatt und sahen ihm nach.

»Ein Prinz«, flüsterte ihre Schwester. »Wir hatten schon lange keinen Prinzen mehr hier.«

»Und dann auch noch so ein hübscher«, stellte Ci entzückt fest.

Der Traum, den sie gehabt hatte, war längst verblasst, aber sie erinnerte sich, dass darin auch solch ein stattlicher Prinz eine Rolle gespielt hatte. Sein Lächeln war ihr in Erinnerung geblieben, auch wenn ansonsten fast alles, was sie im Traum erlebt hatte, hinter einem Schleier lag. Es war ein ehrliches und offenes Lächeln, ohne jede Falschheit, und doch lag etwas Neckendes darin. Und dieser Prinz, der so dumm gewesen war, sich bis hierher vorzuwagen, sah ganz so aus, als könnte er dasselbe Lächeln im Funkeln seiner Augen tragen.

»Was wollen wir mit ihm anstellen?«, fragte eine Fee nicht weit von ihnen.

»Verwandeln wir ihn doch in ein Wildschwein«, antwortete eine andere.

Ci schüttelte den Kopf. »Nein, er ist viel zu hübsch für einen Eber.«

Sie flog dem Prinzen ein Stück hinterher, um ihn nicht aus den Augen zu verlieren. Er schien etwas zu suchen und lief doch ziellos durch den Wald. Seine Kleidung war einfach. Nicht so prunkvoll, wie Ci es von Adligen unter den Menschen gewohnt war. Dennoch verriet ihn die Art, wie er sich bewegte, und vor allem sein Blick. In den Händen hielt er ein stumpfes Schwert, mit dessen Hilfe er sich durch das Dickicht schlug.

Sie hielt die Luft an, als sie sah, wohin ihn sein Weg führte. Ohne über die Folgen ihres Handelns nachzudenken, schoss sie voran, doch ihre Schwester hielt sie fest.

»Willst du uns etwa den ganzen Spaß verderben?«

»Aber wenn wir nichts tun, dann haben wir gleich gar nichts mehr von ihm«, entgegnete sie.

Sie sah über die Schultern ihrer Schwestern hinweg, die vor ihr schwebten und ihr den Weg versperrten, und musste einsehen, dass ihm niemand mehr helfen konnte.

Er holte mit seinem Schwert aus und traf eine von Mamberas Ranken. Die wickelte sich sofort um die Klinge und er hatte alle Mühe, sein Schwert wieder freizubekommen. Doch es war bereits zu spät. Wenn man Mambera erst einmal gereizt hatte, war man verloren. Die Ranken umfassten seine Beine und Hüften. Er kämpfte tapfer dagegen an, kam auch kurzzeitig frei, doch schon schossen sie wieder auf ihn zu und wickelten sich diesmal um die Hand, die das Schwert führte.

Die Feen hielten allesamt die Luft an, als er nach hinten gerissen wurde und dabei beinahe auf ein Veilchen getreten wäre. Er verfehlte es so knapp, das es mit dem Köpfchen wippte, als er an ihm vorbeistolperte.

Die Ranken zogen ihn gegen einen Baum, wickelten sich um seine Beine und schnitten sich in sein Fleisch. Er schrie vor Schmerz auf und Ci versetzte es einen Stich, als sie ihn so leiden sah.

In ihrem Unterleib zog sich alles zusammen, ihr Herz stockte und sie wollte nichts weiter, als ihm zu Hilfe zu kommen. Ihre Schwestern hingegen waren aufgeregt, grinsten breit und kicherten. Warum es bei ihr anders war, verstand sie nicht. Sie hatte Mitleid mit ihm und es machte ihr keine Freude, zu sehen, wie Mambera drauf und dran war, ihn zu zerpflücken, wie sie es sonst mit Hasen und Füchsen tat.

Noch wollte der Prinz sich aber nicht geschlagen geben. Trotz der Schmerzen, die ihm die würgende Schlingpflanze bereitete, warf er sich nach vorn und bekam sein Schwert frei.

Ci flatterte freudig mit den Flügeln und auch ihre Schwestern wurden von seinem Kampfgeist angesteckt. Eine von ihnen warf jubelnd die Faust in die Höhe, als der Prinz mit dem stumpfen Schwert die Ranke zerhackte, die sein Bein festband.

Er stolperte vorwärts und trat wieder beinahe auf die zarte Blume. Einige der Feen schrien auf, andere schlugen sich die Hände vor den Mund. Nur knapp verfehlte er das Veilchen, wurde von einer der ihm nachsetzenden Ranken am Bein gepackt und fiel der Länge nach zu Boden.

»Er wird sie zerquetschen!«, rief eine der Feen.

Das wäre schrecklich. Schließlich waren solche einsam im Wald blühenden Schattenblumen die Geburtsstätte der Feen und es wäre unverzeihlich, eine solche zu zertrampeln.

Ci wusste, dass der Prinz Mambera niemals entkommen könnte – nicht aus eigener Kraft jedenfalls. Doch zumindest hätte er ein Leben gehabt und einen schnellen Tod. Die Geburtsstätte einer Fee zu vernichten, würde aber die ewige Verdammnis bedeuten.

»Wir müssen ihm helfen!«, forderte sie ihre Schwestern entschlossen auf.

»Helfen? Aber dann geht doch der ganze Spaß verloren!«, meinte eine der Feen.

»Aber wenn er die Blume zerquetscht?«

»Oh, schaut!«, rief eine ihrer Schwestern und deutete auf den Prinzen.

Sie alle folgten ihrem Blick und mit einem Mal erstarrten ihre Flügel und damit die Zeit.

Der Prinz lag auf dem Boden, sein Blick war auf das Veilchen gerichtet und er lächelte. Es war ein kaum merkliches Lächeln, das nur in seinen Augen glitzerte, und es wäre längst schon verblasst, hätten die Feen nicht die Zeit angehalten.

»Ist das nicht wunderschön?«, fragte eine gerührt.

Der Prinz hatte sein Schwert verloren. Ohne die Waffe, die ohnehin kaum hilfreich gewesen war, hatte er keine Chance gegen Mambera und dennoch konnte ihm die Schönheit der Blume ein Lächeln auf die Lippen zaubern.

»Wir sollten ihn behalten«, rief eine Fee freudig aus.

»Oh ja! Wir behalten ihn«, meinte eine andere.

»Aber was ist mit Mambera?«

Wenn sie den Prinzen und damit sein Lächeln für immer in der Zeit erstarrt behalten wollten, wäre auch Mambera darin gefangen. Das Veilchen könnten sie befreien, nicht aber die Schlingpflanze, die ihn zerquetschen würde, sobald sie den Bann lösten.

»Oh, aber es ist so schön«, bedauerte eine der Feen. »Können wir ihn nicht zumindest für eine Weile behalten, bevor wir Mambera befreien?«

»Ich weiß nicht«, überlegte eine andere. »Er ist mir jetzt schon ein bisschen langweilig geworden. Lasst uns etwas Lustigeres machen. Etwas spielen!«

»Oh! Wir können zu den Wasserfällen fliegen«, schlug eine der jüngeren Feen vor und flatterte dabei aufgeregt mit den Flügeln. Dabei wirbelte sie die Zeit auf und Ci glaubte für einen kurzen Schreckensmoment, ihre Schwester würde den Prinzen damit aus seinem Bann befreien.

»Ja, lasst uns zum See fliegen und Wassertropfen fangen«, stimmte eine andere zu. »Der Prinz läuft uns ja nicht weg!«

Die anderen stimmten freudig zu und eine nach der anderen stieß sich vom Boden ab und flog davon.

Ci blieb bis zum Schluss und achtete darauf, dass der Prinz in seiner Erstarrung gefangen blieb, bis die letzte von ihnen ihre Flügel hatte flattern lassen.

Sein Lächeln grub sich bis tief in ihr Herz und ließ es wild pochen. Es konnte Jahrhunderte dauern, bis die Feen sich wieder an den Prinzen erinnerten und zu ihm zurückkehren würden. Sie waren ein sprunghaftes Volk und selten länger als ein paar Minuten für etwas zu begeistern. Es gab zu viele Abenteuer zu erleben, zu viel zu entdecken, zu wenig, was ihre Gefühle tatsächlich zum Klingen brachte.

Ci aber würde ihn gewiss nicht vergessen. Sie wusste nicht, was es war, doch etwas an ihm berührte sie. Mit einem einzigen Zucken ihrer Feenflügel zog sie das Veilchen wieder zurück in die Zeit und es tanzte zart vor des Prinzen Antlitz. Auch wenn er es nicht wusste und ihn nichts von dem, was sie tat, erreichen konnte, erwiderte sie sein Lächeln, bevor sie sich in die Lüfte schwang und den anderen folgte.

Niemals würde sie ihn vergessen.

In Einsamkeit

Sie ließ ihre Flügel ganz langsam durch die Lüfte gleiten, während sie mit angezogenen Beinen vor dem Prinzen saß. Mit ihrer Bewegung schritt auch die Zeit voran und das Lächeln auf den Lippen des jungen Mannes verblasste.

Noch könnte sie sich verstecken, war doch bisher bloß der Bruchteil eines Augenblicks vergangen – zu wenig Zeit für einen Menschen, um dessen gewahr zu werden.

Die Ranken der Schlingpflanze zogen sich fester um den Leib des Prinzen, doch auch das war mit bloßem Auge nicht zu erkennen.

Sie stand auf, stieß sich vom Boden ab und in dem Moment, da sie sich mit einigen kräftigen Flügelschlägen in die Lüfte erhob, begann die Zeit zu rasen. Einige der Ranken schlangen sich um ein Bein des Prinzen und zogen ihn weg von dem Veilchen – weg von seinem Schwert.

Er warf sich auf den Rücken, griff um sich und bekam einen Stock zu greifen, mit dem er nach der Schlingpflanze schlug. Ci blieb nicht viel Zeit, wenn sie tun wollte, wofür sie gekommen war.

Sie faltete die Hände vor ihrer Brust. Darin fing sie das Sonnenlicht, das sie umgab. Es sammelte sich zwischen ihren Fingern, pulsierte in gleißendem Weiß und griff auf ihre Arme über. Bald war ihr ganzer Körper von ihm erfüllt.

Mambera schrie wie ein sterbender Frischling, als das Licht ihre Ranken verbrannte. Auch der Prinz musste sich die Arme vor die Augen schlagen, um nicht geblendet zu werden.

Die Ranken ließen von ihrem Opfer ab und zogen sich in die Schatten zurück, während die Lichtgestalt, zu der Ci geworden war, anwuchs und schließlich ihre Füße auf den Boden setzte, die die einer Menschenfrau waren und doch nichts weiter als reines Licht.

»Dieser Wald ist kein Ort für das Menschenvolk«, sprach sie und ihre Stimme klang in des Prinzen Ohren wie fallender Regen und Vogelgesang.

Zögerlich nahm er die Hände vom Gesicht und war doch kaum in der Lage, sie direkt anzusehen. Er richtete sich auf, saß auf einem Knie vor ihr und senkte ehrfürchtig sein Haupt.

»Ihr habt mir das Leben gerettet, Herrin des Waldes«, sprach er. »Ich stehe tief in Eurer Schuld.«

Ihr von Scham erfülltes Lächeln blieb ihm verborgen. Sie hob ihre Hand und streckte sie ihm entgegen.

»Kommt mit mir, wenn Euch Euer Leben lieb ist. Ich bringe Euch in Sicherheit.«

Der Prinz zögerte, ihr Angebot anzunehmen und er tat Recht daran. Sie hatte nicht vor, ihn aus dem Wald zu führen. Die Welt da draußen war ebenso gefährlich für ihn wie dieser Forst. Sie wollte nicht, dass er starb. Weder hier noch da draußen, wo sein Ich irgendwann erlöschen würde. Sie wollte, dass er einer von ihnen wurde.

Seit tausend Jahren schon hatte sich keine von ihresgleichen mehr einen Gefährten gewählt. Sie wusste nicht, was an ihm sie so sehr begehrte. Sie wusste nur, dass er sich von ihr nicht täuschen ließ. Er nahm ihre Hand nicht an und das verärgerte sie. Vielleicht war es auch genau das, was ihn so anziehend machte.

Ihre Stimme wurde zu einem tiefen Raunen, gleich dem Rauschen der Blätter im Sturm, als sie ihm die Hände noch einmal entgegenstreckte.

»Nehmt meine Hand, junger Prinz, oder Ihr findet hier, in diesem Wald, den Tod!«

Statt ihrer neuerlichen Aufforderung Folge zu leisten, sprang er zur Seite und griff sich sein Schwert.

Sie musste lachen und der Wald stimmte mit ein. Dabei bebte die Erde unter seinen Füßen und ließ ihn taumeln. Zweige und Laub regneten auf ihn herab und die zitternden Baumwipfel vertrieben die empört kreischenden Vögel aus dem Geäst.

Sie konnte nicht anders, als sich über ihn zu amüsieren. Sein stumpfes Schwert konnte schon gegen Mambera nicht viel ausrichten. Es gegen sie, eine Fee, zu richten, war so wirkungsvoll wie der Versuch, mit einem Zahnstocher gegen einen Drachen zu ziehen.

»Bleib fern von mir, Hexe«, verlangte er, das stumpfe Schwert erhoben.

»Eine Hexe bin ich ganz gewiss nicht«, entgegnete sie. »Eure Braut könnte ich sein, die Königin an Eurer Seite, und gemeinsam würden wir über das Reich der Feen regieren.«

Die Farbe wich aus seinem Gesicht, als er ihre Worte vernahm. Sein Schwert sank, doch schnell hatte er seine Fassung wieder zurückgewonnen und erhob es erneut. Doch sie anzugreifen, wagte er nicht. Und fliehen konnte er nicht. Doch wieso? Warum war er noch hier, wich aus, als sie sich ihm näherte und rannte doch nicht davon?

Sie hatte die Zeit, das herauszufinden, er hatte sie nicht.

Ihre Flügel – in ihrer Gestalt aus Licht nicht mehr als ein schimmernder Schleier hoben sich in sanfter Bewegung und die Zeit wurde zäh und träge. Sie ging auf den Prinzen zu, umrundete ihn und er konnte nichts dagegen tun.

Er bewegte sich langsam, ganz langsam, folgte ihr mit seinem Blick und verlor sie doch aus den Augen.

Wieder vor ihm angekommen strich sie ihm mit dem Handrücken über die Wange, dann gebot sie der Zeit wieder voranzuschreiten und er stolperte so schnell von ihr weg, dass er mit dem Rücken gegen einen Baum prallte.

»Ich kann und werde Euer Angebot nicht annehmen«, wiederholte er.

»Ihr seid also nicht gekommen, um Euer Leben hinzugeben?«, fragte sie, wohlwissend, dass kein Mensch in diesen Wald kam, der nicht des Lebens müde war. »Ist es Euer Herz? Wurde es Euch gebrochen?«

»Nein, ich kam, um einer Fee die Flügel zu nehmen.«

Er hatte den Satz kaum zu Ende gesprochen, da schossen von allen Seiten die Feen aus ihren Verstecken. Wie ein aufgeschreckter Schwarm Bienen schwirrten sie um den Prinzen herum, schubsten und stießen ihn, während er um sich schlug und doch nichts gegen sie ausrichten konnte.

Sie warfen ihm die boshaftesten Flüche an den Kopf. Doch die Stimmen der Feen, die aufgebracht durcheinanderriefen und -schrien, waren für menschliche Ohren viel zu schrill. Sie sprachen zu schnell, als dass er sie hätte verstehen können.

Der Prinz stolperte ein paar Schritte nach vorn, fuchtelte mit seinem Schwert in der Luft und von dem Schwung mitgerissen drehte er sich um sich selbst.

Ci ließ von der Lichtgestalt ab, die ihr die Silhouette eines Menschen verliehen hatte, und flog zu ihren Schwestern.

»So lasst ihn sich doch erklären«, bat sie und zog eine weg von ihm, flog zu der nächsten und zerrte auch ihr am Arm.

»Was gibt es da zu erklären?«, fragte die und riss sich los. »Er will uns unsere Flügel nehmen, dieser tollpatschige Riese!«

Der Prinz fiel zu Boden und rappelte sich gleich wieder auf. Er versuchte zu fliehen, schlug weiter mit dem Schwert nach den ihn umschwirrenden Feen und kam dabei Mamberas Ranken gefährlich nahe. Noch ein Stück und er würde wieder in ihre Fänge geraten – und diesmal würde ihm niemand helfen können.

Ci flog zwischen den Prinzen und eine ihrer Schwestern und breitete schützend die Arme aus.

»Lasst ihn!«, rief sie und wurde im selben Moment von dem Schrei einer Fee übertönt.

»Achtung!«, rief die aus vollem Halse.

Sie hörte das Schwert durch die Luft sausen und duckte sich im Reflex weg.

Eine ihrer Schwestern hatte nicht so viel Glück wie sie. Die Klinge rauschte knapp über Cis eingezogenen Kopf hinweg und traf ihre Schwester mit voller Breitseite. Das Schwert riss sie mit, schleuderte die Fee gegen einen Baum und dort fiel sie zu Boden wie ein Stein.

Sofort stoben die Feen auseinander. Auch der Prinz hielt inne, als er das regungslose Geschöpf am Fuß des Baumes liegen sah.

»Du Monster!«, giftete eine der Feen ihn an.

Verdutzt blieb der junge Mann stehen und senkte sein Schwert. »Es tut mir leid, ich ...«, begann er unsicher.

Mit erhobenem Zeigefinger kam eine der Feen direkt auf ihn zugeflogen und er zog seinen Kopf ein Stück zurück, als sie ihm so nahekam, dass sie ihm an die Nase hätte tippen können.

»Ihr solltet Euch schämen«, blaffte sie ihn an. »Und glaubt ja nicht, Eure Entschuldigung wäre irgendetwas wert!«

Der Prinz sah an der Fee vorbei zu den anderen, die auf dem Boden bei ihrer bewusstlosen Schwester saßen und sie zu wecken versuchten.

Die Fee vor seinem Gesicht drehte sich mit vor der Brust verschränkten Armen und in die Höhe gereckter Nase von ihm weg. »Schau dir ruhig an, was du angerichtet hast«, zischte sie.

»Ist sie ...?«

Die Fee antwortete nicht auf die Frage, die der Prinz sich nicht traute auszusprechen. Sie flog zu ihren Schwestern und ließ sich an den Baumwurzeln nieder.

Auch der Prinz kam näher. Er sank auf die Knie und legte das Schwert neben sich auf den Boden.

»Könnt ihr sie nicht heilen?«, fragte er.

»Heilen?«, knurrte eine von ihnen. »Für was hältst du uns? Kräuterhexen?«

»Ihr seid Feen, ihr beherrscht Magie und erfüllt Wünsche. Könnt ihr euch nicht einfach wünschen, dass es ihr wieder gut geht?«

»Wie stellt Ihr Euch das vor, Menschenprinz?«, fragte eine andere. »Wir können uns doch nicht selbst Wünsche erfüllen!«

»Dann erfüllt ihn mir.«

»Aber Ihr werdet nur einen Wunsch haben«, sagte Ci.

Sie wusste ebenso wie er, dass dieser eine Wunsch, den er hatte, seine einzige Chance war, an einen Feenflügel zu gelangen.

»Jetzt rede ihm nicht rein«, warf ihr eine ihrer Schwestern vor und richtete sich dann an den Prinzen. »Wenn das Euer Wunsch ist?«

»Ja, ich wünsche mir, dass meine Tat ungeschehen wird und es dieser Fee wieder gut geht!«

»Dann soll es so sein.«

Die Feen nahmen sich bei den Händen und tauchten sich in gleißendes Licht.

Der Prinz hob die Hand, um sich vor dem grellen Leuchten zu schützen, und als er sie wieder senkte, öffnete die junge Fee ihre Augen. Verwirrt sah sie sich um.

»Was ist passiert?«, fragte sie.

Erleichtert atmeten die anderen Feen auf. Eine von ihnen griff ihre Schwester bei den Händen und zog sie in die Lüfte. Dort drehten und wirbelten sie sich im Kreis, tanzten und lachten und nach und nach flogen sie alle fort.

Sie hatten kein Wort des Dankes für den Prinzen, verfluchten ihn aber auch nicht mehr für den Grund, der ihn hierhergeführt hatte.

Zurück blieb nur Ci, die sich erhob und bis auf seine Augenhöhe flog.

»Das war sehr edelmütig von Euch, werter Menschenprinz«, sagte sie. »Ich verzeihe Euch, dass Ihr mich nicht zur Frau nehmen wollt. Es ist schade und wäre spaßig gewesen, wo wir Feen doch so lange schon keinen König mehr gehabt haben. Aber sei's drum. Ihr wart gut zu uns, also will ich auch gut zu Euch sein und lasse Euch ziehen. Gehabt Euch wohl.«

»Du warst also diese Lichtgestalt, kleine Fee?«

Sie stemmte die Fäuste in die Seiten. »Kleine Fee? Was erlaubt Ihr Euch! Ihr seid ein Flegel, das seid Ihr!«

Der Prinz lachte.

»Und jetzt lacht Ihr mich auch noch aus!«, fuhr sie ihn an. »Ihr habt Glück, dass ich Euch bereits eine sichere Passage versprochen habe! Ich könnte Euch jederzeit in einen Eber verwandeln, in einen Waldpilz oder eine Zecke!«

»Leider kann ich nicht einfach umkehren«, erklärte er. »Ich bin gekommen, um einer Fee die Flügel zu nehmen. Ich tue es nicht gern, doch ...«

»Doch was?«, höhnte sie. »Ihr wollt das Leben einer Fee zerstören, um Ruhm und Ehre zu erlangen?«

»Darum geht es mir ganz gewiss nicht!«

»Egal, um was es euch geht, es kann nicht so wichtig sein, dass ihr dafür das Leben eines anderen zerstört.«

»Es ist nicht so, als ob ich eine Wahl hätte.«

Sie schürzte die Lippen und deutete in eine wahllose Richtung. »Man hat immer eine Wahl. Und jetzt geht!«

Seufzend richtete er sich auf. Er griff nach seinem Schwert und sah in die Richtung, in die sie gedeutet hatte.

Schnell flog sie in sein Blickfeld.

»Aber nicht dort entlang!«

»Warum denn nicht?«

Unsicher sah sie sich um.

»Dieser Teil des Waldes ist verflucht«, erklärte sie mit gesenkter Stimme. »Ein seelenloses Einhorn lebt dort und selbst wir Feen wagen uns da nicht hinein. Und wenn du weit genug läufst, wirst du irgendwann im Schloss des schwarzen Königs landen. Von dort gibt es kein Entkommen.«

»Der schwarze König?«

Sie runzelte die Stirn und legte den Kopf schief.

»Wo kommst du denn her?«, wollte sie von ihm wissen. »Das ist der König der Menschen.«

»Die Menschen haben viele Könige«, antwortete er lachend. »Sprichst du von König Agass? Dem König von Alldewa, diesem Land hier?«

»Ihr Menschen und eure Namen. Jeder muss einen haben und sagen tun sie dir doch nichts.«

»Schwarzer König, ja, das ist eigentlich ganz passend«, meinte der Prinz lächelnd. »Und man gelangt durch den Wald in das Schloss? Wie ist das möglich, wo es doch eine Tagesreise weit entfernt liegt?«

»Ich sagte doch, der Wald ist verflucht. Ihr solltet lernen besser zuzuhören und Ihr solltet diesen Weg nicht gehen. Sicher, Ihr würdet die verlorene Zeit aufholen, wo Ihr doch zwei Tage in der Zeit gefangen wart, doch das kann es nicht wert sein.«

»Was war ich? In der Zeit gefangen?«

»Oh, stimmt ja, das könnt Ihr nicht wissen. Ihr wart eingefroren in der Zeit. Aber das müsst ihr uns verzeihen, hübscher Menschenprinz. Ihr saht so friedlich aus, mit diesem verschmitzten Lächeln und den feinen Grübchen, die Ihr habt. Das wollten wir uns eine Zeit lang bewahren. Es waren ja auch nur zwei Tage, bevor ich euch wieder befreite.«

»Dann ...« Der Mund des Prinzen blieb offenstehen, während Ci die Gedanken hinter seinen Augen rasen sehen konnte. »Ich muss den Weg nehmen! Wenn ich zu spät komme, wird Sinabell für mein Versagen bestraft.«

»Ich weiß nicht, wer diese Sinabell ist, aber hast du nicht ohnehin versagt, allein, weil du ohne deine Trophäe heimkehren wirst?«

Der Prinz lächelte trübe. »Das mag so sein, doch du hast Recht, kleine Fee. Ich kann nicht das eine Leben zerstören, um ein anderes zu retten.«

Sie schluckte. »Also kehrt Ihr nun mit leeren Händen zurück?«

Der Prinz ging nicht auf ihre Frage ein. Stattdessen lag sein Blick auf den Schatten des verfluchten Waldes.

»Liebe Fee, sag mir, was ist mit diesem Wald und dem Einhorn geschehen, dass sie verflucht sind?«

Sie folgte seinem Blick in die Leere.

»Es war ein Wunsch«, erklärte sie. »So erzählt man sich. Vor vielen Jahren kam die Königin und wünschte sich die Freiheit.«

»Die Königin? Die Frau des schwarzen Königs? Starb sie nicht vor gut zehn Jahren an einer Krankheit?«

»Es war ihr Wunsch. Sie wünschte sich frei zu sein und weil ein Einhorn ja nicht übermächtig ist, verlor es seine eigene Freiheit und ist seit jener Zeit an das Schloss gebunden.«

»Und die Königin ...«

»Sie fand die Freiheit im Tod.«

»Das ist grausam.«

»Es ist vielleicht auch nur eine Geschichte. Aber wahr ist, dass in diesem Teil des Waldes ein Einhorn lebt, das durch einen Fluch an das Schloss gebunden ist, und ich würde an deiner Stelle einen weiten Bogen darum machen.«

»Ich bin bis hierhergekommen, ich werde jetzt nicht umkehren«, erklärte er. »Ich danke dir für deine Hilfe, kleine Fee.«

Er nickte zum Abschied und lief los.

Sie sah ihm nach, wie er den Weg einschlug, den vor ihm schon so lange niemand mehr genommen hatte, und sie konnte diesen Anblick einfach nicht ertragen.

Die Brust schnürte sich ihr zu und in ihren Ohren rauschte es unerträglich.

»Wartet!«, rief sie ihm nach.

Der Prinz blieb stehen und Ci folgte ihm – nicht, ohne sich zuvor noch einmal umzuschauen. Schließlich konnte man nie wissen, was in so einem verfluchten Wald alles lauerte.

Bei ihm angelangt ließ sie sich auf ein niedrig hängendes Blatt sinken und er ging vor ihr in die Hocke.

»Was das Einhorn kann, kann ich schon lange«, sagte sie. »Ich gebe dir meine Flügel und damit meine Freiheit.«

»Das kann ich unmöglich von dir verlangen«, widersprach er.

»Du musst, weil du ja genau dafür gekommen bist«, sagte sie bestimmt und griff nach hinten.

Er aber schob seinen Zeigefinger zwischen ihre Hände und Flügel. »Aber was passiert mit dir?«

»Ich werde den anderen sagen, dass du sie mir ausgerissen hast, dann werden sie mich schon nicht verstoßen. Außerdem ist es so das Beste. Seit ich Euch das erste Mal gesehen habe, bin ich nicht mehr ich selbst. Stutze ich meine Flügel nicht, werde ich nie mehr auf den Boden zurückkehren. Und jetzt lasst es mich tun!«

Sie legte ihre Hände auf den Zeigefinger des Prinzen und schob ihn von sich weg. Ihre Wangen erröteten und sie senkte beschämt den Blick.

»Dann gib mir zumindest nur einen Flügel, so bleiben dir noch drei und du musst nicht über den Waldboden zu deinen Schwestern laufen.«

Verstohlen sah sie zu ihm auf und senkte gleich darauf ihren Blick wieder. Sie nickte zur Antwort und er zog die Hand weg.

***

Sinabell schrak auf. Sie lag auf dem Waldboden, trug ihr Kleid, von dem sie geglaubt hatte, es habe sich in Staub aufgelöst, und in ihr pochten die Erinnerungen an ein Leben, das sie nie geführt hatte.

Sie war eine Fee gewesen. Sie erinnerte sich noch an alle Details. Sogar daran, dass sie aufgewacht war und geglaubt hatte, ihr wahres Leben wäre ein Traum gewesen. Sie erinnerte sich an Farin und daran, dass sie ihm ihren Flügel gegeben hatte. Die zweite Aufgabe war damit erfüllt.

Sicher war es die Magie des Einhorns gewesen, die sie durch die Augen der Fee hatte sehen lassen. Mehr noch war sie eins geworden mit deren Erinnerungen und ihrem ganzen Wesen. Und kaum hatte sich bei diesem Gedanken ein Lächeln auf Sinabells Lippen gestohlen, erstarb dieses auch wieder.

Ihre Mutter war an einer Krankheit gestorben – so hatte man es ihr erzählt. Sie war lungenkrank gewesen. War das alles eine Lüge? Hatte sie tatsächlich den Tod gewählt? War es vielleicht sogar ihr einziger Weg gewesen, dem König zu entkommen – Sinabells Vater?

Sie wollte es nicht wahrhaben, dass die Frau, die sie im Arm gehalten hatte, die ihr Geschichten erzählt und mit ihr in den Schlossgärten Fangen gespielt hatte, so unglücklich gewesen war. Sinabell hatte am eigenen Leib erfahren müssen, zu welchen Grausamkeiten ihr Vater im Stande war und doch kannte sie sicher nur einen winzigen Teil der vollen Wahrheit. Ihre Mutter hatte hingegen einen tieferen Einblick in die Abgründe gehabt, die sich hinter dem kühlen Blick des Königs verbargen. Vielleicht stimmte es wirklich, vielleicht hatte sie keine Alternative gesehen. Und dafür ihre Kinder im Stich gelassen?

Nein, das konnte sie sich nicht vorstellen. Niemals hätte sie ihre Töchter im Stich gelassen. Es musste mehr dahinterstecken.

Ein Rascheln ließ Sinabell aufhorchen. Sie schob sich weiter hinter die Hecke und trat wieder hervor, als sie sah, dass es Farin war, der durch den Wald schlich.

Ein Stein fiel ihr vom Herzen. Er hatte es tatsächlich durch den Finsterwald bis hierher geschafft.

Sie hob die Hand und wollte ihm zuwinken, ließ es dann aber doch bleiben. Es kam ihr lächerlich vor. Eben noch hatte sie ihm im Körper einer Fee – einer nackten Fee – gegenübergestanden und war bei seinem Lächeln errötet.

Sicher, er wusste es nicht, sie dafür aber sehr wohl. Sie war die Drachenkönigin gewesen und hatte ihr Herz an ihn verloren und auch als Fee hatte sie ihm nicht widerstehen können. Dafür hasste sie sich, weil sie sich doch geschworen hatte, sich niemals Hals über Kopf in jemanden zu verlieben – erst recht nicht, wenn sie nichts über ihn wusste.

Sie spielte mit dem Gedanken, sich schnell wieder zu verstecken. Was hätte sie ihm denn sagen sollen? Und wie hätte sie mit dem umgehen können, was in ihr vorging? Zwei Mal hatte er sie zurückgewiesen. Ein drittes Mal würde sie das nicht ertragen können. Doch es war zu spät, sich vor ihm zu verbergen.

Als er sie erblickte und das Erstaunen in seinem Antlitz einem freundlichen Lächeln wich, spürte sie, wie ihr die Hitze in die Wangen schoss, und konnte nichts dagegen tun.

Sie musste sich fest an den Gedanken klammern, dass er keine Ahnung hatte, warum ihm die Herrin der Drachen und die Feenkönigin so hold gewesen waren.

»Prinz Farin«, rief sie und zwang sich zu einem Lächeln. »Ihr habt den Weg tatsächlich gefunden.«

Verwundert sah er sich um. »Prinzessin, Ihr wart die Letzte, die ich hier erwartet hätte, doch das heißt wohl, dass mich der verschlungene Pfad tatsächlich zurückgeführt hat.«

Er schien keinen Verdacht zu schöpfen. So zerzaust, wie ihr Haar war, und verknittert ihre Kleidung, schrieb er die Hitze in ihren Wangen sicher einem anstrengenden Fußmarsch zu. Erleichtert atmete sie auf und ließ von dem Lächeln ab, hinter dem sie sich versteckt hatte.

»Aber der Pfad hätte Euch wohl besser nicht hierherführen sollen. Wieso kehrt Ihr immer wieder zurück? Legt Ihr es denn darauf an zu sterben?«

Er kam auf sie zu, ein sanftes Schmunzeln umspielte seine Lippen und ließ sie neuerlich erröten. Als er ihr die Hand entgegenstreckte, zögerte sie nicht, die ihre zu heben. Doch gerade, als sie ihre Finger auf die seinen legen wollte, riss er die Augen weit auf. Er packte sie, zog sie an sich heran und stellte sich schützend vor sie.

»Bleib fern von uns!«, rief er mit erhobenem Schwert dem Einhorn zu, das hinter den Bäumen versteckt dastand und seinen Worten mit Schweigen entgegnete.

»Farin ...«, begann Sinabell zögerlich.

»Bleibt hinter mir Prinzessin, dieses Geschöpf ist nicht das, was es zu sein scheint.« Er schob sie weiter hinter sich und wandte seinen Blick nicht von dem Einhorn ab, als er ihr ins Wort fiel.

»Ihr täuscht Euch. Das, was die Fee Euch erzählt hat, kann unmöglich die Wahrheit gewesen sein!«

Er hielt überrascht inne, ließ das Einhorn aber dennoch nicht aus den Augen.

»Ihr wisst von der Fee?«

»Ja, ich ...« Sie überlegte, wie sie ihm nun erklären sollte, was sie selbst nicht verstand und ihr die Schamesröte erneut in die Wangen steigen ließ.

Sie trat neben ihn und legte ihre Hand auf die seine. Mit einem sanften Druck brachte sie ihn dazu, sein Schwert zu senken. Ihr Blick fesselte seine Augen fest an sich.

»Weil ich es war«, sagte sie. Es fühlte sich an wie ein Sprung ins kalte Wasser. »Ich war die Fee und auch die Drachenkönigin.«

Sein Schwert fiel zu Boden und Sinabell erschrak. Erst jetzt wurde ihr klar, wie das tatsächlich auf ihn wirken musste. Es ging nicht um sie und ihre Scham. Sie hatte sich ja nicht nur in jeder Gestalt in ihn verliebt, sie hatte ihn auch dazu bringen wollen, sie zur Braut zu nehmen und war nicht gerade zimperlich mit ihm umgegangen.

»Es ist ... Es ist nicht so, dass ich es wirklich wusste«, erklärte sie und wich zurück, als seine Hand sich fester um den Feenflügel schloss, den er noch immer in der Linken hielt.

Sie konnte verstehen, dass er wütend auf sie war. Er hatte um sein Leben kämpfen müssen, um die beiden Aufgaben zu erfüllen, und sie hatte es ihm wirklich nicht leicht gemacht.

»Du ...«, begann er und unterbrach sich selbst.

Er sah zur Seite, wich ihrem Blick aus, seine Hand entspannte sich und schloss sich wieder. Sinabell wusste nicht, was nun in ihm vorging.

Sie hob ihre Hand, wollte ihn berühren und wagte es doch nicht.

»Es war mehr ein Traum ...«, flüsterte sie, den Blick gesenkt.

»Du hast mir dein Herz geschenkt.«

Sinabell sah auf. Ihre Lippen öffneten sich, doch sie konnte nichts sagen.

»Ich ...« Ihre Stimme versagte.

Er trat an sie heran, hob mit seinem Zeigefinger ihr Kinn und legte seine Hand auf ihre Wange. Seine Finger glitten in ihr Haar und sie war ihm willenlos ausgeliefert. Sein Blick hielt sie im Bann. Er kam ihr so nah, dass sie seinen Atem spüren konnte, und als seine Lider sich schlossen, sie ihren Puls bis zum Halse pochen hörte und die Wärme seinen Körpers auf sie übergriff, schloss auch sie die Augen.

Er küsste sie.

Sie spürte die Hitze seiner Lippen auf den ihren, seinen Atem auf ihrer Haut und sein wild schlagendes Herz unter ihren Fingern, die auf seiner Brust lagen.

Ein Rascheln und das Geräusch von brechendem Geäst riss sie aus ihrem Bann. Das Einhorn war verschwunden und Schritte hallten durch den Wald.

»Dort hinten muss sie sein!«, hörte sie jemanden rufen.

Farin nahm Sinabell bei der Hand und hob sein Schwert auf.

»Komm!«, flüsterte er ihr zu und zog sie mit sich.

**

Er hielt sie bei der Hand und zog sie hinter sich her. Ihr Atem hetzte und ihre Lunge brannte, doch stehenzubleiben, konnten sie sich nicht erlauben.

Des Königs Häscher waren ihnen dicht auf den Fersen, kamen näher und näher und hätten sie bald schon eingeholt.

Abrupt blieb Farin stehen und Sinabell lief ihm in die Arme. Vor ihnen waren Bewegungen zu sehen. Schatten huschten hinter Bäumen vorbei. Sinabell entdeckte eine Fackel. Farin zog sie in eine andere Richtung weiter.

»Sie werden ... Sie werden hier alles niederbrennen!«, rief sie ihm zu.

Er antwortete nicht. Sie beide wussten, dass der König keine Skrupel hätte, sie auf diese Weise aus dem Wald zu treiben. Dabei hoffte Sinabell, dass sie es waren, auf die es die Männer abgesehen hatten, und nicht etwa das Einhorn. Doch auch das traute sie ihrem Vater zu – dass er dieses arme Geschöpf jahrelang gefangen hielt, bloß um es jetzt grundlos und ohne jede Hemmung abschlachten zu lassen.

Farins Finger schlossen sich fester um ihre Hand und sie erwiderte seinen Griff. Sie hatten sich gerade erst gefunden und nun sollte es schon zu Ende sein? Aber wie sollten sie entkommen? Sie konnten fliehen, doch einen Ausweg gab es keinen. Es war nur eine Frage der Zeit, bis die Schergen des Königs sie eingeholt hätten.

Farin bog nach rechts ab, als sie an einen Abhang gelangten, zog sein Schwert und schlug ihnen den Weg durch die Hecke frei.

Sinabell warf einen flüchtigen Blick nach hinten. Ihre Verfolger waren schon so nah, dass der Schein ihrer Fackeln bereits die Pappeln um sie herum erhellte.

Sie liefen weiter. Sinabell hob ihren Rock, blieb aber dennoch an Gestrüpp und Ästen hängen. Immer wieder geriet sie ins Stolpern und Farin fing sie auf. Er wurde nicht müde, sie hinter sich her zu zerren, auch wenn sie ihm mehr eine Last war als alles andere.

Sie lockerte den Griff um seinen Arm.

»Farin«, rief sie schwer atmend.

Er schüttelte den Kopf, als wüsste er genau, worum sie ihn bitten wollte. »Wir schaffen es!«

»Ich kann nicht ...« Sinabell stockte, als sie von Farin losgerissen wurde.

Ihr Fuß hatte sich in einer Wurzel verfangen und sie fiel zu Boden. So schnell, wie sie gerannt waren, war Farin bereits einige Meter weitergestolpert, bevor er stoppte und zu ihr herumwirbelte.

»Lauf weiter!«, rief sie und zog ihren schmerzenden Fuß zu sich heran. Ihren Schuh hatte sie verloren und an ihrem Arm brannte heiß eine Schürfwunde. Sie konnte nicht mehr aufstehen. Ihr Knöchel war geschwollen, womöglich verstaucht, und ihre Kräfte waren erschöpft.

»Ich helfe dir auf.« Farin war bei ihr und versuchte, sie auf die Füße zu ziehen.

»Nein! Lauf weg!« Sie wehrte sich gegen ihn.

»Ich lasse dich hier nicht zurück.«

»Aber ich kann nicht! Mein Knöchel.«

Er hielt sie an den Oberarmen und sie wehrte sich, auf einem Bein stehend, gegen seinen festen Griff.

»Sie werden mir nichts tun, also bring dich in Sicherheit und lass mich sie ablenken. Bitte!«

Sie glaubte ja selbst nicht, was sie da sprach. Niemals würde ihr Vater sie schonen. Nicht nach allem, was geschehen war. Sie würde auf dem Schafott enden, das war gewiss. Alles, was ihr jetzt noch blieb, war der Versuch, wenigstens ihn zu retten. Sie schubste Farin von sich, konnte sich aber nicht auf den Beinen halten.

Er fing sie auf. »Dann trage ich dich.«

»Stehen bleiben!«

Farin wirbelte herum. Er wollte Sinabell mit sich ziehen, doch es war zu spät, um noch zu entkommen. Er musste sie loslassen, um sein Schwert zu zücken, und bekam es gerade noch rechtzeitig zu greifen, bevor die Klinge des Angreifers sie traf. Er wehrte den Mann, der sich auf sie stürzte, ab.

Weitere Männer kamen von allen Seiten auf sie zu. Farin kämpfte tapfer gegen den einen, während ein anderer Sinabell von hinten packte.

Sie schrie auf, wehrte sich und hatte doch keine Chance gegen den Mann, der sie an den Armen hielt.

»Lasst sie los«, verlangte eine dunkle Stimme, die Sinabell sofort erkannte. Sie sah auf.

»Fürst Annbold«, zischte sie durch zusammengebissene Zähne und riss sich von dem Mann los, der seinen Griff um ihren Arm bereits gelockert hatte.

Sie stolperte ein Stück nach vorn. Neben ihr wurde Farin zu Boden getreten.

Er hob sein Schwert und wehrte den Schlag ab, der dem Tritt folgte.

Sinabell schlug sich die Hände vor den Mund, als der Schlag Farins Schwert fortschleuderte, so dass es klirrend vor Fürst Annbolds Füßen landete.

»So hört doch endlich auf!«, stieß sie aus, als der Mann sein Schwert anhob und Farin nur seinen Arm zum Schutz zwischen sich und die Klinge bringen konnte.

Mit einer knappen Handbewegung brachte Fürst Annbold seinen Lakaien dazu, sein Schwert zu senken.

»Man hat Euch vermisst, Prinzessin«, sagte der Fürst mit einem speckigen Lächeln auf den Lippen. »Dass Ihr Euren Geliebten hier unten versteckt haltet, hätte wohl niemand vermutet.«

»Versteckt?«, fragte sie ungläubig. »Ihr habt genauso wie ich gesehen, wie er gen Finsterwald geritten ist.«

»Und nun ist er hier, so wie Ihr auch, im verbotenen Garten, auf dessen Betreten die Todesstrafe steht.«

»Ich habe nichts weiter getan, als meine Aufgabe zu erfüllen.«

Farin griff in seine Tasche und zog den Feenflügel hervor.

Fürst Annbold hatte alle Mühe, die Fassung zu bewahren. Seine Augenbrauen zuckten unkontrolliert und Schweiß trat ihm auf die Stirn. Ein gezwungenes Lächeln kämpfte sich auf seine Lippen.

»Ebenso könnte das der Flügel einer Libelle sein.«

Farin schmunzelte. Er warf den Flügel in die Luft und Sinabell rechnete fest damit, dass er davongetragen werden würde wie ein Blatt vom Wind. Stattdessen aber verfing er sich in Raum und Zeit, gleich einer Fliege im Spinnennetz.

Er hing zwischen Farin und Annbold in der Luft und des Fürsten Antlitz verlor jede Selbstbeherrschung. Schnaubend und mit bebenden Lippen entlud sich seine Wut schließlich. Mit einer Hand riss er den Flügel in einer raschen Bewegung aus der Luft und zerknüllte ihn wie Laub zwischen den Fingern.

Farin wollte sich auf den Fürsten stürzen, doch zwei Männer packten ihn an den Armen und er wehrte sich vergebens gegen sie.

»Eine Fee hat ihre Freiheit geopfert, um ...«

»Um Euch zu erlauben, durch Tücke und List die zweite Aufgabe zu erfüllen? Kein ehrbares Opfer, würde ich meinen«, unterbrach der Fürst ihn.

»Ihr elender Mistkerl!«, schrie Farin wutentbrannt und warf sich in die Arme der Männer, die ihn hielten. »Was seid Ihr bloß für ein feiger Hund? Traut Euch, kämpft mit mir Mann gegen Mann um Sinabells Hand und versteckt Euch nicht hinter Eurem König!«

Annbolds Gesicht lief rot an. Er ballte seine Hände zu Fäusten und als er Farin seine Antwort entgegenwarf, spuckte er wie ein kläffender Hund.

»Ihr seid es, der sich hinter der Prinzessin versteckt!« Er schlug ihm mit der Faust ins Gesicht.

Einer der Männer, die Farin hielten, lachte höhnisch, als der in sich zusammensackte.

Sinabell schrie auf, wollte dazwischengehen und wurde sogleich festgehalten. Sie wehrte sich heftig, während Annbold ein weiteres Mal zuschlug.

»Wer ist hier feige?«, wollte er wissen und rammte Farin seine Faust in die Magengrube. »Statt Eure Aufgaben zu erfüllen, habt Ihr ein unschuldiges Mädchen und die Wünsche eines Einhorns missbraucht. Ist es nicht so?«

Er packte Farin am Schopf und zog ihn wieder auf die Beine. »Ihr tatet so, als wärt Ihr gegen Drachen gezogen, dabei wünschtet Ihr Euch das Herz von dem Einhorn des Königs, nur um ihm kurz darauf diese Fälschung unter die Nase zu halten! Glaubtet Ihr, damit durchzukommen?«

»Das Herz ist echt!«, widersprach Farin.

»Schweigt!«, brüllte Annbold und schlug ihm ein weiteres Mal seine Faust ins Gesicht. »Ihr seid nicht nur ein Feigling, sondern auch ein Lügner! Niemand erringt das Herz eines Drachen. NIEMAND!«

Kraftlos in sich zusammengesackt hing Farin in den Armen der Männer und doch konnte Sinabell sehen, dass ihm ein Lächeln über die Lippen huschte.

»Bloß weil der schwarze König nicht in der Lage ist, Herzen zu erobern, heißt das noch längst nicht, dass es niemanden gibt, dem es gelingen kann«, konterte er.

Wild schnaubend hob Fürst Annbold noch einmal seine Faust.

In Sinabell verkrampfte sich alles. Jeder Muskel in ihrem Körper war angespannt und sie stemmte sich erneut mit aller Kraft gegen die Hände, die sie hielten.

»Bitte!«, rief sie voller Verzweiflung. »Seht Ihr denn nicht, dass er am Ende ist? Bitte hört auf, ihn zu schlagen! Ich tue alles, was Ihr wollt, nur bitte lasst ihn in Frieden!«

Der Fürst senkte seine Faust und sah zu ihr. Für einen Moment glaubte sie, er würde sich erweichen lassen, doch dann grinste er bloß gehässig und musterte sie mit hochgezogenen Brauen.

»Zu wenig, zu spät, meine Liebe«, antwortete er ihr. »Ihr hattet Eure Chance, meine Braut zu werden, doch Ihr hieltet Euch zu gut für mich – den treuesten Untergebenen Eures Vaters. Kindchen, ich habe dich auf meinem Schoß reiten lassen, als du noch ein kleines Täubchen warst.« Er trat einen Schritt auf sie zu und ließ seinen Zeigefinger über ihre Wange wandern.

Sie entzog sich seiner Berührung. Ein kalter Schauer lief ihr über den Rücken, als sie seinen modrigen Atem riechen konnte, und Übelkeit überkam sie bei dem Gedanken daran, wie er sie schon als Kind angesehen hatte. Sie hasste ihn – hasste ihn mehr noch als ihren Vater.

»Ihr widert mich an«, zischte sie.

»Oh, schöne, liebliche Sinabell. Schon damals hätte ich dir nur zu gerne richtigen Reitunterricht gegeben«, säuselte er breit grinsend. »Aber deine Schwester tut es auch und dein Leben ist ohnehin längst verwirkt. Dein Todesurteil war bereits unterschrieben, als du deinen Fuß auf das Schafott gesetzt hast.«

Er griff nach einer ihrer losen Haarsträhnen und zwirbelte sie um seinen Zeigefinger.

»Nehmt eure dreckigen Finger von ihr«, verlangte Farin durch zusammengebissene Zähne.

Er hatte sich wieder aufgerichtet und fixierte Annbold mit einem Blick, der Sinabell erschaudern ließ.

»Keine Sorge, zu Euch komme ich noch«, antwortete Annbold in aufgesetzt freundlichem Ton und wandte sich ihm wieder zu. »Ihr seid ein Prinz ...« Er zupfte an Farins Kleidung. »Zumindest behauptet Ihr, einer zu sein ... Und als solcher verdient Ihr natürlich ein wenig Respekt. Tun wir also so, als hättet Ihr die ersten beiden Aufgaben tatsächlich erfüllt.«

»Ich habe sie erfüllt«, betonte Farin.

Annbold winkte ab. »Ja, ja, schon gut.«

»Bringt mich zu König Agass. Er soll mir die letzte Aufgabe stellen und ich werde sie erfüllen!«

Der Fürst schmunzelte überheblich.

»Das wird nicht nötig sein. Die Aufgabe liegt schließlich auf der Hand und eigentlich seid Ihr genau am richtigen Ort.«

»Das Einhorn …«, murmelte Sinabell.

Annbold lachte.

»Ihr mögt die ersten beiden Aufgaben mit seiner Hilfe erfüllt haben, doch wie will es Euch gelingen, mir das Horn eines Einhorns zu bringen, wenn es Euch nicht zu Diensten sein wird? Und glaubt mir, selbst ein Einhorn hängt an seinem Leben. Es wird Euch diesen Wunsch ganz gewiss nicht aus freien Stücken erfüllen.«

Sinabell sah zu Farin. Panik stieg in ihr auf. Sie wusste, dass er noch immer die Geschichte der Fee im Ohr hatte. Er hielt das Einhorn für seelenlos. Ein verfluchtes Wesen.

»Das dürft Ihr nicht …«, hauchte sie ihm zu und wandte sich dann an Annbold. »Das dürft Ihr nicht von ihm verlangen!«

»Das darf und das habe ich gerade getan. Es ist der Wunsch des Königs, dass Ihr ihm das Horn bringt. In drei Tagen. Oder Eure geliebte Prinzessin wird ihr Leben geben.«

»Nein!« Farin stemmte sich noch einmal gegen den Griff der beiden Männer. »Ich tue, was der Wille des Königs ist, aber lasst Sinabell nicht dafür büßen!«

»Es war ihre Entscheidung«, widersprach Fürst Annbold. »Nicht die des Königs, nicht meine und nicht Eure. Aber was beschwert Ihr Euch? Ihr habt die ersten beiden Aufgaben in der vorgegebenen Zeit gelöst, da werdet Ihr doch auch mit der dritten fertig werden.«

Der Graf gab seinen Männern mit einer kurzen Geste den Befehl und Sinabell wurde von Farin weggezogen.

»Eines noch.« Annbold, schon im Begriff zu gehen, drehte sich noch einmal zu Farin um. »Dies hier ist ein Verlies. Die Magie des Einhorns verbindet es mit dem Finsterwald, aber tatsächlich befindet Ihr Euch in einer Zelle kaum größer als drei auf drei Meter. Nichts geht hier rein, nichts raus.«

Er kam auf Farin zu und seine Männer ließen den Prinzen los. Sie stießen ihn grob nach vorn und er hatte alle Mühe, nicht vor dem Fürsten auf die Knie zu fallen.

»Solltet Ihr das Einhorn tatsächlich erschlagen, wird der Zauber gebrochen. Ihr könnt dann ...«, er fuchtelte mit der Hand in der Luft, als müsse er sich die folgenden Worte zufächeln, »...an die Zellentür klopfen. Bis dahin, fühlt Euch hier wie zu Hause ... ohne Nahrung ... ohne Wasser.«

Er nickte zweien seiner Männer zu. Die warfen ihre Fackeln in die Hecken. Sofort fing das trockene Geäst Feuer. »Zumindest frieren werdet Ihr nicht.«

Überlegen grinsend trat er noch näher an Farin heran, legte ihm die Hand auf die Schulter und drückte sie nach unten, so dass ihm die Knie wegzubrechen drohten. Er flüsterte fast, als er weitersprach, und Sinabell hatte Mühe, seine letzten Worte an den Prinzen zu verstehen.

»Ich hoffe, Ihr habt Euch gut mit Eurer geliebten Prinzessin amüsiert, bevor wir Euch aufgestöbert haben. Es wird nämlich das letzte Mal gewesen sein, dass Ihr sie zu Gesicht bekommen habt.«

Er rammte Farin seine Faust in die Rippen und stieß ihn von sich, so dass er zwischen die auflodernden Büsche fiel und dort liegen blieb.

»Aufhören!«, rief Sinabell. Tränen nahmen ihr die Sicht. Sie stürzte nach vorn und versuchte Farin zu erreichen, doch sie wurde von ihm weggezerrt. Dabei schrie sie aus Leibeskräften.

Er hatte sie geküsst, sie hatte ihm mehr als einmal ihre Liebe gestanden und nun, da er sie bei der Hand genommen und ihr versprochen hatte, sie nie im Stich zu lassen, war ihnen nicht einmal ein Wort des Abschieds vergönnt.

Sie rief seinen Namen, als sie ihn schon nicht mehr sehen konnte, doch sie bekam keine Antwort.

»Damit werdet Ihr nicht durchkommen!«, fluchte sie wild tobend und um sich tretend in den Armen des Mannes, der sie unbarmherzig mit sich zog.

Annbold würdigte sie keines Blickes. Er lief ihr voraus, raus aus dem Wald, den Hügel hinauf und zurück zum Eingang.

»Hört Ihr mich? Vater wird erfahren, was hier geschehen ist. Er wird nicht erlauben, dass Ihr mich so behandelt.«

Der Fürst lachte. »Prinzessin, Ihr seid so naiv – um nicht zu sagen dumm –, wie Ihr schön seid. Was glaubt Ihr, auf wessen Befehl hin ich hier bin? Es war der König, Euer Vater, der mich schickte, Euch zu finden, und sicher ist es in seinem Sinne, dass ich dem Prinzen die letzte Aufgabe stelle, anstatt ihn wieder zurück in den Thronsaal zu schleppen, wo er schon mehr als genug Ärger gemacht hat. Er braucht nicht noch mehr Sympathisanten, als er ohnehin schon hat. Ein Glück, ihn hier bei Euch gefunden zu haben. Das schafft gleich zwei Probleme aus der Welt. Und glaubt mir, ich handelte sicher im Namen Eures Vaters. Ich stehe schließlich kurz vor der Hochzeit mit einer Prinzessin. Es überrascht mich selbst, aber nun bin ich doch froh, dass nicht Ihr es seid, die ich ehelichen werde, denn es ist offensichtlich, dass Ihr nur Ärger macht.«

»Ich bezweifle, dass dies der Wille meines Vaters sein kann«, entgegnete sie nur, weil sie nicht wahrhaben wollte, dass er wirklich so grausam war, und obwohl sie genau wusste, dass es so sein musste. »Bringt mich zu ihm, Ihr werdet sehen, dass ihm an seiner Tochter mehr gelegen ist als an Euch.«

Die Männer öffneten die Tür. Der Fürst wartete, bis sie Sinabell in den dunklen Gang gezerrt hatten, ehe auch er den geheimen Garten verließ.

»Auch Ihr werdet den Thronsaal kein weiteres Mal betreten, Prinzessin«, gab Annbold zurück. »Ihr werdet von hier direkt in den Sündenturm gebracht und dort werdet Ihr den Rest Eures Lebens verbringen. Eine äußerst kurze Zeitspanne, sollte ich dazu sagen.«

Das, was du zu tragen hast

Genauso hatte sie sich den Sündenturm vorgestellt. Es war ein kleiner, dunkler Raum mit nur einer Tür und winzigen Fenstern. Hier oben gab es nichts weiter als einen mit Stroh gefüllten Sack, auf dem sie saß, auf dem sie die Nacht verbracht hatte und noch zwei weitere Nächte verbringen würde.

Die Wände waren kahl und aus bloßem Stein. Es war ein runder Kerker, in den man sie geworfen hatte: die Spitze eines Turms – so weit oben, dass ihr schwindelig wurde, wenn sie aus dem Fenster hinunterblickte.

Sie spürte den Wind. Er pfiff durch die Fenster und die Fugen der grob geschlagenen Steinquader und wenn er heftig wehte, war es ihr, als würde sich der gesamte Turm seinen heftigen Böen beugen.

Sie hatte erwartet, dass ihr Vater kommen würde, um sich ihr zu erklären, doch wahrscheinlich hatte Fürst Annbold Recht gehabt. Sie war nicht mehr seine Tochter, er hatte sie verstoßen.

Doch das wollte sie auch nicht mehr sein. Die Tochter eines Mannes, den man im ganzen Land den schwarzen König nannte – überall, außer hier im Schloss, außer in Gegenwart seiner Töchter, die stets das Beste von ihm gedacht hatten. Ein Mann, der seine Königin in den Tod getrieben hatte, ein Einhorn – das reinste und unschuldigste Geschöpf auf Erden – in einem Kerker gefangen hielt und seine Tochter verstieß und in den Sündenturm sperrte, bloß weil sie Nächstenliebe empfand.

Zumindest über die Aussicht konnte sie sich nicht beschweren. Von hier oben sah sie alles, was sie nie mehr wieder von nahem sehen würde, alles, was sie für immer verloren hatte. Das Wenige, was sie an Freiheit genossen hatte, war ihr genommen worden. Doch das schmerzte längst nicht so sehr, wie Farin zu verlieren.

An ihn zu denken, war die reinste Qual für sie. Was würde er jetzt tun? Würde er das Einhorn jagen – und töten? Würde ihr Vater ihm die Hand seiner Tochter zugestehen, sofern er ihm das Horn brächte?

Wohl kaum. Und wie sollte er das auch tun? Er war ebenso gefangen wie sie. Und selbst wenn es ihm gelänge, wie könnte sie mit jemandem ihr Leben verbringen, der bloß ihretwegen ein Einhorn getötet hatte? Das würde Farin nicht tun. Er hatte der Fee nichts getan und es auch nicht auf einen Kampf gegen die Drachenkönigin angelegt.

Doch selbst wenn er wollte – niemand konnte ein Einhorn töten. Er würde ihm hinterherjagen bis ans Ende der Welt, oder vielmehr bis ans Ende der Mauern, die es hielten. Und selbst wenn er es in die Ecke treiben könnte, wie sollte er es erlegen? Mit einem stumpfen Schwert?

Nein, es war vorbei. Sie war verloren und er war es auch. Ihr blieb nur die Hoffnung auf ein anderes Leben und die eine Frage, die sie quälte: Wer hatte sie verraten? War es Malina gewesen? Wer sonst hatte gewusst, wo sie war?

Sie stand auf und lief zum Fenster. Nebel nahm ihr die Sicht. Alles wirkte grau und trist, wie verhüllt von dem Schleier einer trauernden Witwe. Sie stützte sich mit dem Rücken an die Wand und sank zu Boden. Die Füße angezogen, die Arme auf die Knie gelegt, stützte sie ihren Kopf darauf ab und saß lange so zusammengekauert im Dunkel ihres Gefängnisses, bis schließlich die Müdigkeit sie übermannte und sie einschlief.

**

Farin wusste nicht, ob es einen Ausweg gab. Dies hier, der verbotene Teil des Waldes, war ein durch magische Mauern aufrechterhaltenes Gefängnis. Er war blind hineingestolpert. Womöglich hatte dieser Fürst Recht und es gab keinen Ausweg mehr für ihn. Doch er war den Flammen und dem erstickenden Rauch entkommen. Vielleicht gab es also doch noch Hoffnung.

Was blieb ihm anderes, als sich an seine Aufgabe zu halten? Er musste das Einhorn finden. Doch wie, wenn es nicht gefunden werden wollte? Und wenn er es denn gefunden hätte? Was dann? Er würde seines Lebens nicht mehr glücklich, nähme er ihm das seine. Doch wenn es so war, wie die Fee behauptet hatte, und das Einhorn tatsächlich keine Seele mehr in sich trug, war es bloß eine Hülle.

Er musste tun, was nötig war, um Sinabell zu retten. Die Grausamkeiten des schwarzen Königs waren ihm nur zu gut bekannt, er hatte ihn damals gesehen – damals, als sein Vater starb.

Auf einem stolzen Ross hatte Agass gesessen, blutverschmiert seine Rüstung, blutverschmiert sein Schwert. Er hielt den Kopf seines Vaters am Schopf gepackt in die Höhe und sein Lachen hallte durch das Schloss, in dem Farin sich gemeinsam mit seinen jüngeren Brüdern versteckt gehalten hatte.

Tagelang hatten des Königs Männer das Schloss belagert, bis es Farins älterem Bruder gelungen war, die Truppen des Königs zurückzuschlagen und ihn aus ihrem Land zu vertreiben. Mit leeren, toten Augen hatte der Kopf seines Vaters, aufgespießt auf einem Speer vor dem Haupttor, hinauf zu dem Fenster gestarrt, durch das Farin ihn sehen konnte.

König Agass war ein grausamer Mann, ein Kriegstreiber, ein Tyrann. Was hatte er sich nur dabei gedacht hierherzukommen? Nun schlug er sich mit einem stumpfen Schwert, erschöpft und müde, am Ende seiner Kräfte, durch einen verfluchten Forst. Und was ging in ihm vor, dass er nicht längst schon aufgegeben hatte? War es am Ende doch sein Hochmut, der ihn davon abhielt, mit eingezogenem Schwanz zu seiner Mutter zurückzukehren?

Sie hatte damals die Schlacht gewonnen. Sein älterer Bruder war auch nur ein Kind gewesen, das sie mit Schlägen, unter Geschrei und Gezeter vor die Tore geprügelt hatte. Unter seinem Helm und in seiner Rüstung hatten die Männer nicht sehen können, wie er vor Angst geschluchzt hatte, zitternd am ganzen Leib.

Farin hatte es gesehen. Er hatte seine Mutter aufhalten wollen, doch am Ende war diese Verzweiflungstat alles, was sie vor dem sicheren Tod, vor dem Schicksal ihres Vaters, hatte bewahren können.

Die Männer waren dem jungen Prinzen gefolgt, waren in einem letzten verzweifelten Aufbäumen gegen den fremden König und sein Heer geritten und sie hatten gesiegt.

Wenige Jahre später starb sein Bruder im Kampf. Bis zu diesem Moment hatte Farin sich gewünscht, seine Mutter hätte ihn ebenso angetrieben. Er hatte sich gewünscht, sie wäre mit ihm ebenso hart ins Gericht gegangen wie mit seinem älteren Bruder. Doch sie hatte ihn aufgegeben und alle ihre Hoffnungen in ihren ältesten Sohn gesetzt. Sie war stolz darauf, dass ihre Jüngsten in dessen Fußstapfen treten wollten, und scherte sich nicht um Farins Hoffnungen auf Frieden. Alles, was sie antrieb, war Rache.

Sein Bruder war tot. Und sie daran zerbrochen.

Was würde sie tun, was von ihm halten, wenn er nun zurückkehren würde? Ungetaner Dinge, geschlagen und mit gebrochenem Herzen. Denn es war genau das geschehen, was niemals hätte geschehen dürfen. Er hatte sich verliebt. Das machte alles nur noch komplizierter und seine Aufgabe unlösbar.

Wie hätte er auch ahnen können, dass solch ein grausamer Herrscher so eine liebreizende Tochter hatte? Wenn sie nicht gewesen wäre, hätte er niemals so ein Risiko auf sich genommen. Andererseits wäre er jetzt wahrscheinlich nicht mehr am Leben.

Wenn er doch nur sein Pferd noch hätte. Andererseits machte das wohl kaum einen Unterschied. Er war in einem Verlies und bewegte sich wahrscheinlich seit Stunden schon im Kreis. Das Einhorn könnte direkt neben ihm stehen und er würde an ihm vorbeirennen. Ziellos lief er durch den Wald und er würde so lange weiterlaufen, bis er keine Kraft mehr hätte und sich müde irgendwo niederließe, an einem Ort, der sein Grab werden würde.

Er warf einen Blick zurück. Wie weit war er schon gekommen? War er wirklich noch im Kellergewölbe des Schlosses? Über seinem Kopf sah er nur die Blätter der Bäume, nirgends war mehr eine Spur von dem Gemäuer zu sehen.

Womöglich hatte er das Schloss doch hinter sich gelassen. Er kannte sich nicht gut mit Magie aus, doch war es möglich, dass er die Barriere durchbrochen hatte? Und wenn er durch sein Eindringen ein Loch hineingerissen hatte in diesen Kerker, der bisher das Einhorn hielt, hatte er es damit vielleicht befreit? Wenn dem so wäre, wie sollte er es dann je einholen?

Er konnte ohnehin nur spekulieren. Es blieb ihm nichts anderes übrig, als weiterzugehen und zu hoffen, dass das Glück ihm hold war.

***

Es war für Sinabell unmöglich zu schlafen. Das Säuseln des Windes war unerträglich laut, alles hier war schmutzig, als hätte man sie in einen Kamin gesperrt. Der Saum ihres Kleides war schwarz, verdreckt waren ihre bloßen Füße und ihr Haar war strohig und matt.

Sie war nie so eitel gewesen wie ihre Schwestern, doch hier eingesperrt wie eine Ratte im Käfig, fühlte sie sich so elend wie noch nie.

Doch das allein war es nicht. Es waren ihre Gedanken, die sie quälten und nicht mehr loslassen wollten. Das Wissen, was bald passieren würde, was ihr Vater ihr antat, und das erdrückende Gefühl der Machtlosigkeit.

Sie würde sterben. Das war ihr jetzt klar. Dessen war sie sich so sicher, wie ihr Name Sinabell war. Vor hunderten Menschen würde sie ihren letzten Atemzug nehmen – vor Menschen, die sie beschimpfen und mit faulem Obst bewerfen würden, deren Verachtung das Letzte wäre, was sie mit wachen Augen erleben würde.

Sie konnte nicht schlafen. Nicht, wenn diese Schatten so schwer auf ihr lasteten, sie niederdrückten und ihre Gedanken beherrschten.

Immer wieder sah sie Farin vor ihrem inneren Auge. Sie sah ihn da liegen, im Wald, geschlagen von des Königs Männern, geschwächt und verletzt. Er hatte womöglich nicht einmal mehr die Kraft gehabt, dem Einhorn nachzugehen. Er war jetzt vielleicht schon ... Vielleicht schon nicht mehr. Sie durfte solchen Gedanken keinen Platz einräumen. Natürlich lebte er! Es musste einfach so sein. Und sie würden sich wiedersehen ... in einem anderen Leben.

Eine Träne rann ihr über die Wange und sie wischte sie fort.

Als sie Schritte hörte, war sie unendlich erleichtert, dass etwas anderes als ihr eigenes Atmen die Stille unterbrach.

»Sina?«, flüsterte Malina.

Sinabell brauchte eine Weile, bis sie sich zu einer Antwort überwinden konnte. Wer sonst außer Malina, hatte gewusst, wo sie war, und hätte sie verraten können?

»Was willst du?«

»Ich wollte sehen, wie es dir geht.«

Sie rückte näher an die Tür, wo ihre Schwester vor der Essensdurchreiche kauerte. »Wie sollte es mir schon gehen?«

»Ich habe versucht, mit Vater zu reden«, erklärte Malina.

»Verraten hast du mich an ihn«, antwortete sie ihr bitter.

»Verraten? Ich dich?«, fragte Malina bestürzt. »Nein, ich war das ganz gewiss nicht!«

»Tu nicht so! Du warst doch die Einzige, die wusste, wohin ich gehen wollte.«

»War ich das?«

Nein, das war sie nicht. Und Sinabell wusste das auch. Ihre jüngeren Schwestern hätten ebenfalls eins und eins zusammenzählen können.

»Es ist auch egal, wer es war. Vater hat mich verstoßen und Farin ... Farin wird die letzte Aufgabe niemals lösen können ...«

»Vielleicht solltest du ihn nicht gleich aufgeben. Er hat doch schließlich auch die anderen beiden Aufgaben gelöst.«

Sinabell schüttelte den Kopf. »Aber nur mit Hilfe des Einhorns und genau das soll er jetzt töten.«

»Zumindest hat er das Siegel gebrochen. Selbst wenn er die letzte Aufgabe nicht lösen kann, so ist er doch zumindest frei. Ich weiß, es ist ein schwacher Trost für dich, wo du ... wo du ja hier gefangen bist ...«

Sinabell rückte noch ein Stück näher an die Tür. »Du sagst, das Siegel ist gebrochen? Wie konnte ihm das gelingen?«

Ihr war bewusst, dass sie mit dieser Frage dem auswich, was Malina eigentlich dachte und sagen wollte. Farin war frei, doch Sinabell eine Gefangene – verstoßen und zum Tode verurteilt. Und wenn Farin nicht zurückkäme, seine gewonnene Freiheit vielleicht nutzen und fliehen würde, gab es keine Hoffnung mehr für sie. Ihre Zeit lief ab.

Malina flüsterte, als sie ihr antwortete. »Durch das Betreten des geheimen Gartens hat er das Siegel gebrochen, das das Einhorn gefangen gehalten hat. Weil er den Garten von außen betreten hat, also durch den Finsterwald. Niemand weiß, wie er es lebend durch den Wald geschafft hat, aber es ist ihm gelungen.«

Sinabell lächelte. »Das Einhorn ist frei.«

Wenigstens das. Wenigstens einer von ihnen konnte dem König entfliehen.

»So wütend habe ich Vater noch nie erlebt. Was er in dem geheimen Garten gefangen hielt, daraus hat er bisher immer ein großes Geheimnis gemacht. Aus diesem Grund war es verboten, darüber zu sprechen. Und jetzt hört man ihn nur schreien vor Wut darüber, dass das Einhorn befreit wurde, und es schert ihn nicht, wer ihn hört, und dass es alle erfahren. Er verflucht dich ... und Mutter. Gott weiß, warum er ihren Namen beschmutzt. Auch an deinem Prinzen lässt er kein gutes Haar. Ich hoffe für ihn, dass er längst über alle Berge ist. Wenn er zurückkehrt, selbst wenn er das Horn mit sich trägt, wird Vater ihn wohl mit eigenen Händen erwürgen.«

Malina stockte. Sie hatte sich in Rage geredet und dabei nicht bemerkt, was sie da eigentlich gesagt hatte. Käme Farin nicht zurück, wäre Sinabell verloren.

»Aber er ist ein Prinz«, versuchte Malina die Situation zu retten. »Er wird nicht einfach aufgeben und sich verstecken. Er wird bestimmt kommen, Sina, ganz bestimmt!«

Sinabell ging nicht darauf ein. »Vater hätte ihn eben nicht in den Finsterwald schicken sollen, wo die Feen zu finden sind und wo der magische Bannzirkel gewoben wurde, der das Einhorn gefangen gehalten hat.«

»Vielleicht wusste er nicht, dass der Bann gebrochen wird, wenn man den geheimen Garten durch den Finsterwald betritt?«

Sinabell lehnte sich mit dem Rücken gegen die Wand.

»Es geschieht ihm recht ...«

»Pssst«, zischte Malina. »Sag so etwas nicht!«

»Warum nicht? Schau doch, wo ich bin. Du weißt, dass er mich zum Schafott führen wird. Viel Zeit bleibt mir nicht mehr, aber in dieser wenigen Zeit kann ich zumindest denken und sagen, was ich will. Zumindest meine Gedanken sind frei und ich kann sie so laut aussprechen, wie es mir beliebt. Vater ist ein Monster! Wusstest du, dass man ihn den schwarzen König nennt? Und nicht nur das: Wegen ihm hat Mutter sich das Leben genommen.«

»Was sagst du da? Mutter war krank. Sie hat keinen Selbstmord begangen.«

»Als ich wieder bei dem Einhorn war und es um Hilfe gebeten habe, hat es mir meinen Wunsch erfüllt. Ich habe durch die Augen der Fee gesehen, die Farin den Flügel gegeben hat. Ich habe ihre Erinnerung gehabt und konnte ihre Gedanken lesen, als wären es die meinen. Sie sprach von Mutter. Sie sagte, Mutter hätte sich von dem Einhorn gewünscht zu sterben, oder vielmehr, sie hätte sich die Freiheit gewünscht. Hat Vater das Einhorn deswegen eingesperrt? War es das?«

»Oh Sinabell, ich wünschte, du hättest nicht davon angefangen.«

»Warum denn nicht? Warum sollte ich nicht die Wahrheit über Vater aussprechen?« Sie hatte doch nichts anderes mehr als die Wahrheit.

»Nein, ich rede von dem, was du über Mutter gesagt hast.«

Sinabell legte ihre Hand auf die Zellentür. »Weißt du denn etwas darüber? Bitte sag es mir, wenn du etwas weißt! Jetzt ist es doch einerlei. Mir bleibt nicht mehr viel Zeit und alles, was ich mir wünsche, ist, die Wahrheit zu erfahren«, flehte sie.

Wenn sie schon sterben musste, dann wollte sie doch zumindest genau verstehen, wie es so weit kommen konnte.

Malina atmete tief durch. »Gut, wenn du darauf bestehst.«

»Ja, ich bestehe darauf!« Sinabell presste die Lippen zusammen. Natürlich hatte sie Angst zu erfahren, was ihre Schwester ihr nur ungern erzählen wollte, doch schlimmer als das, was sie bis eben noch für die Wahrheit gehalten hatte, konnte es nicht sein.

»Die Wahrheit ist, dass du es warst.«

»Was soll das heißen?« Die Worte ergaben für sie keinen Sinn. Vielleicht war es aber auch so, dass ihr Verstand sich weigerte, den Zusammenhang zu verstehen, weil er viel zu erschreckend für sie war.

»Natürlich kannst du dich nicht erinnern, wo du ja noch ein Baby warst«, begann Malina zu erzählen. »Du warst krank als Kind. Es hieß, dass du niemals laufen lernen würdest, dass du gefangen wärst in deinem Geist, niemals sprechen oder hören oder sehen könntest. Und alle waren sich einig, dass keine Arznei und keine Magie der Welt dir helfen konnten. Alles, bis auf eines. Die Magie eines Einhorns.«

Allmählich begann sie zu begreifen.

»Also hat Mutter das Einhorn wegen mir aufgesucht?«, hakte Sinabell mit brüchiger Stimme nach und hoffte, dass die Antwort nicht die war, die sie befürchtete.

»Sie hat sich deine Freiheit gewünscht.«

»Aber das ... Das bedeutet ja, dass es meine Schuld ist ...« Sinabell warf ihren Rücken gegen die Wand und versuchte ruhig zu atmen. Sie hatte das Gefühl zu ersticken. Es gab keine Luft in dieser winzigen Zelle. Die Dunkelheit hatte sie vertrieben und Sinabell schnürte es die Kehle zu.

»Nein!«, beteuerte Malina. »Ich weiß, jeder Wunsch hat seinen Preis, aber es war nicht das Leben unserer Mutter. Sie starb viel später und sie durfte noch miterleben, wie du dein erstes Wort gesprochen hast und deine ersten Schritte gegangen bist.«

Sinabell schüttelte den Kopf.

»Dann war es ein Tausch? Meine Freiheit gegen die des Einhorns?«

»Vielleicht. Aber denkst du nicht, dass es sich geweigert hätte, diesen Wunsch zu erfüllen?«

Sinabell ballte ihre Hände zu Fäusten, schloss darin Stroh und Dreck ein, die den Boden ihres Gefängnisses bedeckten, und presste sie fest zusammen. Nun kannte sie die Wahrheit und verstand dennoch nicht.

Sie atmete tief durch. Es brachte ihr nichts, sich den Kopf über Dinge zu zerbrechen, auf die sie keine Antwort finden konnte, und dennoch hakte sie weiter nach.

»Wenn jeder Wunsch, den das Einhorn erfüllt, eine Gegenleistung verlangt, was ist dann mit den Zwillingen? Wieso haben sie ihre Kleider bekommen und mussten nichts dafür tun? Was ist mit mir? Bezahle ich mit meiner Gefangenschaft und am Ende mit meinen Leben für die Hilfe, die das Einhorn mir gab? Oder ist ... Ist es etwa, weil es durch Farins Eindringen wieder befreit wurde? Wurde mir deswegen meine Freiheit genommen?«

»Ich weiß es nicht«, antwortete Malina ihr mit monotoner Stimme.

Eine Weile saßen sie nur schweigend da. Sinabell traute sich nicht, ihre Schwester nach Fürst Annbold und ihrer bevorstehenden Hochzeit mit ihm zu fragen. Sie wollte auch nicht weiter über Farin reden oder darüber nachdenken, was mit ihm geschehen würde – ob er käme oder sie verloren war. Zu hoffen schmerzte zu sehr.

Malina schniefte und Sinabell war sich sicher, dass sie weinte und es vor ihr zu verbergen versuchte. Noch ein Grund mehr, nicht weiter nachzufragen und anstelle dessen dem Zirpen der Grillen zu lauschen, die mit ihrer Musik die Nacht erfüllten.

»Was Firinya und Evalia angeht, brauchst du dir übrigens keine Gedanken zu machen«, sagte Malina schließlich. »Wie sich herausgestellt hat, ist Firinya schrecklich allergisch gegen Gold. Ihr schönes neues Kleid, das mit Goldfäden gesponnen ist, ist ihr nicht gut bekommen.«

Sinabell lachte. »Aber sie hat doch so viel Goldschmuck.«

»Ja, wir waren alle verwundert, aber der Arzt erklärte, so eine Allergie könne ganz plötzlich auftreten.«

»Und Evalia?«

»Sie hat sich total verliebt. Dumm nur, dass der Mann ihrer Träume der Sohn ihres zukünftigen Gatten ist. Sein Vater ist so alt, dass er nicht einmal mehr aus dem Bett kommt und so seinen Sohn schickte, um ihm eine Gattin zu suchen. Evalia hat das wohl missverstanden.«

»Dann wird sie zumindest nicht allzu lange die Angetraute dieses Mannes sein.«

»Das Beste kommt noch! Sein Sohn ist erst zwölf Jahre alt! Kannst du dir das vorstellen? Evalia hat sich in einen Knaben verliebt!«

»So groß ist der Altersunterschied doch nicht.«

»Ja, ganz im Gegensatz zu ihrem Zukünftigen. Der muss an die Hundert sein!«

Sie kicherten, bis ihr Lachen hohl und traurig klang.

Wieder schwiegen sie eine Weile.

»Also haben sie doch ihren Preis bezahlt«, murmelte Sinabell gedankenversunken.

Malina streckte ihre Hand durch die Essensreiche. »Ich will nicht ...«, flüsterte sie.

Sinabell ergriff ihre Hand und eine Träne tropfte auf ihre Finger.

»Ich will nicht, dass du ...« Malina konnte es nicht aussprechen.

»Es wird alles gut«, belog Sinabell sich und ihre Schwester. Ihre Tränen erstickten jedes weitere Wort und auch Malina schluchzte bitterlich.

***

Er hatte den verfluchten Teil des Waldes verlassen. Da war er sich ganz sicher. Und wenn er nicht mehr in den Kellergewölben des Schlosses war, wenn er die Sterne am Himmel sehen und den Wind spüren konnte, dann war das Einhorn ebenso frei und längst über alle Berge.

Er hatte das Gefühl, einiges wiederzuerkennen, konnte sich aber auch irren. Irgendwo, nicht weit von hier, musste er das Pferd zurückgelassen haben. Er pfiff mehrmals nach ihm, obwohl er nicht wusste, ob es ihn überhaupt hören konnte, oder er damit jemand oder etwas ganz anderes auf sich aufmerksam machen würde. Aber sie war eine treue Stute und würde auf sein Pfeifen reagieren, wenn sie es denn hören konnte, dessen war er sich sicher.

Er lief weiter, kam nur langsam voran und spürte förmlich, wie ihm die Kräfte entrannen wie durch Finger rieselnder Sand. Er brauchte eine Rast. Dabei wusste er, dass er sich keine Pause erlauben durfte, wusste, dass es womöglich seine letzte wäre. Er stützte sich an einen Baum, hielt sich daran fest und schloss für einen Moment die Augen.

Was hatten sie Sinabell angetan? Daran musste er unentwegt denken. Hatte man sie bloß in ihre Gemächer gesperrt wie ein ungezogenes Gör? Oder sie vielleicht am Ende doch zu einer Hochzeit mit irgendeinem vergreisten Grafen oder gar dem Stallburschen gezwungen? Oder würden sie sie als Sklavin verkaufen, in fremde Länder verschiffen? Er traute dem König alles zu. Vielleicht gab er ihm nicht mal mehr die drei Tage, um seine Aufgabe zu erfüllen.

Doch die Hoffnung aufzugeben kam für Farin nicht in Frage. Er musste daran festhalten, dass Sinabell noch am Leben war und auf ihn wartete. Er musste das Einhorn finden. Egal wie.

Er stieß sich von dem Baum ab und stolperte weiter voran. Er war kaum drei oder vier Meter gelaufen, da entdeckte er sein Pferd. Das Glück hatte ihn also doch noch nicht verlassen. Er lächelte, schob sein Schwert zurück in die Scheide, ging zu der grasenden Stute und tätschelte ihre Flanke. Als er seine Hand auf die Satteltasche legte, spürte er darin das Pochen des Drachenherzens. Womöglich war es das Einzige, was ihm noch geblieben war: eine Trophäe und Erinnerung an das, was er auf sich genommen hatte. Doch dabei wollte er es nicht belassen. Er hatte eine letzte Aufgabe zu erfüllen, komme, was da wolle.

Erst einmal brauchte er aber eine Spur und dafür würde er seine Stute führen müssen. Der Wald war zu dicht, um aufsteigen zu können, und er zu geschwächt, sein Geist zu benebelt, um vom Rücken des Pferdes aus Spuren zu entdecken.

Er nahm also die Zügel und lief mit der Stute weiter. Lange brauchte er nicht zu suchen. Es war, als ob das Einhorn wollte, dass er es jagte. Kaum hatte er den dichten Teil des Waldes hinter sich gelassen, sah er es.

Es stand genau dort, wo das Licht der untergehenden Sonne sich durch die Bäume kämpfte. Seine Silhouette zeichnete sich klar vor dem rötlichen Schein, der den Horizont verschluckte, ab.

Der Prinz schwang sich auf sein Pferd und trieb es voran. Das Einhorn stand ruhig da, bis er nah herangekommen war, es sah ihn an und wartete. Und schließlich, als er beinahe schon glaubte, seine Hand ausstrecken und nach seinem Horn greifen zu können, bäumte es sich auf und stürmte davon.

Es hetzte durch den Wald, flog zwischen den Bäumen hindurch wie blitzendes Licht, wie ein Fisch im Wasser, wie eine Echse durch loses Gestein. Er stürmte ihm hinterher.

Sie ließen den Wald hinter sich. Das Einhorn wurde schneller und schneller, während seine Stute langsam die Kräfte verließen. Doch er durfte und konnte nicht aufgeben. Er trieb sie weiter an, hetzte sie durch Gerstenfelder, die rauschten wie ein unbarmherzig voranpeitschender Fluss, jagte das Einhorn über hochgewachsene Wiesen und verschlungene Pfade. Den Finsterwald hatten sie bald so weit hinter sich gelassen, dass er nichts weiter war als ein schmaler grüner Streif in seinem Rücken. Vor ihnen zeichnete sich in nebligem Blau das Gebirge ab, hinter dem die Grenze des Landes lag.

Ihm war, als ob der Wind, der in seinen Ohren rauschte, ihn anspornte, ihm zuflüsterte und ihn drängte, nicht aufzugeben.

Weiter, immer weiter, folge mir, gib nicht auf. Wir spielen ein Spiel, wir sind der Wind, wir sind des Himmels wildestes Kind, wir sind die Fische in tiefer See, du bist der Frühling, ich bin der Schnee.

»Dann bleib doch stehen«, rief er dem Einhorn zu.

Es war, als wollte es so lange gejagt werden, bis er es schließlich fing.

Wir spielen ein Spiel, wie Katz und Maus, flüsterte es im Wind und im Rauschen des Grases. *Wir spielen ein Spiel, wie der Fuchs und die Meute, wie der Jäger mit seiner Beute.*

»Ich will nicht spielen!«, schrie er.

Das Einhorn wurde langsamer. Es blieb nicht stehen, doch es ließ ihn herankommen.

»Hör auf, in Rätseln mit mir zu sprechen!«

Er zügelte sein Pferd, als er nahe an das Einhorn herangekommen war, und es begann unruhig zu tänzeln.

»Du kannst doch sprechen, oder?«

Das Einhorn antwortete nicht. Es sah ihn an mit seinem durchdringenden Blick, als wolle es ihn provozieren.

Farin schwang sich vom Pferd und zückte seine Klinge. Sie waren auf freiem Feld und das Einhorn hätte jederzeit wieder flüchten können, doch das wollte es nicht. Das hatte es von Anfang an nicht gewollt.

Es senkte den Blick. Vielleicht war es doch nichts weiter als ein Tier. Es hatte zu ihm gesprochen, durch den Wind und die Blätter, doch vielleicht bildete er sich das auch nur ein. Vielleicht war es der Schlafmangel und die Erschöpfung, die ihn das glauben ließen.

Seine Hand schloss sich fester um den Griff seines Schwertes und er machte langsame, vorsichtige Bewegungen, als er das Tier zu umkreisen begann.

»Bleib ganz ruhig.«

»Ruhig? Ruhe ist für die Toten da.«

Farin lächelte. »Ich wusste es. Ich wusste, dass du sprechen kannst.«

»Sprechen ist, wo Worte fallen. Hier auf dem Felde fällt nur Laub.«

Wieder war der Wind die Stimme des Einhorns – sein Rauschen über die Ebene und in den Wipfeln der Bäume. Aber er konnte es verstehen, auch wenn der Sinn von dem, was es zu ihm sprach, sich bloß im Glanz seiner Augen spiegelte.

»Du weißt, warum ich hier bin, nicht wahr?«, fragte er. »Du weißt, welche Aufgabe mir gestellt wurde.«

»Du bist der Fluss und ich das Bett. Du folgst dem Weg, den ich dir weise.«

»Dein Weg? Ist es dein Wille, durch meine Hand zu sterben? Du bist nun frei und wählst doch den Tod?«

»Ich bin nicht frei. Frei ist der Wind, der meine Seele trägt, frei ist das Lied, das durch die Wälder hallt. Ich bin noch immer gefangen und du trägst den Schlüssel bei dir.«

»Ich? Wohl kaum. Es sei denn, mein Schwert ist dein Weg in die Freiheit«, höhnte er. »Es ist also wahr? Du bist ein Einhorn ohne Seele, habe ich das richtig verstanden? Sag mir, was damals geschehen ist. Du und die Königin. Welchen Pakt habt ihr geschlossen?«

»Ich gab dir das Herz und du nahmst ihr die Freiheit, bring zu Ende, was du begonnen hast, junger Prinz. Darum bist du doch hier, nicht wahr? Es ist dein Schicksal.«

Farin senkte sein Schwert und richtete sich auf. Sein Blick wanderte flüchtig zu der Satteltasche seines Pferdes. Dort, kaum merklich hinter dickem Leder schimmernd, verbarg sich das Drachenherz.

»Bring es mir«, bat das Einhorn.

Er hob sein Schwert wieder und richtete es mit entschlossener Miene auf das Tier.

»Nein! Du magst Sinabell hinters Licht geführt haben. Bei mir wird dir das allerdings nicht gelingen!«

Er lief rückwärts, zurück zu seiner Stute. Er wusste, wie mächtig das Einhorn war und wie leicht es ihn hätte besiegen können. Sein Schwert war nichts im Vergleich zu der Macht des Horns.

»Ich bin das Bett, du bist der Fluss«, wiederholte das Einhorn. »Du folgst meinen Pfad und ich führe dich nicht in die Irre.«

»Hör auf, in Rätseln zu sprechen«, verlangte er und hatte seine Stute derweil erreicht. Eben noch war er bereit gewesen, das Einhorn zu erschlagen, hatte befürchtet, es würde wieder Reißaus nehmen, und jetzt fürchtete er, es hatte ihn genau dort, wo es ihn haben wollte. Er war die Beute, nicht dieses Tier.

»Du hast Sinabell in eine Falle gelockt und mich ebenso. Aber jetzt ist es vorbei! Ich werde nicht zulassen, dass du noch mehr Unglück über uns bringst.«

»Es sind des Schicksals zarte Fäden, durch die wir ungehindert gehen. Und wie die Fliege im Netz der Spinne können wir das Ende nicht sehen«, erklärte es. »Du zappelst, junger Prinz.«

Im Säuseln des Windes und in jeder Bewegung des Einhorns, das langsam näherkam, meinte Farin etwas Verächtliches, etwas Abfälliges zu vernehmen.

»Du wusstest, was passiert. Du kanntest die Aufgaben, nicht wahr? Natürlich kanntest du sie. Und du wusstest, was Sinabell tun und in welche Gefahr es sie bringen würde. Und nun stehen wir hier. Ich mit einem stumpfen Schwert in der Hand und du, ein Einhorn gefangen in sich selbst, und du willst etwas von mir? Was war dein Plan? Dein Ziel? Willst du das Drachenherz? Ist es das? Nur um mein Leben!«

»Jeder Mensch hat seinen Preis.«

»Aber meinen wirst du nicht zahlen können, es sei denn, du opferst freiwillig dein Horn.«

»Es ist die Freiheit der Prinzessin, die du dir wünschst, nicht etwa das Herz, den Flügel oder mein Horn«, widersprach es ihm. »Lass ab von deinem allzu menschlichen Verlangen nach Besitztümern. Du wünschst dir die Freiheit, ebenso, wie ich sie mir wünsche.«

Noch einmal sah er zu dem Schimmer, der in seiner Satteltasche glomm.

»Du bekommst das Herz nicht von mir«, wiederholte er, doch nicht ohne ein Zögern in der Stimme.

»Behalte es«, sprach das Einhorn. »Nimm dein Schwert, durchbohre das Herz und du wirst mein Horn nicht brauchen. Sinabell wird frei sein, so wahr ich ein Einhorn bin, so wahr du ein Prinz bist und unser beider Schicksal verwoben ist.«

»Das ist lächerlich! Ich habe drei Aufgaben zu erfüllen, um die Hand der Prinzessin zu gewinnen. Ich glaube dir kein Wort, wenn du mir sagst, dass ich ihr Herz durchstechen muss, um mein Schicksal zu erfüllen. Warum sollte ich das tun? Hast du denn die Macht, mich zu zwingen? Oder irgendetwas gegen mich in der Hand? Wenn du bloß ein Spielchen spielst, mich bloß necken und ärgern willst, dann lass es. Ich werde dir folgen bis ans Ende der Welt, bis ans Ende aller Tage. Ich habe eine Aufgabe. Ich muss sie erfüllen und ich werde nicht ruhen, bis ich getan habe, wozu ich gekommen bin!«

»Oh die Menschen, ihre Zwänge, ihre Gier, ihr Verlangen. All das hindert dich doch nur. Ist die Ehre eines Prinzen denn so trügerisch, so schwer gefesselt an deinen Verstand, dass du nicht begreifen kannst, wie wenig Sinn es macht, dem Pfad des schwarzen Königs zu folgen? Wo ist deine Ehre, wenn ein Einhorn um Hilfe bittet, eine Prinzessin zu befreien?«

»Du willst mir doch nicht etwa weismachen, dass meine Ehre mir das gebietet? Es gab Zeiten, da haben Prinzen Wesen wie dich wie Rehe gejagt. Wieso also sollte ich mich veranlasst fühlen, dir untertan zu sein und deinen Worten Glauben zu schenken?«

Das Einhorn riss den Kopf in die Höhe, ließ sein Horn in den letzten Strahlen der untergehenden Sonne aufblitzen, seine Mähne im Wind tanzen und bäumte sich auf wie ein Pferd. Es wieherte und dabei klang es, als spielten der Wind, die Vögel und die zirpenden Grillen ein Lied auf Flöten und Geigen, zu Ehren des Einhorns und seiner Überlegenheit.

»Ich bin der Wind, das Lied, das Meer, ich bin im Salz der Tränen Glanz. Ich bin von ihrer Trauer schwer, sie ist der Regen, ich bin der Tanz.«

Dafür, dass du in Freiheit bist

Die Zeit lief ihr davon. Wenn sie gestern noch nicht mit Gewissheit wusste, welches Schicksal sie erwarten würde, so war ihr dies heute mehr als gewiss.

Auf dem Platz vor dem Schloss – hier oben, durch das schmale Turmfenster gut zu sehen – bauten sie einen Scheiterhaufen. Verbrennen wollten sie sie, bei lebendigem Leibe.

Sinabell lief im Zimmer auf und ab. Niemals würde Farin rechtzeitig mit dem Horn zurückkehren. Unwahrscheinlich, dass er es überhaupt erlangen konnte. Und wenn dem so wäre, würde sie ihm das je verzeihen? Nein, für sie durfte er das Einhorn nicht sterben lassen.

Sie zog die Nadel aus ihrem Haar, die das Einhorn ihr geschenkt hatte, und drehte sie in den Fingern. Sie war spitz und fest, länger als ihre Handfläche und alles, was ihr von dem Einhorn geblieben war – die letzte Erinnerung. Doch sicher war sie mehr als nur ein Schmuckstück.

Schritte waren zu hören. Eilig lief sie zurück zum Fenster. Die Fackeln wurden bereits entzündet und die ersten Menschen versammelten sich auf dem Platz. Der König trat auf den höchsten Balkon und begutachtete das Werk seiner Schergen. Er warf einen Blick in ihre Richtung und Sinabell schnürte es die Kehle zu. So kalt, so unbarmherzig sah er zu ihr hinauf, die noch vor wenigen Tagen sein Täubchen, sein Augenglanz gewesen war.

Sie wandte sich vom Fenster ab und warf sich mit dem Rücken gegen die Wand. Ihre Finger schlossen sich fester um die Haarnadel. Sie könnte versuchen zu fliehen, die Nadel als Waffe benutzen und den Turm hinunter …

Nein, niemals hatte sie gegen die Wachen eine Chance und selbst wenn es ihr gelänge, den Überraschungsmoment für sich zu nutzen und den Männern, die gleich durch die Tür kämen, zu entkommen, ständen noch immer an allen weiteren Türen, in den Gängen und Treppenaufstiegen des Königs Wachen.

Sie schüttelte den Kopf. Es gab keinen Ausweg für sie. Zumindest keinen, den sie sah, keinen, den sie bereit war zu gehen.

Die Schritte vor der Tür wurden lauter, kamen näher. Sie wurden begleitet von dem Scheppern schwerer Rüstungen. Es war nicht ihre Schwester oder ihre Zofe, die ihr etwas zu essen brachte. Es waren die Männer, die sie nach unten führen sollten – hinunter, zu dem Pöbel, der sich bereits auf dem Platz zu sammeln begann, zu ihrem Vater und dem Adelsvolk, die zusehen würden, wie ... wie alles ein Ende nahm.

Mit einer Haarnadel allein konnte sie nicht entfliehen. Sie war gefangen und nur der Weg durch das Feuer führte in die Freiheit.

Ihr Herz pochte wild, als sie bereits die Schatten sehen konnte, die sich hinter dem Türschlitz bewegten. Sie wollte diesen Weg nicht gehen, wollte ihrem Vater diese Genugtuung nicht gönnen.

Ihre Hand schloss sich fester um die Nadel. Vielleicht hatte sie einen Zweck, der sich Sinabell noch nicht erschloss, vielleicht bot sie ihr einen Ausweg.

Sie hörte das Klimpern von Schlüsseln und sah noch einmal aus dem Fenster. Wenn das der Weg war, den sie zu gehen hatte, dann ging sie ihn auf ihre Weise.

Sie nahm die Nadel in beide Hände, atmete tief durch und streckte sie von sich weg. Das spitze Ende deutete direkt auf ihr Herz.

Sie zitterte, ihr ganzer Körper verkrampfte sich und ihre Lippen waren fest zusammengepresst. Vor ihrem inneren Auge sah sie Farin, sah sein Lächeln und spürte die Wärme seiner Berührung, als stände er direkt neben ihr, seine Hand auf ihre Schulter gelegt.

Tränen rannen ihr über die Wangen. In einem anderen Leben, da wäre sie wieder mit ihm vereint. Irgendwann, irgendwo, an einem besseren Ort.

»Bitte ...«, flüsterte sie. »Bitte lass nicht alles schwarz werden. Lass mich das letzte Mal das Licht sehen.«

***

Farin schüttelte den Kopf. In Händen hielt er das pochende Herz der Drachenkönigin. Er musste es an sich nehmen, nachdem seine Stute sich ebenfalls aufgebäumt hatte und er befürchtete, sie würde mitsamt dem Herz davongaloppieren und das Einhorn hinterher. Doch niemals wäre er bereit, es zu zerstören. Es war Sinabells Leben, das da in seiner Hand lag und das er um alles in der Welt beschützen wollte.

Sinabell hatte von ihm verlangt, dem Einhorn kein Leid zuzufügen, doch sie glaubte auch, dieses Wesen, das so rein und wunderschön aussah, wäre von wohlwollender Natur. Doch das war es nicht. Es mochte eine Augenweide und seine Anmut und Schönheit mochten kaum in Worte zu fassen sein, doch das, was die Legenden erzählten, war falsch. Es hatte kein Gewissen, kein Herz. Es war ein grausames Geschöpf und Farin glaubte nicht daran, dass es anders wäre, hätte es noch seine Seele. Das, was die Menschen für gut und richtig hielten, zählte für das Einhorn nicht. Leben, Liebe, das alles war ihm nichts wert.

Es verlangte von ihm, Sinabell zu töten. Warum? Aus Rache vielleicht? Er verstand es nicht und er war es leid, sich den Kopf darüber zu zerbrechen.

»Du sprichst in Rätseln«, warf er dem Einhorn erneut vor. »Doch selbst wenn deine Worte noch so klar wären, würden sie mich nicht dazu bringen, meine Liebste zu töten. Du hast den Wunsch der Königin erfüllt, hast ihrer Tochter die Freiheit geschenkt und dafür deine eigene gegeben. Wenn du sie dir so sehr ersehnst, dann finde sie in deinem Tod und nicht in dem eines unschuldigen Mädchens!«

Er trat näher an das Einhorn heran und es floh nicht einmal, als er sein Schwert hob. Dennoch zögerte er. Ein heftiger Wind zog auf und blies dunkle Wolken über den bisher makellosen Himmel. Die Bäume neigten ihre Häupter in den peitschenden Böen, die das Gras tanzen ließen.

Das Einhorn neigte seinen Kopf, als wolle es sich vor ihm verbeugen. Er atmete tief durch, umfasste den Griff seines Schwertes fester und ging einen weiteren Schritt auf das Tier zu.

Er würde dem König das Horn bringen und damit die letzte Aufgabe erfüllen. Sinabell wäre frei und alles, was er dafür tun musste, war, das Leben eines seelenlosen, verfluchten Geschöpfes zu beenden.

Er holte mit seinem Schwert weit aus und das Einhorn warf den Kopf nach oben.

Farin stoppte. Sein Blick lag nicht auf dem Einhorn, das sich aufgeregt wiehernd in die Höhe schwang, sondern auf dem Herz in seiner Hand.

Nichts weiter hielt er als einen leblosen, kalten Stein.

»Nein ...«, flüsterte er ungläubig und sah im nächsten Moment, wie das Einhorn Reißaus nahm.

Er lief zu seinem Pferd und schwang sich in den Sattel.

»Flieh nur!«, rief er ihm hinterher und trieb seine Stute an.

Seinen Blick fest auf das über die Ebene galoppierende Einhorn gerichtet, hetzte er ihm nach. Er wusste nicht, wie es im Stande gewesen war, den Schlag des Herzens zu stoppen – ob es nur nah genug hatte herankommen müssen, ihn bloß ausgenutzt hatte, um es zu ihm zu bringen. Er wusste nur, dass er einen toten Klumpen in Händen hielt, wo er eben noch Sinabells Wärme hatte spüren können.

Die Machtlosigkeit schnürte ihm die Kehle zu und nur seine Wut und der Wille, Rache zu nehmen, hielten ihn noch aufrecht.

»Bis ans Ende der Welt!«, zischte er durch zusammengebissene Zähne.

Er würde ihm folgen. Keinen Moment der Ruhe würde es haben, bis Sinabells Tod gerächt wäre.

So flogen sie über die Felder, über die weite Ebene, bis das weite, von spärlichem Baumwuchs bespickte Land steinigem Grund wich. Bis Felsen sich dort in die Höhe reckten, wo eben noch Büsche und Sträucher gewesen waren.

Die Hufe seiner Stute wirbelten staubigen Boden auf. Der Hall ihrer Hufschläge prallte auf die Klippen, die die ersten Ausläufer des Gebirges markierten, in die das Einhorn zu fliehen versuchte.

Es war nicht mehr so schnell wie noch wenige Stunden zuvor, als sie den Finsterwald verlassen hatten. Gut möglich, dass die Magie, mit der es ihm gelungen war, Sinabells Herzschlag zu stoppen, es nun schwächte.

»Lass mich jetzt bloß nicht im Stich«, bat er seine Stute, die bereits schwer schnaubte und immer wieder stolperte.

Auch er konnte seine Augen kaum mehr offenhalten. Nur die Tatsache, dass das Einhorn ebenso die Kräfte verließen, gab ihm noch Hoffnung.

Und immer wieder musste er an Sinabell denken. Wo war sie gewesen, als ihr Leben verklang? Eingesperrt im Kerker? Oder doch flanierend mit ihren Schwestern in den Schlossgärten? Hatte sie Schmerzen gehabt und gewusst, was mit ihr geschah?

Er war zu weit weg gewesen, um ihr zu helfen, er hatte nichts tun können und konnte auch jetzt nichts mehr daran ändern.

Doch durfte er sich jetzt nicht ablenken lassen. Wie ihre Lippen schmeckten, wie ihr Haar roch, das waren die Gedanken, die seinen Geist beherrschten und ihn davon abhielten, sein Ziel zu verfolgen. Er musste sich konzentrieren, den Gedanken an sie beiseiteschieben. Nicht nur, weil es zu sehr schmerzte und die Schuld, die an seinem Herzen nagte, ihm den Verstand zu rauben drohte. Nein, er durfte sein Ziel nicht verlieren und er klammerte sich so sehr an den Wunsch nach Rache, dass er darüber beinahe vergessen konnte, dass Sinabell noch am Leben wäre, wenn er sich nicht entschlossen hätte, auf diesen Ball zu gehen.

Er zügelte seine Stute, als das Einhorn vor ihm stoppte. Er hätte gelacht, wenn seine Miene nicht ebenso versteinert gewesen wäre wie das Herz, das er noch immer in der Hand hielt.

»Du sitzt in der Falle«, sprach er zu leise, als dass das Einhorn ihn hätte hören können.

Es war in eine Sackgasse gelaufen. Es wunderte ihn, dass es nicht in der Lage war, über einen der Felsvorsprünge zu flüchten, über die er wohl seine Stute hätte treiben können. Doch er wollte sich nicht beschweren. Er sprang vom Pferd und näherte sich dem Einhorn.

»Was war es?«, fragte er spöttisch. »Ein Fluch? Ein einfacher Zauber? Womit hast du den Herzschlag gestoppt?«

Das Einhorn tänzelte unruhig, warf den Kopf in die Höhe und machte einen Satz zur Seite. Entkommen konnte es ihm dennoch nicht. Er hielt ihm das Herz hin, so dass es sehen konnte, was er in Händen hielt.

»Du erfüllst doch Wünsche, oder?«, fragte er und nickte dem Einhorn auffordernd zu. »Dann tu, was deine Bestimmung ist, und bring das Herz wieder zum Schlagen.«

Das Einhorn schien verwirrt, doch Farin ließ sich davon nicht beirren. Er zog sein Schwert und richtete es drohend auf das Tier.

»Ich wünsche mir, dass Sinabells Herz wieder schlägt«, verlangte er.

»Aber es hat nie aufgehört zu schlagen, mein Prinz.«

Seine Finger umschlossen fest den leblosen Stein in seiner Hand. Die Wut in ihm drohte überzukochen, sein Atem ging schwer und er hatte alle Mühe nicht laut aufzuschreien, um sich Luft zu machen. »Halte mich nicht zum Narren!«

»Sie schlagen im Einklang, du musst nur lauschen.«

Eine Weile stand er da, den Klumpen in der bebenden Hand, die Wut hinter den Schläfen pochend. Doch die Trauer war stärker. Sie überrollte den Zorn und er ließ das Herz – den Stein sinken und schüttelte den Kopf.

»Nein ... ich ...«

Das Einhorn wollte ihn nur verwirren. Das war es, das musste es sein. Er hatte es gestellt, in die Ecke gedrängt, und nun tat es alles, um sich aus dieser Situation zu winden.

Er hob das Schwert.

»Bring es wieder zum Schlagen oder stirb!«

Das Einhorn sah sich um und lief einige Schritte rückwärts. Es suchte einen Ausweg und fand doch keinen. Wahrscheinlich konnte es ihm den Wunsch nicht erfüllen. Es hatte keine Macht mehr, war womöglich nicht in der Lage, Herzen wieder zum Schlagen zu bringen.

»Ist das ihr Wille?«, fragte das Einhorn ihn und schien mit einem Mal wieder selbstsicher. »Ist es das, was sie gewollt hätte, Eure geliebte Prinzessin? Sie ist nun frei, das sollte Euch genügen.«

»Frei im Tod? Du bist es, das sterben sollte. Nicht sie!«, warf er dem Einhorn entgegen. Seine Wut gewann wieder die Oberhand. Er würde sich rächen, würde Sinabells Tod vergelten, weil es sonst nichts gab, was er noch für sie tun konnte.

Wieder tänzelte das Einhorn unruhig, warf den Kopf in die Höhe und ließ sein Horn im fahlen Licht des bewölkten Tages glitzern.

»Aber sie lebt doch«, sprach es im Klang der Winde. »In mir ... in dir.«

»Erinnerungen sind kein Leben«, fluchte Farin.

Er hob das Schwert. Doch er konnte nicht. Es mochte seelenlos sein, wirkte aber dennoch verängstigt, unsicher und zerbrechlich.

Er konnte es nicht erschlagen.

Es war ihm, als wäre da tatsächlich ein Funke von Sinabells Wesen im Glanz seiner Augen. Womöglich lebte sie tatsächlich in ihm weiter. In ihnen beiden. Und wie hätte er etwas töten können, das sie so unbedingt beschützen wollte?

Er ließ das Schwert, seinen Blick, seine Schultern sinken, fiel auf die Knie und zog den Steinklumpen dicht an sich heran.

»Dann geh ...«, murmelte er. »Hau ab, genieß die Freiheit, die du dir erspielt hast.«

Er sah nicht auf, als der Schatten des Einhorns über ihn hinwegzog. Es zu töten, würde nichts ungeschehen machen.

»Sie schlagen im Einklang«, hörte er das Einhorn im aufwirbelnden Staub flüstern.

»Es schlägt nicht mehr«, verbesserte er das Einhorn, das bereits an ihm vorbeigeschritten war. »Und jetzt verschwinde, bevor ich es mir anders überlege.«

***

Getragen vom Wind, rasend über weite Felder, war das Einhorn die Freiheit selbst. Es genoss sie, war mit ihr verschmolzen, war frei wie der Wind selbst, wie jeder Gedanke, jeder Traum, jedes Wesen, das je gelernt hatte, unabhängig zu sein.

Wie sehr hatte es sich danach gesehnt. Wie lange war es gefangen gewesen, gebunden an diesen Ort, an dieses düstere Reich? Nun endlich war es frei.

Regen ergoss sich in stürzenden Bächen über das Land und tauchte alles in ein reinigendes, bläuliches Licht. Er war kalt, doch es fühlte sich gut an, ihn zu spüren. Es roch nach ihm, dem Regen, dem Leben.

Auf einem Hügel hielt das Einhorn inne. Es sah hinab zu dem jungen Prinzen, der, noch immer auf dem Boden kauernd, der Prinzessin nachtrauerte.

Dabei sollte er sich doch für sie freuen. Durch den Wunsch ihrer Mutter und durch die Magie des Einhorns hatte sie Jahre der Freiheit erlebt.

Sie war so lange frei gewesen, bis sie alt genug geworden war, zu verstehen, dass sie doch in Wahrheit eine Gefangene war. Dann hatte ihr das Einhorn wieder genommen, was es ihr gegeben hatte, und es bereute nicht, seine Seele gesplittert zu haben.

Die Prinzessin war bereits eine leere Hülle gewesen, als die Mutterkönigin das Einhorn aufgesucht hatte. Ihr Körper, sicher, der war noch am Leben gewesen, aber ihr Geist war längst entschwunden gewesen und alles, was sie erfüllt hatte, alles, was sie geworden war, war durch den Seelensplitter des Einhorns gewachsen und gediehen. Ihr diese Jahre zu schenken, war mehr als gnädig gewesen.

Nein, der Prinz hatte keinen Grund zu trauern, wo seine Geliebte doch bloß ein Abbild, ein Bruchteil des Einhorns war und nun in ihm weiterlebte. Ihr Herz schlug noch, es schlug in seiner Brust, in der Brust des Einhorns. Doch der Prinz verstand nicht.

Doch so waren die Menschen nun mal. Sie verstanden vieles nicht, wollten nicht zuhören, wollten sich nicht dem öffnen, was ihnen fremd und unbekannt war, was ihre heile Welt hätte ins Wanken bringen können.

Dennoch empfand es Mitleid mit ihm. Er hatte vieles gegeben, vieles geopfert und getan, um dahin zu gelangen, wo er nun war. Er tat es, um der Prinzessin zu helfen, doch vor allen Dingen wohl sich selbst. Denn auch das war nur menschlich. Sie waren egoistisch und selbst wenn sie hohe Ziele anstrebten, taten sie es doch meist bloß ihretwegen.

Der Prinz wollte sich etwas beweisen, wollte sich und der Welt zeigen, dass er ebenso gut war wie sein Bruder. Dass er die Liebe und Zuneigung seiner Mutter verdiente.

Nun hatte er keine Beweise für das, was ihm gelungen war, und war es nicht eigentlich das, was ihn mit Trauer erfüllte? Dass er ungetaner Dinge heimkehren musste?

Doch wenn dem so war und wenn er wirklich nur aus eigennützigen Gründen in solch tiefe Trauer verfiel, wieso empfand das Einhorn dann Mitleid?

Er hätte sich etwas wünschen sollen. Etwas, das es auch hätte erfüllen können. Das war es. Er hatte einem Einhorn gegenübergestanden und hatte es ziehen lassen, ohne sich etwas zu wünschen. Vielleicht weil er wusste, dass jeder Wunsch eine Gegenleistung verlangte, oder war es doch so, dass er in seiner Trauer keinen klaren Gedanken fassen konnte?

Das Einhorn jedenfalls konnte nur froh sein. Gerade hatte es seine Freiheit zurückgewonnen und das wollte es in vollen Zügen genießen. Wie viele gab es noch von seiner Art? Nun konnte es das herausfinden. Es konnte gehen, wohin auch immer es wollte, konnte sich eine neue Heimat suchen oder den Wald zurückerobern, den die Feen ihm genommen hatten.

Es wandte sich von dem Prinzen ab und lief langsamer weiter, mit erhobenem Haupt. Noch immer weinte der Himmel, er weinte bitterlich. Bald senkte das Einhorn seinen Kopf, der vom Regen und von all den Gedanken, die es nicht zu denken wagte, schwer geworden war.

Es war nicht seine Aufgabe, sich den Kopf darüber zu zerbrechen, was aus den Menschen werden würde. Sollten sie doch Krieg führen, um den Tod der Prinzessin zu rächen, oder um ihrer eigenen Befriedigung willen – was im Grunde keinen großen Unterschied machte.

Sie waren ja schließlich auch frei. Die meisten von ihnen, zumindest im Geiste. Wenigstens das waren sie alle. Es sollte nicht seine Sorge sein, was sie nun daraus machten.

Ein Schatten zog über den Boden hinweg und das Einhorn sah hinauf zum Himmel. Es tänzelte über den vom Regen sumpfig gewordenen Boden, den Blick fest auf den Drachen gerichtet, der es wie ein Raubvogel umkreiste.

»Was willst du, Herrin der Drachen?«, rief es hinaus in die Nacht. »Hast du nicht bekommen, was du gewollt hast? Ist dein Herz nicht tot und leer, so wie es das Herz eines Drachen sein sollte?«

Der Drache zog immer engere Kreise um das Einhorn, das sich aufbäumte, als er dicht an ihm vorbeischoss und vor ihm in der Gestalt einer Menschenfrau die Füße auf den Boden setzte.

»Warum zeigst du dich mir in dieser Gestalt? Bist du es nicht leid, auszusehen wie eine von ihnen?«

»Bist du es nicht leid, wie ein Mensch zu handeln und zu denken? Ich könnte dir doch dieselbe Frage stellen«, antwortete die Drachenfrau.

Das Einhorn scharrte mit dem rechten Huf.

»Pah!«, rief es. »Ich war nie eine von ihnen und ich werde auch nie eine von ihnen sein! Nicht einmal aussehen wie eine von ihnen will ich! Ich bin nun frei, ich kann gehen, wohin ich will, tun, was immer ich will, und ganz gewiss will ich nichts mehr mit den Menschen zu tun haben. Vielleicht in einigen Jahrhunderten, da werde ich den ein oder anderen kleinen Wunsch erfüllen, doch vorerst habe ich genug von ihnen. Wahrlich genug.«

Die Drachenfrau legte den Kopf schief und ein hämisches Grinsen huschte ihr über die Lippen. »Und nun willst du einfach gehen? Glaubst du nicht, wir beide haben noch eine Rechnung zu begleichen?«

»Ich weiß nicht, wovon du sprichst«, sagte das Einhorn und schritt an der Drachenfrau vorbei. »Ich schulde dir nichts! Ich habe dir nichts genommen, was ich dir nicht wieder zurückgegeben habe, und du weißt, dass Wünsche ihren eigenen Willen haben und ihre eigenen Ziele verfolgen. Mach mich nicht verantwortlich für das Schicksal und die Wendungen desgleichen.«

»Du machst es dir sehr einfach, Einhorn. Du wusstest, was du tust und was geschehen würde. Du hast mir einen Splitter deiner Seele in mein Herz gerammt und das hat geschmerzt«, warf ihm die Drachenfrau vor.

»Es war die Liebe, die geschmerzt hat, nicht der Splitter«, erwiderte das Einhorn mit gesenktem Kopf.

»Ist es nicht ein und dasselbe? Ich habe mich doch nur deswegen in diesen dahergelaufenen Prinzen verliebt, weil es dein Seelensplitter war, der so viel für ihn empfand. Sag mir, Einhorn, liebst du ihn denn? Du hast dir doch deinen Splitter zurückgeholt, nicht wahr? Empfindest du gar nichts für ihn?«, fragte die Herrin der Drachen im Rücken des Einhorns.

Das Einhorn drehte sich zu ihr um. »Und du? Herrin der Drachen, Königin der Lüfte, bist du denn tatsächlich wieder kalt wie Stein, nun, da du dir dein Herz aus der Brust gerissen hast? Oder ist etwa eine Narbe zurückgeblieben? Mach dich nicht lustig über die Wunden, die mir zugefügt wurden und die mir auf ewig bleiben werden, wenn du selbst nicht mehr dieselbe bist!«

»Hör auf mit deinen hochtrabenden Reden! Ich werde nie wieder dieselbe sein und du bist es auch nicht. Ewig die Gedanken, den Geist und all die Gefühle dieser Menschenfrau in dir. Und ein Teil davon hallt auch in mir wider«, entgegnete die Drachenfrau. »Ja, ich fühle mit dem Prinzen, ich empfinde etwas für ihn, aber mein Herz ist tot. Ich liebe ihn nicht. Kannst du dasselbe von dir behaupten?«

Das Einhorn zögerte. Es warf einen Blick in die Richtung, aus der es gekommen war. Sein Blick haftete lange am Horizont.

»Ich kann mir nicht erlauben, solche Gedanken zu hegen. Nicht, wenn ich die Freiheit genießen will, für die ich so lange gekämpft habe und die ich nun, da alles vorbei ist, in vollen Zügen genießen kann und werde! Geh zu dem Prinzen, wenn du willst, richte ihm dein Beileid aus für den Verlust seines Liebchens, doch ändern wird es nichts. Er ist nur ein Mensch, ein einzelner Mann unter vielen, unter tausenden. Eine kurze Lebensspanne, die schon im Begriff ist, sich dem Ende zu neigen. Er wird, wie sie alle, längst zu Staub zerfallen sein, wenn wir beide noch nicht einmal einen Wimpernschlag unseres Lebens verlebt haben. Du wirst ihn vergessen und wenn du den nächsten Gedanken an ihn verschwenden wirst, werden seine Kinder und Kindeskinder bereits nur noch eine Erinnerung an längst vergangene Tage sein.«

Für einen Moment schwieg es, wie auch der Wind und das Flüstern in den Wipfeln der Bäume schwiegen. Es ließ seine Worte auf die Drachenfrau wirken, ehe es fortfuhr. »Also tu, was du nicht lassen kannst, sprich mit ihm oder lass es bleiben. Ich stehe deiner ... Zuneigung, deinem Mitempfinden, dem Leid, ob dem Verlust deines Herzens, nicht im Wege. Doch zieh mich nicht in diese Sache mit hinein, nimm mir nicht das, was ich mir so hart erkämpft habe.«

Die Herrin der Drachen lachte und ein Donnergrollen untermalte den Spott in ihrer Stimme.

»Deine Worte ändern nichts, Einhorn. Du liebst ihn, weil die Prinzessin ein Teil von dir ist und immer sein wird. Ich habe dich durchschaut. Du hast ihr einige Jahre der Freiheit geschenkt und als die Zeit gekommen war, hast du sie ihr wieder entrissen. Du hast sie, die deine Seele ist, auf Reisen geschickt, hast sie eins werden lassen mit mir, sogar mit einer dieser kindischen Feen. Uns alle hast du mit hineingezogen in dieses Spiel. Uns und den Prinzen.« Sie lachte hohl, während sich über ihnen ein düsteres Gewitter zusammenzog. »Womit du nicht gerechnet hast, war, dass diese Jahre den Splitter deiner Seele färbten. Nicht wahr? Er hat sich verändert, hat aufgesaugt, was er erlebt hat, und all das schlummert jetzt in dir. Glaubst du, du könntest das einfach verdrängen? Du hast mit unseren Gefühlen gespielt, uns missbraucht und nun willst du einfach von dannen ziehen? Keine Verantwortung übernehmen für das, was du getan hast?«

Sie stemmte die Fäuste in die Hüfte und sah das Einhorn mit triumphierendem Blick an. Doch das Geschöpf, das ihr gegenüberstand, das reine Wesen, dessen Seele von dem Menschen verfärbt war, den es in sich aufgenommen hatte, zeigte keine Verunsicherung und keine Einsicht.

»So bin ich nun mal, so werde ich immer sein«, entgegnete es. »Einhörner empfinden keine Liebe auf diese Weise, kein Mitleid, so wie es Menschen empfinden. Und auch keine Reue. Sicher, ich kenne diese Gefühle und ich sehe ihnen dabei zu, wie sie durch meine Gedanken huschen und mein Handeln zu beeinflussen versuchen, doch sie werden immer nur Optionen bleiben. Nichts, was mich lenkt. Sie beeinflussen mich nur dann, wenn ich mich darauf einlassen will. Und nun, da ich meine Freiheit wiedergewonnen habe, will ich nichts davon fühlen, sehen, spüren.«

Das Grinsen auf den Lippen der Drachenfrau war verblasst. Eine Mischung aus Mitleid und Missgunst machte sich anstelle dessen in ihren Zügen breit.

»Wenn es denn so einfach wäre ... Du weißt, was du zu tun hast, du bist bloß zu selbstsüchtig, um es einzusehen«, warf sie dem Einhorn vor.

»Was ich zu tun habe? Ich habe den Fortbestand meiner Rasse zu bewahren. Ich habe zu genießen, was mir geschenkt wurde, was ich mir verdient habe.«

Wieder schweifte der Blick des Einhorns in die Ferne. Doch diesmal sah es nach vorn, über die weiten Felder, die vor ihm lagen, und nicht mehr zurück zu dem, was es hinter sich gelassen hatte.

»Ich werde für die Menschen da sein. Irgendwann wieder, in einer anderen Zeit. Nun habe ich meine Schuldigkeit getan. Der Prinz wird vergessen.

Er wird heimkehren, von seinen Abenteuern berichten, von seinem Hass auf den schwarzen König und vielleicht werden sie Krieg führen, vielleicht auch nicht. Er wird ein neues Liebchen finden, sie wird ihm viele Kinder gebären und vielleicht, eines Tages, wird eines von ihnen zu mir kommen, einen Wunsch im Herzen tragen und ich werde ihn erfüllen. Dann werde ich meiner Schuldigkeit Genüge getan haben.«

»Du gibst es also zu? Dass du Schuld trägst an dem, was geschehen ist? Dass die Prinzessin nur ihr Leben gegeben hat, weil du es von ihr wolltest? Du hast ihr die Waffe in die Hand gegeben, mit der sie sich das Leben genommen hat. Du kannst nicht behaupten, keine Schuld zu empfinden.«

Empört warf das Einhorn den Kopf in die Höhe.

»Sie wäre ohnehin gestorben«, entgegnete es. »Es war ihr nicht bestimmt, ein langes Leben zu führen. Ich wollte bloß sichergehen. Ebenso hätte ich den Prinzen überzeugen können, ihr Herz zu durchstoßen. Ich hätte ihn beinahe dazu gebracht. Und warum sollte ich mich schuldig fühlen? Sie hat doch durch mich gelebt. Sie war doch nur ein Funke, ein Abbild meiner Seele.«

Die Königin der Drachen breitete ihre Schwingen aus. Ihr Haar, glänzend wie Pech, wehte in den heftigen Böen, die der aufziehende Sturm mit sich brachte. Irgendwo in der Ferne ergoss sich heftiger Regen über Hügel und Wälder und die grauen Wolken wurden von gleißend hellen Blitzen durchzuckt.

»Aber sie war ein Mensch und die Menschen sind, so ungern ich es auch zugeben mag, jeder für sich einzigartig«, entgegnete sie. »Sie sind nicht so wie du und ich oder gar die Feen, die wir bloß Spiegel unserer Rassen sind und alle eins in dem, was wir fühlen und wie wir handeln. Der Prinz hat sich nicht in dich verliebt, Einhorn. Er hat sich in die Prinzessin verliebt und du hast sie ihm genommen.«

»Und du bist bloß hergekommen, um mir das alles zu sagen? Du willst keine Rache? Was treibt dich herzloses Wesen denn dazu, an mein Mitleid zu appellieren?«, fragte das Einhorn misstrauisch.

Die Drachenkönigin sah hinüber zu dem fernen Horizont, wo die Wolken sich über dem Land ergossen.

»Der Himmel weint, weil du Schande über dich und deinesgleichen gebracht hast. Wir mögen nicht derselben Rasse angehören, doch wir sind Schwestern. Ich schäme mich deinetwegen und ich kann es nicht ertragen, wenn der Himmel weint.«

Das Einhorn scharrte erneut mit den Hufen. Es folgte dem Blick der Drachenfrau nicht, als ob dort drüben der Beweis für diese Theorie läge und es bloß vermeiden musste hinzusehen, um der Wahrheit zu entkommen.

»Das ist lächerlich«, entgegnete es schließlich.

»Lächerlich ist, dass du leugnen willst, was du fühlst und was in dir lebt. Reue solltest du zeigen, doch du wagst ja nicht, deine Gefühle anzutasten, aus Angst, sie könnten über dich herfallen.«

Das Einhorn warf den Kopf in die Höhe. »Solch weise Worte von einer wie dir. Was soll ich davon halten?«

»Halte davon, was immer du willst. Ich für meinen Teil schreibe es der Prinzessin zu. Du hast mich mit ihr infiziert, du hast mich vergiftet mit ihren Idealen und Vorstellungen. Und wovon wurde sie vergiftet? Von all den Geschichten, die sie gelesen hat, den Welten, die sie darin erlebt hat, den Abenteuern zwischen den Zeilen.«

»Du beschuldigst mich also, dass der Splitter meiner Seele zu belesen war? Hörst du dir denn selbst zu, wenn du sprichst?«, fragte das Einhorn belustigt.

»Natürlich hat sie danach gestrebt mehr zu erleben, mehr zu sehen! Sie hat sich verloren in all den Büchern, weil sie einst mehr gewesen ist und die Leere füllen musste, die ihr innewohnte! Das hat sie genährt, das hat sie wachsen lassen. Und dann hast du mich damit infiziert und ich werde jetzt tun, was ich tun muss, um mein Gewissen zu erleichtern. Tu du dasselbe!«

Mit einem überheblichen Grinsen auf den Lippen breitete die Drachenkönigin ihre Flügel aus, schwang sich in die Lüfte und war bald schon nicht mehr als ein kleiner Punkt am fernen Horizont.

Das Einhorn blieb allein zurück, sah ihr nach und wandte sich dann wieder in die Richtung, in die es zuvor gelaufen war.

Die Drachenfrau hatte sie am Ende nur in dem bestätigt, was ihr längst schon bewusst gewesen war. Die Prinzessin hatte ein schönes Leben geführt, sie hatte ihre Freiheit genossen, hatte sich entwickelt, zu einer einzigartigen Knospe, war erblüht und hatte die Liebe gefunden.

Prinz Farin hatte sie geküsst. Auf die Lippen. Dem Einhorn war die Erinnerung daran so nah, dass es auch jetzt noch seinen salzig-süßen Schweiß schmecken konnte.

Ja, sie hatte geliebt und sie wurde geliebt und es war wie ihre Schwester ihr gesagt hatte. Nur ein Blick und eine Berührung waren nötig. Die Hitze seines Körpers, die auf sie übergegangen war, hatte sie mit ihm eins werden lassen. Sie waren miteinander verschmolzen, waren einander so nah gewesen und ihre Herzen hatten im Einklang geschlagen. Taten es auch jetzt noch.

War das denn nicht genug? War das denn nicht mehr, als die Königin sich für ihre Tochter gewünscht hatte? So viel hatte das Einhorn diesem Mädchen geschenkt. Mehr als ein paar wenige Jahre eines Menschenlebens, mehr als nur ein paar Erinnerungen. Und schließlich war sie nicht tot. Sie lebte doch weiter und konnte die Freiheit genießen, als Teil des Einhorns.

Oder war es so, wie die Drachenkönigin gesagt hatte? War es vielleicht bloß eine Qual für die Prinzessin und damit für einen Teil von des Einhorns Seele? Könnte sie die Freiheit vielleicht nie genießen, weil ein Teil von ihr immer gefangen war und um das gebracht worden war, was sie ausmachte, was sie hätte werden sollen und mit wem sie ihr Leben hätte verbringen sollen?

Das Einhorn war fest davon überzeugt: Es hätte sich nie auf ein Gespräch mit der Herrin der Drachen einlassen sollen. Dieses Weibsbild hatte sie verwirrt. In ein paar Jahren aber wäre das alles längst vergessen. Es gab keinen Grund, sich damit zu quälen.

Das Einhorn rannte, es flog mit dem Wind, war frei wie die Vögel, galoppierte über endlose Weiten, folgte den wilden Pferden, preschte mit ihnen durch reißende Flüsse und über Felder, so weit, dass es kein Ende, kein Halten gab. Es war eins, mit der Welt, der Natur, jedem Blatt im Wind und jedem Grashalm auf den Wiesen, die es durchpflügte.

Und es gab keine Zeit, kein Anfang und kein Ende.

Die Tage waren endlos, das Schwarz der Nächte so tief, dass sich alles darin verlor. Es war die Ewigkeit. Das Wissen, dass es kein Halten gab, nicht für das Einhorn, nicht für die Zeit.

Die Menschen konnten kommen und gehen, doch die Welt blieb bestehen und jeder Wandel darin war bloß ein Ausdruck der Freiheit, die in allem lebte.

Und wenn auch ganz tief in ihm das Wissen war, dass bloß wenige Tage oder Stunden oder gar Minuten vergangen waren, und wenn ein Teil von ihm auch danach strebte, sich an dem Fluss der Zeit festzuhalten, sich nicht vollends der ungezügelten, der unbarmherzigen Flüchtigkeit des Seins hinzugeben, wenn es auch noch immer an den Prinzen denken musste, den es zurückgelassen hatte, so überwog doch das Gefühl, endlich etwas Verlorengeglaubtes zurückgewonnen zu haben.

Es sind der Ketten schwere Last

Farin konnte sich kaum mehr auf dem Pferd halten, so erschöpft war er. Er hing vornübergebeugt im Sattel und das Schaukeln seiner Stute kam ihm vor wie das Wanken eines Schiffes auf hoher See.

Gleichmütig schritt das Tier durch den dichten, düsteren Wald. Trotz finsterer Nacht scheute es sich nicht, enge Pfade zu nehmen, und Farin wäre mehr als einmal fast von seinem Rücken gefegt worden, als tief hängende Äste sich in seinen Kleidern verfangen hatten.

Er war auf dem Weg zurück zum Schloss des schwarzen Königs. Er wusste, dass es klüger wäre heimzukehren, als ohne Trophäe, ohne das Horn, vor König Agass zu treten. Doch er musste wissen, was mit Sinabell geschehen war. Er wollte Abschied nehmen und vor allen Dingen wollte er den Bastard, der für ihren Tod verantwortlich war, büßen lassen – falls es einen Schuldigen gab. Was anderes blieb ihm denn noch als Rache?

Doch so erschöpft, wie er war, würde er es nie lebend bis zurück zum Schloss von Alldewa schaffen. Er tastete nach den Zügeln seiner Stute und zog ungeschickt daran.

»Komm schon ...«, murmelte er, »wir brauchen eine Pause.«

Das Pferd stampfte unruhig auf der Stelle und protestierte in einem gehemmten Wiehern. Es war beinahe so, als wolle es um jeden Preis zurück zu König Agass. Dabei wollte es wohl nur hier weg, raus aus dem Finsterwald und weg von all den Gefahren, die hier hinter jedem Baum auf sie warten konnten.

In ihrem Versuch, sich gegen die Zügel zu wehren, buckelte die Stute und Farin rutschte aus dem Sattel. Er fiel auf den Rücken und sah, wie der Schatten des aufbäumenden Pferdes sich über ihn legte. Benommen vom Aufprall wich er den Hufen aus, mit denen das Tier Löcher in die Luft trat, rollte zur

Seite und war doch nicht schnell genug. Ein Schlag traf ihn im Gesicht und sofort verlor er die Besinnung.

***

Es war ihm, als wäre er nur einen Moment weggetreten gewesen, doch als er die Augen öffnete, schien gleißendes Sonnenlicht durch die Wipfel der Bäume. Er hob die Hand und legte sie vor seine Augen.

»Keine hastigen Bewegungen!«, ermahnte eine piepsige Stimme ihn.

Er sah zur Seite und erblickte einen schwirrenden Lichtpunkt gleich neben seinem Kopf. Er hätte es für ein Glühwürmchen gehalten, wenn er nicht im Finsterwald gewesen wäre, wo die Feen heimisch waren.

»Kennen wir uns?«, fragte er mit heiserer Stimme und biss die Zähne zusammen, weil sein Schädel schrecklich brummte.

Er erinnerte sich an den Tritt, den das Pferd ihm verpasst hatte, und ertastete eine blutige Platzwunde an seiner Stirn.

»Erinnerst du dich etwa nicht mehr an mich?«, fragte die Fee.

Noch einmal sah er zu der flatternden Lichtgestalt. Sie war zu hell, als dass er ihren Körper hätte erkennen können, und die Stimmen der Feen klangen in seinen Ohren ohnehin alle gleich.

»Tut mir leid«, entschuldigte er sich. »Bist du vielleicht Ci?«

Die Silhouette der Fee wurde deutlicher, das Licht verblasste und er erkannte kleine zahnstocherdicke Arme, die sich in die Hüften des Wesens stemmten. Es war nicht Ci. Die Fee, mit der Sinabells Geist verbunden gewesen war, hatte hellere Haare und außerdem fehlte ihr ein Flügel.

»Mein Pferd!«, stieß er erschrocken aus und schrak hoch.

Augenblicklich sanken seine Beine ein Stück weit in den wabernden Untergrund.

»Nicht bewegen, habe ich gesagt!«, ermahnte die Fee ihn ein weiteres Mal.

Er lag auf Treibsand. Er erinnerte sich, dass er auf harten Boden gefallen war, als sein Pferd ihn aus dem Sattel geschmissen hatte. Dem Stand der Sonne nach musste er mindestens eine ganze Nacht bewusstlos gewesen sein. Wie um alles in der Welt war er in Treibsand geraten? Aber es sollte ihn nicht wundern. Er war immerhin im Finsterwald und nicht in irgendeinem friedfertigen Forst seines Heimatlandes.

Sein Pferd war weit und breit nicht zu sehen. Wahrscheinlich hatte die Stute längst Reißaus genommen und war jetzt schon auf halbem Weg zurück zum Schloss des schwarzen Königs. Sie würden ihn für tot erklären, wenn seine Stute ohne ihn zurückkehrte. Doch was machte das jetzt noch für einen Unterschied? Ob er lebte oder nicht, die Aufgabe erfüllte oder versagte – für Sinabell kam jede Hilfe zu spät und für ihn standen die Chancen auch nicht gerade rosig.

»Du sinkst nur tiefer ein, wenn du so strampelst.«

»Ich strample nicht«, protestierte er und streckte sich zur Seite in dem Versuch, die Äste eines Busches zu erreichen.

Die Fee verschränkte die Arme vor der Brust. »Sprach er und zappelte wie ein Fisch auf dem Trockenen.«

»Hilf mir lieber, kleine Fee, anstatt dich über mich lustig zu machen!«

Er streckte sich weiter dem Ast entgegen, der ihm am nächsten war, doch, wenn es ihm nicht gelänge, seinen Arm um die doppelte Länge zu dehnen, hatte er keine Chance.

»Habt ihr gehört, Schwestern?«, rief die Fee. »Er bittet um unsere Hilfe.«

Von allen Seiten hörte er die Feen kichern und bald umschwirrten Dutzende von ihnen den gemächlich im Schlick versinkenden Prinzen.

»Was glaubst du, warum wir hier sind?«, fragte eine von ihnen.

»Um euch über mich lustig zu machen?«, spekulierte er nüchtern.

Seine Beine waren derweil beinahe völlig versunken. Seine Kleidung hatte sich so mit dem Matsch vollgesogen, dass er die Arme kaum heben konnte, und er sah nichts, an dem er sich hätte festhalten können.

»Vielleicht sollten wir einfach alle wieder davonfliegen und ihn seinem Schicksal überlassen«, meinte eine andere Fee.

»Ach nein«, widersprach die, die schon zuvor gesprochen hatte. »Ich will lieber zugucken, wie er versinkt. Schaut doch, wie er sich abmüht!«

Die Fee, die ihn zuerst angesprochen hatte, landete auf seiner Hand und er schlug nach ihr, drehte sich dabei auf den Bauch und versank vollends mit dem Unterkörper im Schlick.

»Lasst mich in Frieden, wenn ihr mir nicht helfen wollt!«, geiferte er.

Zumindest könnte er jetzt, auf dem Bauch liegend, versuchen, sich mit den Armen nach vorne zu ziehen. Es fehlte nur ein kleines Stück, um eine Wurzel zu erreichen, die sich ihm geradezu entgegenreckte.

»Aber das wollen wir doch«, widersprach die Fee, die er eben versucht hatte zu verscheuchen. »Du hast mir das Leben gerettet, also rette ich jetzt deines. Dann sind wir quitt!«

Er streckte sich und berührte mit den Fingerspitzen die Wurzel, sank bei der Anstrengung aber nur tiefer ein und bekam sie nicht zu greifen.

»Du bist die Fee, die ich mit einem Wunsch geheilt habe?«, fragte er resignierend.

»Ja und ich bin extra zu dir gekommen, um meine Schuld zu begleichen.«

Sie flog zu seiner ausgestreckten Hand und umfasste mit ihren Armen seinen Zeigefinger. Sie zog daran und schrie dabei aus vollem Halse. Farin bemerkte jedoch nichts von ihrem Mühen außer einem leichten Ziepen.

»Der ist verdammt schwer«, knurrte sie, drehte sich um und zerrte von der anderen Seite an seinem Finger. »Sag mal, Prinz, was habt Ihr denn alles gegessen?«

»In den letzten Tagen nicht mehr als ein paar Beeren und Früchte. Ich denke eher, dass deine Kraft nicht ausreicht, kleine Fee.«

Schon bis zur Brust war er versunken. Es konnte sich nur noch um Minuten handeln, da stünde ihm der Morast bis zur Kehle.

»Warten wir doch ein paar Wochen«, schlug eine der Feen vor. »Wenn er ein bisschen abgenommen hat, können wir ihn bestimmt ganz leicht herausziehen.«

»In ein paar Wochen werde ich nur noch Haut und Knochen sein!«

»Sage ich doch! Dann wird es ein Kinderspiel, ihn aus dem Loch zu bekommen.«

Die Fee, die eben noch an seinem Finger gezerrt hatte, ließ sich nun darauf nieder, schlug die Beine übereinander und rieb sich das Kinn.

»Nein, nein«, widersprach sie angestrengt grübelnd. »Bis dahin ist er bestimmt ganz versunken und keine von uns will nach ihm tauchen. Wir müssen uns etwas anderes überlegen.«

»Was ist mit Mambera?«, fragte eine ihrer Schwestern. »Wir könnten eine ihrer Ranken herlocken.«

»Ich bin für warten«, plädierte eine andere. »Wie viel Wasser haben wir denn geholt? Ich glaube nicht, dass er komplett darin versinkt.«

»Ihr habt Wasser geholt?«, fragte Farin und legte die Stirn in Falten.

»Aber klar!«, erklärte die Fee voller Stolz.

»Ohne Wasser kein Sumpf«, sagte eine andere. »Sag mal, bist du wirklich so dumm oder tust du nur so?«

Die Fee, die auf seinem Finger saß, stand auf. »Hätten wir dich etwa zum Sumpf tragen sollen? Da war es doch viel leichter, das Wasser zu dir zu holen! Und jetzt kann ich mich endlich revanchieren.«

»Mich erst in diese Lage bringen und mich dann nicht daraus befreien können. Das ist doch keine Art, sich zu bedanken!«

»Wieso denn nicht? Du hast mir doch auch einen Schlag mit deinem Schwert verpasst, bevor du mich gerettet hast. Da ist es doch nur fair, wenn ich dich auch versenke, bevor ich dich raushole. Und du darfst mir ruhig dankbar sein! Meine Schwestern schlugen vor, dich stückchenweise zum Sumpf zu tragen, aber ich meinte, dass du bestimmt lieber an einem Stück bleiben wolltest und es leichter wäre, das Wasser zu dir zu bringen. Also eigentlich habe ich dir schon das Leben gerettet und ich sehe keinen Grund mehr, dich noch hier rauszuholen.«

Farin atmete tief durch. Er durfte sich nicht aufregen. Nicht nur, dass es ihm gegen die Feen nichts nutzen würde, er konnte es sich auch nicht erlauben, sie zu vertreiben. Er gab es nur ungerne zu, aber ohne sie saß er in der Falle.

»Okay, lassen wir das«, begann er ruhig, aber bestimmt. »Sagt mir, wie viel Wasser habt ihr geholt?«

»So viel!«, sagte eine der Feen und breitete ihre Arme aus. »Und das eine Million Mal.«

»Wir waren die ganze Nacht damit beschäftigt!«

Farin presste die Lippen zusammen. »Ja, aber wie tief geht das Wasser in den Grund?«

Er bewegte vorsichtig seine Füße, konnte sie zwar kaum bewegen, hatte aber nicht das Gefühl, festen Boden ertasten zu können.

»Wir holen Mambera!«, warf eine der Feen entschlossen in die Runde.

»Nein, bitte, das muss nicht sein«, widersprach Farin. Das Letzte, was er jetzt brauchte, war eine menschenfressende Schlingpflanze, die sich über ihn hermachte, während er in einem Schlammloch festsaß. »Könnt ihr Ci rufen oder ist sie vielleicht eine von euch? Ci?«

Er sah sich um, doch die Feen blickten nur ihrerseits verwirrt von einer zur nächsten.

»Von wem spricht er?«, fragte eine von ihnen.

Eine andere zuckte mit den Schultern. »Ich weiß es nicht.«

»Vielleicht spricht er wirr? Er hat schließlich eine Beule am Kopf.« Sie flog zu ihm und legte ihm beide Hände an die Stirn.

»Autsch!« Farin zog den Kopf weg. Die Fee hatte ihm geradewegs in seine Platzwunde gefasst.

»Wie heiß ist ein Mensch, wenn er Fieber hat?«, fragte sie die anderen.

»Ich habe kein Fieber«, widersprach er, war sich da aber nicht so sicher. Ihm war ziemlich heiß, doch das lag wahrscheinlich an der Wut, die er zu unterdrücken versuchte. »Ci, so hieß die Fee, die mir ihren Flügel gab. Ich meine, von der ich mir den Flügel genommen habe.«

Eine der Feen winkte ab. »Du brauchst nicht zu lügen. Wir wissen, dass du nichts gestohlen hast. Du sprichst von Flügelchen. Sie hat dir den Flügel freiwillig gegeben. Wir haben die Wahrheit aus ihr herausgekitzelt, musst du wissen.«

»Warum will er jetzt mit Flügelchen sprechen? Reicht es nicht, dass er ihr das Herz gebrochen hat?«

»Das Herz gebrochen?«, fragte Farin und sah sich unter den Feen um. »Das wollte ich nicht, wirklich nicht! Aber bitte, holt sie her!«

Sicher war sie die einzige Vernünftige unter den Feen. Das allerdings auch nur, wenn ihr noch ein Funke der Menschlichkeit geblieben war, die Sinabell ihr verliehen hatte.

Seine Oberarme begannen zu versinken. Seine Schultern schauten noch ein kleines Stück weit aus dem Treibsand, seine Finger waren blau angelaufen und seine Zähne klapperten. Ihm war längst nicht mehr heiß.

Die Kälte des Sumpfes kroch ihm bis tief in die Knochen und wenn er nicht bald im Schlamm versinken und ersticken würde, wäre er vorher erfroren.

»Bitte, beeilt euch!«

»Na gut! Aber damit sind wir dann quitt.«

Die Feen flogen eine nach der anderen davon und er hörte sie noch miteinander sprechen.

»Weiß jemand, wo Flügelchen gerade steckt?«, fragte eine von ihnen.

»Irgendwo im Nordwald, glaube ich«, meinte eine andere.

»Oh, dann lasst uns auf dem Weg dorthin an den Eberhöhlen vorbeifliegen! Wir könnten mit den Frischlingen spielen!«

»Oder wir fliegen in die Nebelschlucht!«

»Oh ja! Aber die liegt im Westen.«

»Im Westen ist es auch schön.«

»Das stimmt!«

Farin öffnete den Mund, um ihnen hinterherzurufen, doch er konnte die Worte, die ihm über die Lippen kamen, bloß hauchen.

»Beeilt euch!«

Der Schlamm erreicht sein Kinn und er hob den Kopf. Noch immer konnte er keinen festen Grund unter seinen Füßen finden und von den Feen war keine zurückgeblieben. Er hätte sie doch Mambera holen lassen sollen. Vielleicht wäre die Schlingpflanze gnädiger mit ihm gewesen als dieser Treibsand. Er schloss die Augen und betete.

Das Sumpfwasser kroch ihm schon langsam in die Mundwinkel, als etwas Warmes seine Finger berührte. Er sah zur Seite und erkannte eine Hand, gänzlich aus Licht bestehend, die sich um die seine schloss.

»Ich hole dich erst mal aus diesem Loch, dann wärmen wir dich auf«, sprach die Stimme, die ihn so sehr an seine geliebte Prinzessin erinnerte, dass Tränen seine Augen füllten.

»Sinabell …«, flüsterte er.

***

Alles tat ihm weh. Jeder Muskel, von den Füßen bis hinauf in die Schultern, war verspannt und pochte heiß.

Er schlug die Augen auf. Vor sich sah er das Sumpfloch, in dem er gesteckt hatte. Eine Spur Schlick führte bis zu seinen Beinen, mit dem Rücken lehnte er an einen Baum und als er an sich herunterblickte, sah er eine Lichtgestalt in Form einer jungen Frau, die in seinen Armen lag und sich, ihren Kopf an seine Brust gelehnt, an ihn schmiegte.

»Ci?«, krächzte er.

Das Lichtwesen hob erschrocken den Kopf an, sie löste sich von ihm, verlor ihre Form, ihre Größe und flog schließlich als Fee vor ihm schwebend in der Luft.

»Ich habe dich nur aufgewärmt!«, beteuerte sie.

»Schon gut!«, sagte er.

Der Schlamm an seinem Körper war getrocknet, seine Kleidung war steif und von grauer Farbe und als er die Arme bewegte, rieselte der Sand von ihm hernieder.

»Ich danke dir, kleine Fee.«

Ci hatte leichte Schlagseite, hielt sich aber ganz gut dafür, dass sie nur drei Flügel hatte.

»Man nennt mich nicht mehr Ci. Ich heiße jetzt Flügelchen.«

Er lächelte. »Das ist ein schöner Name.«

Sie senkte den Blick und lief rot an, sah dann aber wieder auf.

»Und? Hast du deine Aufgaben lösen können?«

Das Lächeln auf seinen Lippen erstarrte zu einer kalten Grimasse. »Nein.«

»Aber warum das? Du hast doch den Flügel von mir bekommen!«

»Ich bin an der letzten Aufgabe gescheitert.«

Die Fee seufzte.

»Das tut mir leid«, sagte sie. »Aber jetzt ist es ja vorbei! Du musst keine Aufgaben mehr lösen und kannst schönere Sachen machen.« Sie streckte ihm die Hand entgegen. »Komm! Wir folgen den anderen in die Nebelschlucht! Es ist wunderschön dort.«

Er schüttelte den Kopf. »Ich kann nicht.«

»Aber warum denn nicht? Dein Liebchen darfst du doch jetzt sowieso nicht mehr heiraten, also kannst du auch mit mir mitkommen.«

»Ich werde zurückkehren und ihren Tod rächen. Das ist alles, was ich noch für sie tun kann.«

Die Fee verschränkte die Arme vor der Brust. »Rache verübt man nicht für andere, sondern nur für sich selbst.«

»Dann ist das eben so«, entgegnete er ihr in scharfem Ton. »Dann dient die Rache eben nur mir allein!«

Traurig ließ die Fee die Arme sinken. Irgendwo in ihr glomm ein Funke von Sinabells Wesen – ihr Anstand, ihre Moralvorstellungen. Andere Feen hätten es vielleicht lustig gefunden, wie er sich nach Genugtuung sehnte und in Rage geriet, wenn er daran dachte. Ci aber wollte von alledem nichts wissen. Es war falsch, das wusste er ebenso wie sie, und dennoch hielt ihn nichts und niemand davon ab.

»Dort drüben steht dein Pferd.« Die Fee deutete auf seine Stute.

Farin mühte sich auf die Beine und lief zu dem Tier.

»Ich danke dir«, sprach er, ohne sich zu ihr umzudrehen. »Du hast mir erneut geholfen und ich kann dir nichts als Gegenleistung anbieten.«

Als er sich nun doch umdrehte, erkannte er, dass Ci bereits verschwunden war. Die Lippen fest zusammengepresst sah er eine Weile in die Richtung, in der sie verschwunden sein musste. Dann nahm er die Zügel in die Hand und lief los.

***

Farin ritt den Hügel hinauf. Die Zügel in der rechten, lag seine freie Hand auf dem Knauf seiner stumpfen Waffe. Dichte Wolken verhängten den tristen Himmel und irgendwo in der Ferne sah er nebelartig Regen fallen. Der Finsterwald lag weit in seinem Rücken und vor ihm, direkt hinter der nächsten Anhöhe, wartete das Schloss von Alldewa.

Der Schrei eines Raubvogels durchbrach die Stille der brachliegenden Felder wie ein Donnergrollen. Seine Stute bäumte sich auf und Farin ging mit ihrer Bewegung mit, um nicht aus dem Sattel geworfen zu werden. Er riss den Zügel rum, stemmte dem Pferd seine Fersen in die Seite und drängte es so, sich zu drehen. Er suchte den Himmel ab und blieb schließlich mit dem Blick an schwarzen Flügeln hängen, die weit über ihm durch die Wolken fegten.

Er beobachtete den Flug dessen, was er im ersten Moment für einen Steinadler hielt, doch gleich darauf als Drache erkannte. Die Bestie schoss geradewegs auf das Schloss zu, traf dort auf zwei weitere ihrer Art und begann, die obersten Türme der mächtigen Festung zu umkreisen.

Rauch stieg von den Zinnen auf. Einige der Mauern waren gebrochen und Farin konnte die dumpfen Schreie von Menschen hören.

Er trieb sein Pferd an, hetzte den Hügel hinab und zog sein Schwert. Gegen die Drachen konnte er nichts ausrichten. Er wusste nicht einmal, ob es jemand in diesem Schloss verdient hatte, gerettet zu werden, doch unbeteiligt zusehen, wie das Schloss dem Erdboden gleichgemacht wurde, konnte er auch nicht.

Er durchstieß die Überreste des bis zur Unkenntlichkeit verkohlten Haupttores, duckte sich unter dem schief hängenden Fallgitter hindurch und hob schützend sein Schwert, als eine Feuerlawine auf ihn niederging.

Er sprang aus dem Sattel und seine Stute ergriff sofort die Flucht. Einige Menschen liefen panisch an ihm vorbei. Adlige wie auch einfaches Bauernvolk flüchteten gleichermaßen vor den angreifenden Bestien. Bogenschützen saßen hinter Karren und Fässern verbarrikadiert und schossen mit Pfeilen auf die Drachen. Ebenso hätten sie Stroh nach ihnen werfen können.

Farin überquerte den Vorplatz, lief an dem Schafott vorbei und hielt inne, als er den Scheiterhaufen sah.

War er für Sinabell gedacht? Hatte man sie verbrennen wollen wie eine schwarze Hexe? Doch das Holz war unberührt und vielleicht hatte er sich geirrt. Das Einhorn hatte sich ebenfalls geirrt, oder aber ihn ausgetrickst. Sinabell lebte womöglich noch.

Er lief weiter, wurde von einigen Rittern angerempelt, die in voller Montur gegen die Drachen in die Schlacht zogen und hinter Farins Rücken um Gnade schrien, kaum, dass sie an ihm vorbeigelaufen waren.

Etwas griff nach seinem Bein und hielt ihn fest. Er sah zur Seite und erkannte eine rußverschmierte junge Frau mit zerzaustem Haar und rot unterlaufenen Augen.

»Prinz Farin! Ihr seid unsere Rettung!«

Fragend sah er sie an. Sie trug ein edles Kleid, schwere Ohrringe und eine breite Kette um den Hals.

»Prinzessin ...?«

»Kirali.«

Farin sah hinauf zu den Drachen.

»Es sind zu viele, Prinzessin«, erklärte er. »Ihr solltet Euch in Sicherheit bringen. Wo ist Euer Verlobter?«

»Er ist ... er ist geflohen!« Sie schluchzte. »Das sind sie alle! Alle haben sie uns im Stich gelassen!« Sie deutete auf die Tore.

Farin sah sich um und erblickte einen der Bogenschützen.

»He, Ihr!«, rief er ihm zu. Der Mann deutete mit einem Finger auf sich und Farin nickte. Er packte Kirali am Arm und zog sie zu dem Mann. »Tut etwas Nützliches und bringt Eure Prinzessin in Sicherheit.«

Er wartete die Antwort des Mannes nicht ab, sondern drehte sich auf dem Absatz um und lief weiter.

»Prinz Farin!«, rief Kirali ihm nach.

Flüchtig sah er sich noch einmal zu ihr um.

»Sie ist im Innenhof«, rief die Prinzessin und wurde dann von dem Bogenschützen weggezerrt.

Farin blieb einen Moment wie angewurzelt stehen. Konnte es wirklich sein? Nein, er konnte es nicht glauben! Aber gerade hatte die Prinzessin es ihm gesagt. Sie hatte ihn direkt angesehen und gesagt, wo Sinabell zu finden war.

Seine Hand schloss sich fester um den Griff seines Schwertes und er rannte los.

Denn Freiheit lebt, wo Liebe ist

Es war ruhig im Inneren des Schlosses. Beängstigend ruhig. Die Schreie der Drachen und die der panischen Menschen drangen nur dumpf zu Farin herein. Er hatte keine Ahnung, welcher Weg ihn zum Innenhof führen würde, also folgte er seinem Gespür.

Ein Rumpeln ließ ihn aufhorchen.

Er schlich langsam weiter, da brach neben ihm die Mauer. Er wich Steinen und Schutt aus, die gegen die Wand geschleudert wurden, stolperte rückwärts und wäre um Haaresbreite von dem Schwanz eines Drachen getroffen worden. Schlängelnd zog der sich durch den Staub der geborstenen Gesteinsbrocken und verschwand dann ebenso schnell, wie er gekommen war.

Farin sah dem Drachen nach, der sich bereits wieder in die Lüfte erhoben hatte, und warf dann einen Blick auf das, was von dem Korridor übrig geblieben war. Er war völlig in sich zusammengestürzt. Die Steinquader der Außenmauer lagen bis zur halben Höhe des Ganges aufgehäuft vor ihm. Einige waren durch den Boden gebrochen und hatten ihn dabei durchlöchert wie ein Sieb.

Farin steckte sein Schwert weg und erklomm ein schief hängendes Mauerstück. Unter seinen Füßen gab der Schutt bedrohlich nach und einige Steine rutschten durch den offenen Boden. Sie rieselten in die Tiefe, wo sie eine Staubwolke aufwirbelten. Dort war kein Durchkommen mehr. Dafür konnte er den Innenhof durch das Loch sehen, das der Drache hinterlassen hatte.

Ein beschaulicher, kleiner Garten mit einigen Bäumen, Bänken und Büschen. Er lag nur zwei oder drei Meter tiefer und wäre mit ein wenig Geschick schnell erreicht.

»Wen haben wir denn da?«

Farin wirbelte herum und griff sofort wieder nach seinem Schwert. Ihm gegenüber stand Fürst Annbold. Ein schiefes Grinsen hing ihm im Gesicht und eine seiner prankenähnlichen Hände schlang sich fest um den Oberarm einer jungen Frau.

»Prinzessin Malina, nicht wahr?«, fragte Farin und deutete eine knappe Verbeugung an.

Das Mädchen war in Tränen aufgelöst, wurde von dem Fürsten grob herumgezerrt und bekam als Antwort auf Farins Frage nur ein zittriges Nicken zu Stande.

Farin zog sein Schwert und richtete es auf den Fürsten.

»Lasst Sie los!«, verlangte er.

»Ihr habt hier nichts zu befehlen, Prinz!«, entgegnete Annbold. »Dieses Schloss ist dem Untergang geweiht und ich nehme mir nur, was mir zusteht.« Er sah zu der Prinzessin, bleckte in einem breiten Grinsen seine Zähne und roch gierig an ihrem Haar, ehe er sie von sich stieß.

Er zog sein Schwert und während die Prinzessin sich ängstlich in eine Ecke kauerte, galt die Aufmerksamkeit des Fürsten ganz Farin.

»Sie ist meine Braut, ich werde sie mit mir nehmen und auf dem Weg nach draußen noch den ein oder anderen Schatz erbeuten. Es wäre ja eine Schande, wenn all der Reichtum Alldewas in einem Drachenhort verkommen würde.«

»Ihr könnt gehen, wenn Ihr wollt«, antwortete Farin. »Geht und nehmt mit, was Ihr tragen könnt, aber die Prinzessin lasst Ihr hier!«

Annbold richtete sich auf, schwang in protzigem Imponiergehabe sein Schwert und schlenderte lässig auf Farin zu.

»Nettes Schwert habt Ihr da«, meinte er spöttisch. »Kommt mir bekannt vor.«

Er hob zum Schlag an und Farin parierte gekonnt. Dennoch spürte er die Stärke des Mannes in seinen Knochen. Wäre er doch nur bei vollen Kräften. Er hätte diesen elenden Schleimbolzen in Stücke gehackt, ehe er auch nur seinen ersten Treffer gelandet hätte.

Annbold tippte sich an die Stirn.

»Woher die Kopfwunde?«, fragte er und lachte laut auf. »Von mir habt Ihr sie jedenfalls nicht. Wohl gegen ein Einhorn gelaufen, was?«

Farin verzog das Gesicht. »Wenn Ihr schon Witze über mich reißt, dann versucht wenigstens lustig zu sein!«

»Ich erzähle Euch einen Witz!«, rief der Fürst, ergriff sein Schwert mit beiden Händen und stürmte auf Farin zu.

Mehrmals schlug er mit seiner Klinge auf ihn ein und Farin wehrte ihn jedes Mal ab, wurde dabei aber zurückgedrängt und musste sich schließlich auf die Knie fallen lassen.

Annbold lachte und hob sein Schwert in die Höhe.

»Ihr seid der Witz!«, brüllte er im Siegestaumel und schlug zu.

Farin rollte zur Seite weg und die Klinge des Fürsten schlug in losen Schutt.

»Na warte!«, knurrte Annbold und spuckte dabei den Schaum aus, der sich in seinen Mundwinkeln gesammelt hatte.

Farin hob sein Schwert, doch alles, was er noch in Händen hielt, war einen Griff mit einer abgebrochenen Klinge daran. Der Fürst lachte hämisch und holte weit aus.

Farin konnte ihm nichts mehr entgegensetzen. Er drehte den Kopf zur Seite und kniff, in Erwartung der scharfen Klinge, die Augen fest zusammen, da schrie Annbold wutentbrannt auf.

Ein Stein hatte ihn an der Schulter getroffen. Farin sah zur Prinzessin, die mit entschlossener Miene einen zweiten Gesteinsbrocken nach dem Fürsten warf. Annbold duckte sich weg, wurde am Arm getroffen und stolperte nach hinten. Farin richtete sich erwartungsvoll auf, als der Fürst beinahe durch eines der Löcher im Boden gefallen wäre. Doch im letzten Moment konnte er sich wieder fangen.

Farin nutzte seine Chance und sprang auf. Er wollte sich auf den Fürsten stürzen, doch der hob sein Schwert und richtete es auf die Brust des Prinzen. Farin hob die Hände.

»Nicht so voreilig, Jungchen!«, ermahnte Annbold ihn und drängte ihn mit erhobener Klinge zur Prinzessin. »Es ist doch immer dasselbe mit Euch, nicht wahr? Kaum wird es brenzlig, kommt von irgendwoher ein hübschen junges

Ding und rettet Euch den vornehmen Hintern. Aber diesmal nicht. Diesmal werdet Ihr Metall schmecken.«

Farin senkte seinen linken Arm, drehte die Hand nach außen und drängte die Prinzessin zurück. Mit seinem Körper bot er ihr Deckung. Mehr konnte er für den Moment nicht ausrichten.

Das Schwert des Fürsten legte sich ihm an die Kehle. Die Spitze grub sich langsam in sein Fleisch und Zufriedenheit blitzte in Annbolds Augen auf, als er das Blut sah, das in einem schmalen Rinnsal die Klinge hinunterlief.

Farin schluckte schwer. Die Klinge drückte ihm die Luft ab, doch er wollte ich vor Annbold keine Blöße geben. Er schmunzelte gelassen.

»Wie tapfer Eure Mutter gewesen sein muss, Euch zu ertragen, Annbold«, zischte er und fixierte Annbold mit festem Blick. »Andere Frauen hätten einen wie Euch im Brunnen ertränkt, kaum dass die Natur Eures Wesens ans Tageslicht getreten ist.«

Der Fürst beugte sich zu ihm vor, wobei seine Klinge noch tiefer in Farins Haut eindrang und ihm das Atmen beinahe unmöglich machte.

»Vielleicht war ich es ja, der sie ertränkte, ehe sie die Gelegenheit dazu hatte.«

Farin richtete sich ein Stück weit auf und beugte sich seinerseits näher an den Fürsten. Es fühlte sich an, als habe das scharfe Metall seinen Hals bereits bis zur Wirbelsäule durchbohrt.

»Dann lasst mich nachholen, was ihr nicht vergönnt war«, knurrte er durch zusammengebissene Zähne und rammte Annbold die gebrochene Klinge in die Seite.

Der Fürst riss die Augen weit auf, ließ sein Schwert fallen und stolperte rückwärts.

Farin schnappte nach Luft und presste sich die Finger auf die Kehle. Er sank auf die Knie und Prinzessin Malina ließ sich neben ihm nieder. Sie legte ihre Hände auf die seinen und versuchte, die Blutung zu stoppen.

»Ihr müsst das verbinden, mein Prinz«, erklärte sie ihm. »Die Wunde scheint tief zu sein.«

»Es geht schon«, hauchte er.

Sie sah zu Annbold, der vor ihnen zusammengebrochen war. Er röchelte leise, war aber schon nicht mehr bei Bewusstsein.

»Ist ... ist er ...?«, fragte Malina unsicher.

Er nickte und verzog vor Schmerzen das Gesicht.

»Ihr müsst Euch vor ihm nicht mehr fürchten, Prinzessin.«

Farin hatte genau gewusst, was er tat, als er ihm die Klinge zwischen die Rippen gerammt hatte. Der Stich war nicht tief, aber präzise und tödlich gewesen.

Malina riss sich den Ärmel ihres Kleides ab und presste ihn gegen Farins Verletzung.

»Ihr habt mir das Leben gerettet, Prinz Farin. Gäbe es doch nur mehr ehrbare Männer wie Euch.«

»Die gibt es sicher, nur vielleicht nicht im Dienste des schwarzen Königs.«

Er nahm ihr den Stofffetzen aus der Hand und richtete sich auf. Der Ärmel hatte sich bereits vollgesogen, doch die Wunde blutete schwächer.

»Ihr solltet Euch jetzt in Sicherheit bringen, Prinzessin. Nehmt den Weg durch den geheimen Garten und haltet Euch im Finsterwald von Schlingpflanzen fern.«

Sie schüttelte den Kopf. »Nein ... Nein, ich kann nicht gehen. Das hier ist mein Zuhause.«

»Schaut Euch um, Prinzessin. Es ist nicht mehr viel übrig von diesem Schloss und bald wird da nichts mehr sein, was man ein Zuhause nennen kann.«

Die Prinzessin richtete sich ebenfalls auf. Farin lief zur gebrochenen Außenmauer und ließ seinen Blick über den Innenhof schweifen.

»Ich kann Euch nicht überzeugen, mich zu begleiten?«, fragte sie unsicher.

Er schüttelte den Kopf. »Nein, ich gehe nicht. Nicht ohne Sinabell.«

Ein Ächzen im Gemäuer ließ ihn ein Stück zurückweichen.

»Vorsicht!«, rief die Prinzessin ihm zu, doch da brach bereits die Bodenplatte unter ihm weg.

Er rutschte nach vorne, wirbelte herum und bekam gerade noch den Rand der Öffnung zu greifen, ehe es ihn in die Tiefe riss.

»Nehmt meine Hand«, rief Malina.

Er griff nach oben, berührte ihre Fingerspitzen, als sich die Steine unter seiner Hand lösten und er fiel.

Es waren nur gut drei Meter. Dennoch war der Aufprall hart und trieb ihm die Luft aus der Lunge. Er hustete und rollte sich zur Seite.

»Geht es Euch gut?« Malina war bis zum Rand vorgekrochen und blickte auf ihn herab, dabei lösten sich weitere Steine unter ihren Händen und prasselten auf ihn herunter.

»Geht weg von dort!«, rief er ihr zu. »Bringt Euch in Sicherheit!«

Er rappelte sich auf und stolperte ein Stück weit in den Innenhof hinein.

»Prinz Farin!«, rief Malina ihm nach.

»Nun geht schon!« Er winkte auffordernd in die Richtung, aus der sie gekommen war, und lief dabei weiter in den Garten hinein.

»Aber Sinabell ist nicht ... Sie ist nicht dort unten«, schrie Malina.

Er drehte sich nun doch zu ihr um.

»Aber ich«, flüsterte ihm die Stimme einer Frau ins Ohr.

Er wollte herumwirbeln, doch schon legten sich ihre kalten Finger auf seine Wangen. Sie ließ eine Hand seinen Hals hinunter bis zu seiner Schulter gleiten, während sie ihn mit grazilen Schritten umrundete und mit ihrer zweiten Hand durch sein Haar fuhr.

»Oh, wie habe ich Euch vermisst, mein hübscher, mutiger Prinz«, säuselte die Drachenkönigin. »Ich hätte nicht gedacht, Euch je wiederzusehen!«

»Dasselbe kann ich von Euch behaupten, Herrin der Drachen.«

»Allein, wie Ihr das sagt! Solch eine Ehrerbietung, solch ein Edelmut. Da könnte der König dieser Bruchbude sich eine Scheibe von abschneiden! Wie war das Wort noch gleich? Ach, ich glaube, es war Drachendirne. So hat er mich genannt. Nett, nicht wahr?«

»Es gebührt nicht Eurem Stand«, stimmte der Prinz zu.

»Ja, genau so sehe ich das auch! Es war ungebührlich. Dabei kam ich in Frieden!« Sie hob unschuldig die Arme und Schultern und ein schelmisches Lächeln umspielte ihre Lippen. »Ich wollte bloß reden, aber er konnte es nicht dabei belassen. Er musste gleich ausfallend werden, also habe ich meine großen Brüder gerufen. Das hättet Ihr doch auch getan, nicht wahr, mein Prinz? Oh, Ihr braucht Euch vor mir nicht zu verstellen, ich weiß alles, was die gute Sinabell auch wusste. Euer großer Bruder war der wahre Held in Eurer Familie und sicher hättet Ihr ihn auch um Hilfe gebeten, wenn er noch am Leben wäre. Nun verschanzt sich der König in seinem Thronsaal und meine lieben Brüder und Schwestern haben ihren Spaß.«

»Ihr sprecht von Sinabell. Wisst Ihr, wo sie ist?«

Sie schürzte die Lippen und legte ihm ihren Zeigefinger unter das Kinn. »Ihr seid so süß. Verliebt bis über beide Ohren. Aber nein, ich weiß nicht, wo Euer Liebchen ist. Vielleicht hat der König sie hängen lassen? Wie ein Fähnchen im Wind würde ihr dürrer Körper am Strick baumeln. Ein schöner Anblick wäre das, nicht wahr? Wenn der König sie aufgeknüpft hat, würde ich an Eurer Stelle hinter dem Schloss in den Gossen suchen. Dort baumelt sie ja vielleicht noch am Strick.«

Farin biss die Zähne zusammen. Er durfte die Drachenkönigin nicht reizen. Zu schmal war der Grat, auf dem er wanderte. Doch alles in ihm drängte danach, ihr für diese Worte eine Ohrfeige zu verpassen. Seine Hände ballten sich zu Fäusten.

»Ich denke nicht, dass ich sie dort finden werde«, antwortete er ihr schließlich verkniffen.

»Dann fragen wir doch eine ihrer Schwestern!«

Farin sah unauffällig an der Drachenfrau vorbei. Malina war noch immer dort oben im Gang. Sie versteckte sich zwar hinter der Mauer, doch selbst er konnte sie sehen. Für die Herrin der Drachen wäre es sicher ein Leichtes, die Steine, die ihr Schutz boten, herauszureißen wie ein Stück Papier aus einem Buch.

Doch die Drachenfrau machte keine Anstalten, sich zu Malina umzudrehen. Stattdessen lief sie an Farin vorbei in den Garten hinein.

»Kommt mit, mein Prinz!«, forderte sie ihn auf.

Noch einmal gestikulierte er Malina zu verschwinden und folgte dann der Drachenkönigin.

Sie führte ihn an stattlichen Kastanienbäumen vorbei bis zu ihrem Hort. Ihm stockte der Atem, als er die aufgehäuften Leichen sah.

Es mussten dutzende, nein hunderte Männer sein. Der Geruch von verbranntem Fleisch stieg ihm in die Nase. Einige wahllos dahingeworfene Glieder, blutig und schwarz verkohlt, säumten den Weg zu dem Nest, das die Drachenkönigin sich aus den Überresten der Palastwachen gebaut hatte.

In einer Ecke hockten die zwei jüngsten der Prinzessinnen. Ihre Kleider waren zerrupft, ihr Haar zerzaust, Ruß bedeckte ihre zitternden Körper.

»Nennen wir sie mal meine Spielgefährtinnen«, stellte die Drachenkönigin die beiden vor und deutete mit einer ausholenden Geste auf sie. »Ursprünglich waren sie meine Geiseln, aber ihre Anwesenheit hat den werten König nicht davon abgehalten, mehr und mehr seiner Mannen auf mich zu hetzen. Es scheint mir fast so, als wollte er, dass ich sie mit Haut und Haaren verschlinge. Aber seien wir ehrlich, an denen ist doch nichts dran!«

»Ihr seid gnädig, Drachenkönigin. Das steht Euch gut.«

Die Herrin der Drachen schmunzelte.

»Ihr wollt mich nur dazu bringen, sie weiterhin zu verschonen. Kein schlechter Versuch.« Sie wandte sich an die beiden verängstigten Schwestern. »Nun, Prinz Farin sucht nach Eurer Schwester Sinabell. Könnt ihr ihm sagen, wo sie ist?«

»Ja ... Ja«, stotterte die eine. Die andere zog ihr am Arm.

»Wir können es ihm zeigen«, verbesserte sie ihre Schwester.

»Ja, wir bringen Euch zu ihr!«

»Mir soll es recht sein«, sagte die Drachenfrau abwinkend und wandte sich von den Schwestern ab und wieder Farin zu.

»Ich habe hier auch ohne die beiden meinen Spaß.«

***

Die Zwillinge führten ihn durch den Garten. Den Drachenhort hatten sie bereits hinter sich gelassen und auch der Geruch nach verbranntem Fleisch war nichts mehr als eine ferne Ahnung.

»Ihr macht gemeinsame Sache mit den Drachen!«, warf Firinya ihm vor, kaum dass sie aus der Hörweite der Drachenkönigin waren. »Das hätte man sich ja denken können!«

Evalia musterte ihn abfällig. »Ihr seid ein ganz undankbarer Schnösel! Vater hat Euch am Leben gelassen, hat Euch die Hand seiner Tochter versprochen und Ihr betrügt ihn nach Strich und Faden!«

»Wenn ihr das so sehen wollt, dann sei es euch frei, doch jetzt führt mich zu Eurer Schwester«, verlangte Farin und drängte die beiden weiter voran.

Firinya schlug ihm die Hand weg, die er ihr auf den Arm gelegt hatte.

»Fasst mich nicht an«, zischte sie.

»Es geschieht Euch ganz recht!«, höhnte Evalia und deutete vor sich.

Beide Mädchen verschränkten die Arme vor der Brust und grinsten breit. Farin schob sich an ihnen vorbei. Fast unmerklich schüttelte er den Kopf.

»Nein ... sie ist ...«, murmelte er.

Vor ihm lag eine Gruft. Sie war Bestandteil und Mittelpunkt des Innenhofes, wurde von mächtigen Trauerweiden umrahmt und trug das Wappen des Königshauses von Alldewa.

»Sie hat sich umgebracht«, höhnte Evalia. »Am Ende war sie genauso feige wie ihr über alles geliebter Prinz.«

Farin senkte den Blick und ballte seine Hände zu Fäusten. Er konnte es nicht glauben. Nun verlor er sie schon zum zweiten Mal.

»Ich will sie sehen«, murmelte er.

»Glaubt Ihr uns etwa nicht? Geht ruhig und überzeugt Euch davon, dass sie mausetot ist.«

Er sah zu den Schwestern und war sich nicht sicher, ob sie die Wahrheit sprachen oder nicht. Er konnte ihnen nicht trauen, keiner von ihnen. Die eine Schwester hatte ihn hierhergeschickt – oder hatte sie ihn nicht vielmehr zur Drachenfrau schicken wollen? –, die andere Schwester hatte ihm zugerufen, dass Sinabell nicht hier wäre, und diese beiden wollten ihm nun weismachen, dass Sinabell zwar hier, aber nicht mehr am Leben war. Er musste es mit eigenen Augen sehen – nur so konnte er sicher sein.

Er lief langsamen Schrittes zum Eingang der Gruft. Eine schwere Steintafel versperrte dort den Weg und er musste sich mit aller Kraft dagegenstemmen, um sie aufschieben zu können. Und dort lag sie.

Der Sarg, schlicht, aus dunklem Kirschholz gearbeitet, war offen. Sinabell lag ganz friedlich auf purpurnen Kissen, trug ein einfaches Kleid aus weißer Spitze und eine Krone im Haar. Er strich ihr über die Wangen, berührte ihre Lippen. Es war beinahe, als würde sie bloß schlafen, wäre sie nur nicht so kalt, ihre Lippen nicht so blau, ihre Haut nicht so blass.

Farin fiel auf die Knie. Sein Atem ging schneller, seine Brust verengte sich. Tränen tropften auf den Steinboden vor ihm und er klammerte sich fest an den Sarg, als wäre dieser Halt alles, was ihn davon abhalten konnte, in tausend Teile zu zerspringen.

Er hatte sie geliebt. Oh, wie sehr er sie doch geliebt hatte. Und er tat es noch, er würde es immer tun und nichts, nichts konnte den Schmerz lindern, der sein Herz zerbersten ließ.

Er schrie. So laut er konnte, schrie er seine Wut in die Gemäuer der düsteren Gruft hinein und auch das half ihm nichts, nahm keinen Funken des Leids von ihm, füllte nicht die Leere, die sich in ihm ausbreitete, und konnte ihm keinen Trost schenken.

Schatten legten sich über ihn und er brauchte lange, um zu begreifen, dass es die Tür war, die sich schloss. Die Schwestern schoben sie zu.

Er kam auf die Füße und stolperte zurück zum Ausgang, doch ehe er ihn erreichen konnte, verschwand der letzte Streifen Licht, der sich durch den Türspalt gekämpft hatte. Farin schlug seine Fäuste gegen den Stein.

»Ihr elenden Miststücke!«, schrie er und stemmte sich gegen die Tür.

Sie rührte sich nicht. Es musste eine Sperre geben, irgendeine Art Schließe, mit der die Schwestern die Tür verriegelt hatten. Und wenn er Glück hatte, konnte man diesen Mechanismus auch von innen betätigen.

Er trat einen Schritt von der Steinplatte zurück. Es war stockdunkel, also musste er die Wände mit seinen Händen absuchen. Er ließ seine Finger in jede Ritze und jeden Winkel gleiten, suchte die Ornamente und Statuen neben der Tür ab, doch da war nichts zu finden. Nichts bis auf ein winziges Loch, in das nicht einmal sein kleiner Finger passte.

Erschöpft sank er zu Boden.

Wozu machte er sich überhaupt diese Mühe? Er konnte ebenso hierbleiben. Die Rache, die er gesucht hatte, nahm nun die Drachenkönigin, und was gab es außerhalb dieser Gruft für ihn schon außer Elend und Leid?

Er raffte sich auf, lief zurück zu Sinabell und ergriff ihre Hände. Sie beide wären ohnehin nie glücklich geworden. Was hätten sie schon für ein Leben führen können? Hin- und hergerissen zwischen seiner verbitterten Mutter und ihrem herrschsüchtigen Vater.

Sanft küsste er ihre Finger, umfasste sie fest mit den Händen und wischte mit seinem Daumen die Tränen weg, die auf sie heruntertropften. Da ertastete er etwas unter Sinabells gefalteten Händen. Etwas Schmales, Langes, aus Metall. Das eine Ende spitz zulaufend, das andere mit einem Schmuckstück verziert.

Es musste eine Haarnadel sein. Wieso hatte man ihr die mit ins Grab gelegt? War es ein Erbstück? Ihr liebstes Schmuckteil? Was auch immer es für sie gewesen war, für ihn könnte es der Ausweg sein.

Er nahm sie an sich, ging zurück zur Tür und suchte das schmale Loch. Die Haarnadel passte hinein, als wäre sie für eben diesen Zweck gegossen worden. Ein Klicken ertönte, gefolgt von einem lauten Rattern. Farin schob die Nadel in seinen Gürtel und stemmte sich gegen die Steinplatte.

Sie gab nach, ließ sich aufschieben und er trat ins Freie.

Die Zwillinge hatten sich längst aus dem Staub gemacht. Eigentlich konnte er es ihnen nicht verdenken. Sie hatten nur versucht, ihr Leben zu retten.

Über seinen Köpfen schrien die Drachen. Sie zogen ihre Kreise gleich gieriger Aasgeier in Erwartung einer reichen Mahlzeit. Einer von ihnen löste sich aus der Formation. Er hatte Farin erspäht, reckte den Kopf in die Höhe und ließ sich dann nach unten fallen wie ein Stein.

Farin stolperte rückwärts und schlug mit dem Rücken gegen die Wand. Der Drache prallte auf dem Boden auf, vergrub seine Pranken tief im Grund und riss in einem laut tosenden Schrei sein Maul auf. Er entblößte blutig verschmierte Fangzähne, so lang wie Farins Oberarme, und als er näher kam, zertrampelte er Büsche und Sträucher, als wären sie Laub.

Im Reflex tastete Farin nach seinem Schwert und fand bloß die Haarnadel. Lächerlich zu glauben, er könne sich damit zur Wehr setzen.

Noch einmal schrie die Bestie auf, breitete ihre mächtigen Schwingen aus und Farin nutzte die Lücke, die sich dabei auftat, und rannte an ihm vorbei.

Hinter ihm riss der Drache Bäume samt Wurzeln aus dem Boden. Einer von ihnen flog dicht über Farins Kopf hinweg und schlug direkt vor ihm auf. Er bremste ab, schlitterte und geriet dabei mit dem Fuß unter den Stamm der Trauerweide. Er zerrte daran, während der Drache sich in die Lüfte schwang und sich erneut auf ihn herabstürzen wollte.

Weiter zog und zerrte Farin an seinem eingeklemmten Fuß und schrie auf, als sich das Holz des Baumes fester gegen seinen Knöchel presste. Ein zweiter Drache hatte seine Pranken in den Stamm geschlagen und drückte ihn mit seinem Gewicht nieder.

Für einen Moment glaubte er, es wäre die Drachenkönigin, die ihm zu Hilfe kam, doch es war ein Feuerdrache, der dem zweiten Angreifer seinen Odem entgegenspie.

Die Klauen der Bestie schraubten sich fester um das Holz, es splitterte laut krachend und endlich bekam Farin seinen Fuß frei.

Sofort rannte er los, während sich die Drachen in seinem Rücken einen erbitterten Kampf lieferten. Er rannte zur erstbesten Tür, die ihn aus dem Innenhof führte und schlug sie hinter sich zu.

Es war Zeit zu gehen, von hier zu verschwinden. Sollten sich doch die Drachen um die Überreste dieses verkommenen Landes balgen, sollte die Drachenkönigin es an sich reißen, es war ihm einerlei. Seine Hand glitt zu der Haarnadel an seinem Gürtel. Es gab nichts mehr, was ihn hier hielt.

* * *

Sein Weg führte ihn ausgerechnet am Thronsaal vorbei und das konnte nichts weiter als ein makabrer Scherz sein. Wenn er eine Waffe gehabt hätte, wäre er hineingestürmt und hätte den König zum Duell gefordert. Doch er war unbewaffnet, erschöpft und Rache war nicht mehr das, was ihn führte.

Er drehte dem Thronsaal den Rücken zu und lief zum Ausgang. Die Wachen, die den König hätten beschützen sollen, waren den Drachen zum Opfer gefallen. Sie lagen überall verstreut am Boden und Barrikaden aus

Stühlen, Tischen und Bänken, an allen Zugängen zum Foyer, waren aufgebrochen worden. Als Farin das schief in den Angeln hängende Eingangstor erreichte, blieb sein Blick an einem der Schwerter hängen, dessen Griff noch von der leblosen Hand seines einstigen Besitzers umklammert wurde.

Er warf einen Blick zurück zum Thronsaal. Auch dort lagen die Männer tot neben dem Durchgang. Stimmen waren zu hören und es war nicht die des Königs, die sprach.

»Das wackelige Bündnis zwischen Menschen und Drachen ist gebrochen«, sprach die Drachenkönigin. »Ihr könnt nicht leugnen, dass Ihr einen Menschen schicktet, einen der Unseren zu töten. Wir werden es dem Menschenvolk um ein Vielfaches vergelten. Alldewa war erst der Anfang.«

Farin ergriff das Schwert und lief zum Thronsaal. Er stieß die Tür auf und zog die Aufmerksamkeit der Herrin der Drachen und des Königs auf sich.

»Das könnt Ihr nicht tun!«, warf er ihr entgegen.

Die Drachenfrau legte den Kopf schief. »Was kann ich nicht tun? Mir nehmen, was mir zusteht? Jahrhunderte haben die Drachen im Verborgenen gelebt, haben sich von Kühen und Schafen ernährt. Nun ist unsere Ära angebrochen. Das Zeitalter der Drachen. Du, mein junger, tapferer Prinz, warst bloß eine Schachfigur in diesem unterhaltsamen, kleinen Tänzchen. Der König war es, der das Spiel eröffnete, indem er dir die Aufgabe stellte, einen Drachen zu töten, und nun bin ich am Zug.«

»Ihr habt Eure Rache gehabt, Herrin der Drachen. Zieht nicht weitere unschuldige Menschen und Länder in diesen Zwist!«

»Misch du dich da nicht ein!«, blaffte König Agass ihn an. »Du hast schon genug angerichtet. Reicht es dir nicht, dass du meine Tochter in den Tod getrieben hast?«

Farin hob sein Schwert und richtete es auf den König.

»Wagt es ja nicht, über Sinabell zu reden!«, zischte er.

Die Drachenkönigin trat ein Stück zurück. »Mir scheint, ihr habt einiges zu klären. Da will ich nicht im Wege stehen.«

Auch der König zog sein Schwert.

»Darauf warte ich schon sehr lange«, geiferte er.

Farin wollte nicht kämpfen, doch die Drachenkönigin bot ihm Agass auf einem Silbertablett und es fiel ihm schwer, dem zu widerstehen.

Er war der Mann, der Sinabell auf dem Gewissen hatte, er hatte Farins Vater geköpft und auch die Männer befehligt, die seinen Bruder getötet hatten.

Dennoch ließ der Prinz das Schwert sinken. »Nein, das kann nicht der richtige Weg sein.«

Der König grinste. »Feige, wie schon dein Vater!«

Er hob sein Schwert und stürmte auf Farin zu. Der hob selbst seine Klinge und wehrte den Angriff des Königs ab, rutschte dabei über das glatte Parkett der Tanzfläche und wäre beinahe gestürzt. Agass ließ weitere Hiebe folgen und Farin konnte nur parieren und ausweichen.

Mit dem Rücken schlug er gegen eine der Säulen, duckte sich unter dem nächsten Schlag des Königs weg und die Klinge hinterließ eine tiefe Kerbe im Stein, dicht über Farins Kopf. Er flüchtete sich hinter die Säule.

»Lauf nur weg, du Feigling. Das hat auch dein Vater getan und es hat ihm doch nichts genutzt!«

»Sprecht nicht so über meinen Vater!«, schrie Farin und stürzte voran.

Der König parierte seinen Schlag und stieß ihn von sich.

»Feige und schwach!«, höhnte er und schwang sein Schwert.

»Und Ihr seid überheblich!«, entgegnete Farin, wich einem weiteren Hieb aus, warf sich auf den Boden und trat dem König den Fuß weg.

»Jetzt hast du ihn am Boden«, rief die Drachenkönigin ihm zu, als der Prinz sein Schwert hob. »Bring es zu Ende!«

Farin wich zurück.

»Nein, nicht so«, murmelte er und noch bevor er seinen Satz beenden konnte, stand der König wieder aufrecht.

»Du hättest auf die Drachendirne hören sollen!«, warf der König ihm entgegen. »Ein zweites Mal wirst du so eine Chance nicht bekommen! Gib zu, dass du ein miserabler Schwertkämpfer bist, ein Feigling und schwacher Charakter und ich werde es kurz und schmerzlos für dich machen.«

»Ich werde nichts dergleichen zugeben«, zischte Farin.

»Dann leide!«

Farin hob sein Schwert und der König schlug seine Klinge so heftig dagegen, dass er strauchelte. Wieder und wieder schlug er auf ihn ein, bis Farin auf die Knie fiel und seine zweite Hand an die Klinge legen musste, um die Wucht der Schläge abzufangen. Das scharfe Metall schnitt sich tief in sein Fleisch.

Lange konnte er das nicht mehr durchhalten und schließlich musste er das auch nicht. Der König schwang seine Klinge und führte seinen nächsten Hieb von unten aus. Er schlug Farin das Schwert mit solch einer Wucht aus der Hand, dass es von ihm weggeschleudert wurde. Er fiel nach hinten und musste sich mit den Ellbogen abfangen.

Farin wusste, dass er von der Drachenkönigin keine Hilfe erwarten konnte. Er hatte sie einmal mit seiner Tapferkeit beeindruckt, aber gewiss nicht mit seinem Können. Dieser Kampf hier war sicher nichts, worauf er stolz sein konnte, nichts, was der Herrin der Drachen imponieren konnte und was sie veranlassen würde, sich auf seine Seite zu stellen.

Der Schatten des Königs legte sich über ihn und sein Körper ragte über ihm auf, vor dem Glasdach des Thronsaals bloß als Silhouette zu erkennen.

»Mag sein, dass ich mein Königsreich an die Drachen verliere, doch vor meinem Untergang wirst du dein Leben verlieren.«

Ein Klatschen hallte durch die Halle.

»Beeindruckende Ansprache, Agass!«, lobte die Drachenkönigin. »Vielleicht werden wir uns am Ende doch noch einig.«

Farin nutzte die Ablenkung für sich und rollte zur Seite. In dem Moment, als er nach seinem Schwert greifen wollte, brach über ihm das Glasdach.

Er zog schützend die Arme vor sein Gesicht, als die Bruchstücke auf ihn niederrieselten wie Schnee. Und in den fallenden Scherben, in den sich darin fangenden Sonnenstrahlen und im Klirren der berstenden Splitter dröhnten ohrenbetäubend laut drei einfache Worte.

»Es ist genug!«

Der König wirbelte herum. Das Einhorn stand im Eingang des Thronsaals und schritt über den Teppich aus Glas. Kein Knirschen war zu hören, kein

Splitter brach unter den Hufen des Einhorns, als es sich langsam dem König näherte.

»Schaut an, wer wieder da ist«, lachte die Drachenfrau auf.

»Geh, Königin der Drachen«, verlangte das Einhorn. »Du hast deinen Spaß gehabt, nun kehre zurück in dein Reich.«

»Das Spiel ist noch nicht vorbei«, widersprach sie. »Es hat gerade erst begonnen.«

»Nein, du irrst. Dies hier ist der letzte Akt.«

Die Drachenkönigin ging auf das Einhorn zu und musterte es skeptisch.

»Haben meine Worte dich am Ende doch überzeugt?«, fragte sie.

Das Einhorn schwieg und die Drachenfrau entgegnete dem mit einem Lächeln.

»Vielleicht hast du Recht. Ich habe genug Spaß gehabt.« Sie wandte sich Farin und dem König zu. »Das Bündnis steht. Vorerst.«

Sie breitete ihre Schwingen aus und erhob sich in die Lüfte.

»Du hast ihr Herz erweicht, das weißt du?«, fragte das Einhorn Farin. »Andernfalls hätte sie niemals einen Rückzieher gemacht.«

Taumelnd kam König Agass auf das Einhorn zu.

»Du!«, knurrte er und bedrohte es mit seinem Schwert. »Ich habe dich einmal eingesperrt, ich werde es wieder tun! Hättest du dich nicht eingemischt, wäre dieser Bastard längst tot und die Drachendirne hätte ein neues Bündnis mit mir geschmiedet. Du hast es mir verdorben!«

Lange sah das Einhorn den wütend schnaubenden König an, umkreiste ihn, wie er mit erhobener Klinge und schief sitzender Krone in der Mitte seines zerstörten Thronsaals stand und giftige Worte ausspuckte. »Ich werde mit euch beiden kurzen Prozess machen und eure Kadaver den Ratten zum Fraß vorwerfen!«

»Ihr habt keine Macht, König Agass«, sprach das Einhorn ruhig und unberührt von dessen Wut. »Ihr hattet sie nie. Nicht über mich, nicht über Eure Tochter oder den Prinzen, den Ihr so unbedingt tot sehen wollt.«

»Ach ja? Und warum habe ich dich dann all die Jahre gefangen halten können?«, fragte der König. »Und schau dir deinen tapferen Prinzen an. Kniet auf dem Boden und zittert vor Angst.«

»Ihr habt Angst«, erklärte das Einhorn.

Der König warf sich voran und das Einhorn wich ihm mit Leichtigkeit aus.

»Angst vor jenen, die Eure Lügen durchschauen, die Eure wahre Natur erkennen und sich vor Euch nicht fürchten. Euer Reich ist gefallen und das alles verdankt Ihr Eurem eigen Fleisch und Blut. Bei all den Grausamkeiten, die Ihr über Euer Volk, Euer Reich und die Menschheit gebracht habt, konntet Ihr das reine Herz Eurer Tochter nicht verderben.«

König Agass' Lippen bebten, die Adern an seiner Stirn pochten wild und die Wut funkelte in seinen Augen. Grölend stürzte er ein weiteres Mal auf das Einhorn zu. Auch diesmal wich es aus, parierte seinen Schwertschlag mit dem Horn und entwaffnete ihn.

Agass stolperte rückwärts und sah sich Hilfe suchend um. Das gesenkte Horn des Einhorns funkelte in der Sonne wie eine Klinge, richtete sich direkt auf den König und ließ ihn zurückweichen.

»Ihr habt keine Macht über mich, Agass. Ihr hattet sie noch nie.«

Über die Scherben rutschend fiel der König zu Boden, rappelte sich wieder auf und rannte zu seinem Thron.

»Bleib fern von mir, du verfluchtes Ding«, brüllte er.

»Danke«, flüsterte Farin verhalten und zog sich auf die Beine.

Das Einhorn sah ihn an. Es schmerzte Farin, sich bei ihm zu bedanken, wo es doch Schuld an Sinabells Tod trug. Doch es war zurückgekehrt und das wog viel.

»Ihr braucht euch nicht bei mir zu bedanken«, sprach das Einhorn. »Am Ende, mein Prinz, wart Ihr das Bett und ich folgte Eurem Pfad. Ein Teil von mir liebt Euch – liebt Euch mehr als die Freiheit selbst.«

»Du hast nicht gelogen, nicht wahr?«, fragte er und hoffte und betete, dass er richtig lag. »Sie lebt in dir weiter. Sinabell ist nicht wirklich tot und als Teil eines Einhorns wird sie ewig leben. So ist es doch, oder?«

»Nein«, widersprach das Einhorn. »Das kann sie nicht. Sie ist menschlich und sie wird vergehen.«

Er nickte einsichtig. Er musste es wohl hinnehmen, dass sie nicht mehr war und bloß ein Nachklang von ihr im Herzen des Einhorns glomm, so wie sie die Drachenkönigin und auch die Fee geprägt hatte.

»Dann danke ich dir für deine Hilfe.«

Er sah zu dem König, der sich hinter seinem Thron versteckte und sicher nur darauf wartete, dass das Einhorn ebenso schnell wieder verschwand, wie es gekommen war.

»Ich denke, ich komme mit ihm zurecht.«

»Nichts wiegt mehr in diesem Land als das Wort«, sprach das Einhorn. »Und das gilt selbst für den König. So ist es doch, Agass?!«

Der alte Mann, noch immer vor Wut kochend, richtete sich auf. »So ist es«, knurrte er.

»Ihr habt Eure letzte Aufgabe noch nicht erfüllt«, sagte das Einhorn an Farin gerichtet.

»Das brauche ich auch nicht. Es ist doch zwecklos eine Aufgabe zu erfüllen, wenn es nichts zu erringen, nichts zu gewinnen gibt und diese letzte brächte mir nicht einmal Ruhm und Ehre.«

»Der König versprach Euch die Hand seiner Tochter.«

Das Einhorn trat an Farin heran und senkte das Horn. Er wich zurück, als es ihm so nahekam, dass er es hätte berühren können. Er wagte es nicht.

Ein Strahlen erfüllte das Horn, tauchte das ganze Wesen in reines Licht und ließ seine Form verschwimmen. Zögerlich hob Farin nun doch die Hand und berührte das Horn. Wie Kristall und wie Wasser zugleich fühlte es sich an. So rein, so makellos, wie nichts auf der Welt sein konnte bis auf pure, unberührte Magie.

Das Strahlen erlosch, Farin sah auf und ihm gegenüber stand Sinabell. Das Horn, das er in der Hand hielt, fiel klirrend zu Boden.

Tränen erfüllten ihre Augen und sie lächelte. Sein Herz blieb stehen, die Zeit, die Luft, alles hielt inne, als er sie ansah. Sie hob die Hände und er fiel ihr in die Arme, zog sie dicht an sich heran und küsste sie.

Ihre Wärme erfüllte ihn, ihr Herzschlag hallte in ihm wider. Er hatte sie zurück, konnte sie berühren, sie spüren.

»Du lebst«, hauchte er und konnte es selbst nicht glauben. »Oh Himmel, du lebst!«

»Sina?« Malina kam durch eine Seitentür und rannte auf sie zu, als Sinabell sich zu ihr umdrehte.

Sie umarmte ihre Schwester und küsste sie auf die Stirn.

»Wie kann das sein? Ich habe deinen leblosen Körper gesehen.«

»Das Einhorn«, erklärte Farin schlicht.

»Nun denn«, sprach der König und räusperte sich. »Du hast tatsächlich die letzte Aufgabe erfüllt. Nun können wir wohl bald eine Doppelhochzeit feiern.«

»Wohl kaum«, presste Malina hervor. »Annbold ist tot.«

»Das ... ist bedauerlich.«

Malina atmete tief durch und hob ihr Kinn. »Das ist es ganz gewiss nicht. Er war ein Schwein! Ein ekelhaftes, anbiederndes, feiges Schwein!«

»Malina! Hüte deine Zunge!«, ermahnte der König sie.

»Schweigt still, Agass«, verlangte Farin und nahm sein Schwert auf, während Sinabell das kristallene Horn an sich nahm.

»Ihr habt hier nichts mehr zu befehlen, Vater«, erklärte Sinabell bestimmt. »Nicht nach allem, was geschehen ist.«

»Das kannst du wohl kaum entscheiden.«

»Wachen!«, rief Malina.

»Was habt ihr vor?«, fragte der König lachend und doch mit einem Zittern in der Stimme. »Meine Untergebenen werden sicher keinen Befehl von einem Kind annehmen.«

Durch die Seitentür traten zwei Palastwachen und sahen sich um. Sie sahen Farin, Sinabell und das Horn, das sie in Händen hielt und ganz schnell waren sie sich sicher, wem ihre Loyalität gehörte.

»Ergreift ihn!«, verlangte Malina und deutete auf den König.

»Das wagt ihr nicht«, rief der noch und wurde schon von seinen eigenen Männern gepackt und fortgeschleift.

»Das werdet ihr noch bereuen.« Was er danach schrie, wurde von der Weite des Schlosses verschluckt.

»Was wird mit ihm geschehen?«, fragte Farin.

Sinabell sah ihrem Vater nach. »Sollen sie ihn in den Kerker sperren oder in den Sündenturm. Es ist mir gleich. Aber was ist mit Kirali und den Zwillingen?«

»Kirali habe ich mit einem der Bogenschützen fortgeschickt. Aber zu ihrem Verlobten wird sie sicher nicht mehr zurückkehren wollen. Er hat sich davongemacht, als die Drachen kamen.«

»Und die Zwillinge hocken irgendwo in einer Ecke und zittern«, meinte Malina. »Ich habe sie vorhin noch gesehen. Was willst du mit ihnen machen? Sie haben dich schließlich hintergangen.«

Sinabell sah zu Farin und lächelte. »Schicken wir sie doch zu Königin Ramiria. Sie sollen ihr als Zimmermädchen dienen und etwas Demut lernen.«

Farin erwiderte ihr Lächeln und strich ihr über die Wange. »Du wirst eine weise und gütige Königin werden.«

»Solange du an meiner Seite bist, werde ich das ganz gewiss.«

Sie legte ihren Kopf an seine Brust. Er umschlang ihren zarten Körper mit seinen Armen und wollte sie nie mehr loslassen, sie nie wieder verlieren oder auch nur einen Augenblick sein, ohne den Gleichklang ihrer beider Herzen vernehmen zu können.

Ende

Die Melodie in deinem Herzen,
Gefangen in der Dunkelheit.
Der Klang der Freiheit, stumme Schmerzen,
Ein letzter Wunsch, in Einsamkeit.

Das, was du zu tragen hast,
Dafür, dass du in Freiheit bist,
Es sind der Ketten schwere Last,
Denn Freiheit lebt, wo Liebe ist.

Danksagung

Mein Dank geht an Rebecca für ihre Hilfe, Unterstützung und ihren Beistand – für all die Zeit, die sie geopfert hat, und dafür, dass sie stets zuverlässig, fleißig und gewissenhaft war.

Gemeinsam haben wir mit Sen, Erriel und Saymon, mit Sinabell und so vielen anderen gelacht, geweint und gelitten.

Durch dich wurden meine Welten lebendig.

Nicht genug bekommen?

Leseprobe aus »Being Beastly. Der Fluch der Schönheit« von Jennifer Alice Jager

E-Book 3,99 €
ISBN 978-3-646-60256-2

Wenn Schönheit auf Grauen trifft und Furcht zu Liebe wird ...

Als die schöne Valeria erfährt, wen sie heiraten soll, ist ihr wohlbehütetes Leben auf einen Schlag vorbei. Um den jungen Grafen Westwood ranken sich Schauergeschichten von einem Fluch und ihr neues Heim gleicht eher einer Ruine als einem herrschaftlichen Herrenhaus. Auch Westwood selbst benimmt sich ihr gegenüber mehr wie ein eiskaltes Biest und nicht wie der Mann von Stand, der er eigentlich sein sollte. Doch dann stößt Valeria in einem verstaubten Raum auf magische Windlichter, die jedes für sich ein Geheimnis bergen. Sie zeigen Valeria einen ganz anderen Grafen, voller Freundlichkeit und Güte ...

Die Schönheit

Sanft fuhr die Bürste durch ihr rot glänzendes Haar. Wie jeden Abend saß Valeria im langen Nachtgewand am Schminktisch vor dem Spiegel. Hinter ihr stand ihre Mutter Alannah und vor sich sah sie ihr eigenes Antlitz, das sie sanft anlächelte.

»Perfekt«, flüsterte ihre Mutter und strich ihr ein weiteres Mal durchs Haar. »Jeder deiner Züge, dein Blick. Du bist wahrlich die Schönste.«

Valerias Lächeln wurde ein klein wenig breiter. Sie wusste, dass man ihr nachsagte, sie wäre das schönste Mädchen in ganz Monaghan, denn sie bekam es tagtäglich zu spüren.

Es war ein Segen wie eine Last zugleich und dass ihre Mutter in ihr nichts weiter sah als ein hübsches Gesicht, das glatte feuerrote Haar und die wohlgeformten Wölbungen ihres Körpers, machte es nicht leichter.

Dennoch lächelte sie und bedankte sich für die netten Worte. So hatte sie es gelernt. Immer höflich bleiben, freundlich und umsichtig. Das stand ihr gut zu Gesicht und gehörte sich für eine Dame von Stand.

»Morgen wird sich das alles auszahlen, mein Liebchen«, versprach ihre Mutter. »Du wirst vor den König treten, er wird einen Blick auf dich werfen und das wird genügen, um zu wissen, wo du hingehörst.«

»Ja Mutter, so wird es sein.«

Noch immer lächelte sie sanft und ließ sich nicht anmerken, wie aufgeregt sie tatsächlich war. Morgen war ihr sechzehnter Geburtstag und wie jedes Mädchen in diesem Alter würde sie sich dem König präsentieren, er würde sie fragen, ob sie noch frei und ungebunden wäre und natürlich würde sie mit Ja antworten. Dann käme der Moment, auf den sie ihr Leben lang hingearbeitet hatte. Für diesen einen Tag hatte sie stets auf alles verzichtet. Auf Naschereien, ungezügelte Spiele, Reiten und Sonnentage. Und endlich würde sich das alles bezahlt machen.

»Nun ab ins Bett!«, forderte ihre Mutter sie auf und Valeria erhob sich so hastig, dass die Haarbürste zu Boden fiel.

»Nicht so stürmisch«, ermahnte Alannah.

»Verzeih, Mutter. Ich bin nur so aufgeregt.«

Sie huschte zum Bett und schlüpfte unter die weiße Daunendecke.

»Das ist verständlich«, räumte ihre Mutter wohlwollend ein. »Schon bald wirst du nicht mehr von mir, sondern von einer Zofe zugedeckt werden.«

Sie strich die Decke glatt und gab ihrer Tochter einen Kuss auf die Stirn.

Alannah selbst war ebenfalls eine recht hübsche Frau. Sie sah jung aus für ihr Alter, hatte feines blondes Haar, blaue Augen und hohe Wangenknochen. Dennoch hatte sie wider Erwarten nicht über ihren Stand geheiratet. Ebenso wie ihre Tochter hatte sie eine arrangierte Ehe angestrebt und auf alles verzichtet. Doch es kam anders als gewünscht und so setzte sie nun alle Hoffnungen in ihre einzige Tochter.

»Und jetzt schlaf gut.«

Sie nahm die Kerze vom Nachttisch und löschte diese, als sie die Zimmertür erreichte.

Valeria blieb allein im Dunkeln zurück und natürlich bekam sie kein Auge zu. Die ganze Nacht über lag sie wach und spürte, wie ihr Nacken immer steifer wurde. Sie wagte es nicht sich hin und her zu wälzen. Nicht auszudenken, wenn ihr Haar am morgigen Tag verknotet wäre.

Als dann die Vögel vor ihrem Fenster zu zwitschern begannen und die Sonnenstrahlen des anbrechenden Tages ihre Nase kitzelten, richtete sie sich schwerfällig auf und reckte ihre steifen Glieder.

Ein Geräusch am Fenster zog ihre Aufmerksamkeit auf sich. Sie schlüpfte aus dem Bett, richtete ihre Decke und lief mit nackten Füßen durch das Zimmer. Es fiel ihr schwer zu glauben, dass sie das alles bald hinter sich lassen würde. Sie kannte hier jeden Winkel, jede Ritze an der holzvertäfelten Wand, hatte tausende Male die Blumengirlanden auf der Tapete gezählt und wusste genau, welche der Dielen knarzte, wenn sie darüber hinweg lief. Es war ihr Zuhause, ihr Zimmer und bald wäre es nur noch eine Erinnerung.

»Valeria?«, rief eine ihr wohlvertraute Stimme von draußen.

Belltaine winkte von der Straße zu ihr herauf. In der Hand hielt sie ein paar Kieselsteine.

Es war ein nebliger Morgen, wie die meisten Tage zu dieser herbstlichen Jahreszeit. Dichte Schwaden lagen über den eng an eng gebauten Fachwerkhäusern und in den verwinkelten Gassen, durch die sich unzählige Kutschen, Karren und Reiter bewegten.

»Guten Morgen, Belltaine!«, rief Valeria hinunter.

Ihre Freundin hatte am selben Tag Geburtstag wie sie und dicke Augenringe zeugten davon, dass ihr dieser Tag eine ebenso schlaflose Nacht bereitet hatte wie Valeria.

»Schau mich an«, rief Belltaine. »Ich sehe aus wie eine Vogelscheuche!«

»Nein, gar nicht!«, widersprach Valeria. Dabei war der Vergleich gar nicht so weit hergeholt. Das kohlrabenschwarze Haar war struppig und zerzaust, am Leib trug sie ein bodenlanges Leinenhemd und ihre Haut war blass und von roten Tupfen übersät.

Die feinen Damen, die zur frühen Morgenstunde schon unterwegs waren, um frisches Brot vom Bäcker zu holen oder sonstigen Geschäften nachzugehen, sahen das Mädchen naserümpfend an. Wie lächerlich einige von ihnen mit ihren breiten Hüten und gestreiften Reifröcken aussahen, war ihnen offensichtlich nicht bewusst – man musste schließlich mit der Mode gehen, auch wenn das bedeutete sich wie exotische Vögel zu kleiden.

Valeria schmunzelte. Niemals würde sie sich erlauben schlecht über diese Frauen zu reden, doch was sie dachte, blieb im Verborgenen.

»Komm rauf, wir kriegen das schon hin.«

Das ließ Belltaine sich nicht zweimal sagen. Sie war die Tochter eines mittelständigen Kaufmanns und ihre Aussteuer somit bescheiden, aber sie war hübsch anzusehen, schlank und groß. Ihre Chancen auf eine gute Partie standen nicht schlecht.

Valerias Familie war von niederem Adel. Ihr Vater trug den Titel eines Junkers, was erst einmal nicht viel her machte. Allerdings besaß ihre Familie einen guten Ruf und war dem König stets treu ergeben.

Was Valeria aber eine Heirat in den Hochadel sichern sollte, war ihr Aussehen, und wenn sie den Stand der Sonne betrachtete, blieben nicht einmal fünf Stunden, um das Beste aus sich herauszuholen.

Es klopfte an der Tür.

»Zwiebeln, Bienenwachs und Pulverkalk«, verkündete ihre Mutter nach dem Eintreten. Sie trug ein Tablett bei sich, das über und über mit verschiedenen Behältnissen gefüllt war.

Sie hatte sich bereits schick gemacht, trug einen braun gestreiften Rock und darüber die passende Schoßjacke. Ihr Haar war hochgesteckt und gepudert und ihre Lippen glänzten in einem satten Rot.

Hinter Valerias Mutter trat Belltaine in die Tür und ihre Stresspusteln waren von der gleichen Farbe wie Alannahs Lippenstift.

»Jetzt aber schnell, schnell, Mädchen! Uns läuft die Zeit davon!«

***

Es war exakt fünfeinhalb Stunden später, als Valeria aus der Kutsche trat. Von Monaghan bis in die Hauptstadt war es nur ein Katzensprung. Oft war Valeria mit ihrer Mutter hier unterwegs, um Hüte und Schuhe zu kaufen, sich beim Schneider die neueste Mode zeigen zu lassen oder im Krämerladen zu schmökern. Sie kannte die Läden von Waterport wie ihre Westentasche und dennoch sah sie die Stadt heute mit ganz anderen Augen. Bald wäre sie vielleicht ihre Heimat. Viele Junggesellen aus gutem Hause lebten hier in großen Villen oder in Herrenhäusern nahe der Stadt. Womöglich würde bald schon einer von ihnen ihre Hand halten und dann hätte sie endlich die Gelegenheit auch mal andere Seiten von Waterport zu entdecken, durch Parks zu flanieren oder gar die Pferderennbahn zu besuchen. Orte, an die ihre Mutter sie nie im Leben lassen würde.

»Kindchen, beeil dich!«, rief Alannah und winkte ihr zu.

Die Kutsche hatte sie direkt bis vor die Tore des Schlosses gebracht. Zwei Palastwachen öffneten ihnen das gusseiserne Tor und Valeria folgte ihrer Mutter in den Innenhof. Staunend sah Belltaine sich um, während Valeria sich mühte die Fassung zu bewahren. Der Vorplatz selbst war ohnehin nicht sehr beeindruckend. Er war groß, geschottert und von einer mächtigen Mauer umgeben. Auf den Zinnen patrouillierten weitere Palastwachen und beäugten die drei Damen misstrauisch, als sie den Weg direkt zum Haupteingang nahmen.

»Nimm die Hände da weg«, zischte Alannah und schlug Valeria auf die Finger. Sie hatte ihren Rock etwas angehoben, um bequemer laufen zu können. Ihr Kleid war nicht dazu gedacht sich zu bewegen. Es hatte viel zu viele Rüschen und Schleifen, saß schmerzhaft eng um ihre Taille und hob ihren Busen so weit an, dass sie sich gleich drei Jahre älter fühlte. Der König würde Valeria tief in den Ausschnitt schauen können, wenn sie sich vor ihm verbeugte. Aber genau das hatte ihre Mutter wohl auch beabsichtigt, als sie den Schneider beauftragte dieses Kleid zu nähen.

Ein kirschroter Topas, der an einer Kette in ihrem Dekolleté hing, sorgte außerdem dafür, dass die Blicke aller auf das gezogen wurden, was Valeria vorzuzeigen hatte. Er war in derselben Farbe wie ihr Gewand und hatte Valerias Vater ein Jahresgehalt gekostet.

An der Treppe hinauf zum Schloss blieb den dreien dann doch nichts anderes übrig, als ihre Röcke anzuheben, um die Stufen zu erklimmen.

Alannah kündigte die beiden Debütantinnen bei den Männern an, die links und rechts der Tür standen und man bat sie einzutreten.

Sie waren heute nicht die einzigen Damen, die dem König ihre Aufwartung machen wollten. Zwar arrangierten viele Familien die Verbindungen ihrer Kinder untereinander und auch die Heirat aus Liebe wurde immer häufiger als Entscheidung akzeptiert, doch jeden Tag kamen sechzehnjährige Mädchen in die Hauptstadt, um vor den König zu treten. Die Chance auf eine Heirat in einen höheren Stand war so immer noch am größten.

Valeria sah einem unscheinbaren Ding nach, das bitterlich weinend von ihrer Mutter zurück zum Haupteingang geführt wurde. Ihr Herz schlug schneller bei dem Anblick. War es vielleicht doch ein Fehler vor den König zu treten? War sie womöglich doch nicht so hübsch, wie ihr alle immer sagten? Was, wenn der König das ganz anders sah als ihre Mutter? Wenn ihre Aufmachung doch zu gewagt war und sie die Augen des Königs damit beleidigen würde?

»Mach dir keine Sorgen, mein Täubchen«, flüsterte Alannah, die die Verunsicherung ihrer Tochter zu spüren schien. »Du bist mit Abstand die Schönste hier.«

Tatsächlich entgingen Valeria die Blicke der Mütter nicht, die bei ihren aufgetakelten Töchtern standen. Missgunst und Eifersucht sprachen daraus. Sie kannte das nur zur Genüge. Immer, wenn sie geschubst und beleidigt worden war, hatte ihre Mutter ihr eingetrichtert, dass sie es als Kompliment sehen solle. So tat sie es auch jetzt. Valeria schob die Schultern zurück und schritt erhobenen Hauptes durch das Foyer, als wäre sie eine Königin.

Sie waren genau zur rechten Zeit gekommen, das Prozedere war bereits in vollem Gange und Belltaine wurde sogleich in den Thronsaal gerufen. Nur kurz konnte Valeria einen Blick ins Innere werfen, bevor die Tür sich wieder schloss. All die Adligen, die dort standen und durch dessen Reihen Belltaine schreiten musste, flößten ihr nur noch mehr Ehrfurcht ein und die wenigen Minuten, die vergingen, bevor ihr Name aufgerufen wurde, kamen Valeria wie Stunden vor.

Sie stand vor der geschlossenen Flügeltür, atmete tief durch und schloss für einen Moment die Augen.

Ein Raunen ging durch die Menge, als die Tür für sie geöffnet wurde, und Valeria ließ ihren Blick über die Adelsgesellschaft schweifen. Alle starrten sie an, warteten darauf, dass sie ihren ersten Schritt tat, und sie stand nur da. Wagte es nicht vorzutreten.

»Pss!«, zischte ihre Mutter sie von der Seite an.

Sofort richtete Valeria ihren Blick wieder nach vorne. Sie durfte sich nicht aus der Ruhe bringen lassen. Dem König und nur ihm allein musste ihre volle Aufmerksamkeit gelten.

»Ihre Hochwohlgeboren Fräulein Valeria von Lancaster«, kündigte man sie lautstark an.

Mit erhobenem Haupt lief sie durch den Gang, den die Adligen ihr bereitet hatten.

»Wunderschön«, hörte sie es tuscheln, »Eine Augenweide« und »Bezaubernd.«

Valeria atmete tief durch. Sie durfte sich nichts anmerken lassen. Ein verlegenes Lächeln oder gerötete Wangen könnten ihr jetzt zum Verhängnis werden.

Der König saß schief auf seinem Thron. Den Kopf hatte er auf eine Hand gestützt und sein Blick ruhte müde auf Valeria.

Das war der wichtigste Tag ihres Lebens und der Mann, der über ihr Schicksal entscheiden sollte, sah aus, als wäre er gerade aus dem Bett gefallen und würde dort am liebsten sofort wieder hinein kriechen.

Gerade, als in Valeria die Panik aufsteigen wollte und ihr Herz schon heftig pochte, richtete er sich auf und begutachtete sie wohlwollend.

Valeria machte einen tadellosen Knicks vor dem König und verharrte mit gesenktem Blick.

»Welch anmutiger Anblick«, lobte der König sie. »Sagt, Kindchen, ist Euer Herz bereits vergeben?«

»Nein, mein König«, antwortete sie und kam dabei nicht umhin an all die jungen Männer zu denken, die bereits um ihre Gunst geworben hatten. Keiner von ihnen konnte bisher ihr Herz erobern. Nicht, weil sie nicht gutaussehend oder charmant gewesen waren. Sie wollte sich bloß nie auf ihre Avancen einlassen. Schon in frühester Kindheit war ihre Zukunft festgestanden. Dies hier war der Tag, auf den sie alles ausgerichtet hatte und heute würde sich entscheiden, ob es die Mühe wert gewesen war.

»Euer Haar ist rot gleich dem Feuer. Sagt mir, lebt Magie in Eurer Seele?«

»Nein, mein König«, erklärte sie.

Valeria schielte zu Belltaine. Sie stand etwas abseits bei einigen adligen Damen in eher schlichter Aufmachung. Sie sah hübsch aus, trug ein Kleid aus smaragdgrünem Samt und farblich passenden Haarschmuck. Es war die Farbe ihrer Augen, die darin aufgegriffen wurde. Sie lächelte breit. Dass sie noch hier und nicht etwa mit ihrem zukünftigen Ehemann fortgeschickt worden war, zeigte, dass sie entweder zum Dienste als Zofe berufen worden war oder aber auf eine Schule der Magie geschickt werden sollte. Wenn sie dann in ein oder zwei Jahren wieder vor den König träte, wäre ihr eine Heirat in den niederen Adel so gut wie sicher.

Für Valeria kam beides nicht in Frage. Sie war weder magisch begabt noch fehlte es ihr am notwendigen gesellschaftlichen Schliff.

»Eine Dame von solcher Schönheit verdient eine Heirat in ein gutes Haus. Mehr noch sollt Ihr einen treuen Ehemann an Eurer Seite wissen, der stets ein vorbildlicher Diener der Krone war.«

Valeria huschte ein Lächeln über die Lippen. Sie konnte die anwesenden Junggesellen an einer Hand abzählen und jeder von ihnen wäre eine gute Partie.

Nur wer würde es werden? Wieder wanderte ihr Blick zu Belltaine. Ihr breites Grinsen war so unziemlich wie es aufmunternd war. Mit den Lippen formte sie unverkennbar die Worte »der Prinz« und nickte in Richtung des Thrones.

Valeria hob leicht den Kopf.

Tatsächlich. Neben den König war sein Sohn getreten. Ein stattlicher junger Mann, groß, mit dunklem dichtem Haar und kantigen Gesichtszügen.

»Erhebt Euch, Kindchen«, forderte der König sie auf.

Valeria tat wie ihr geheißen. Sie spürte die Hitze aufsteigen, als sich ihr Blick und der des Prinzen trafen.

Links neben dem König trat ein Vasall mit einer Schriftrolle in den Händen vor. Er rollte das Pergament auf und begann zu lesen.

»Ihre Hochwohlgeboren Valeria von Lancaster beherrscht fünf Sprachen fließend, ist kundig in hoher Mathematik und Geisteswissenschaften, sie spielt Piano und Cello, des Weiteren ...«

»Ja, schon gut«, unterbrach der König ihn. »Meine Entscheidung ist bereits gefallen. Es besteht kein Zweifel daran, dass Ihr eines der schönsten Mädchen des Landes seid.«

Die Adligen begannen untereinander zu tuscheln. Valeria sah fragende Gesichter und die eine oder andere in Falten gelegte Stirn. Niemand wusste, worauf der König hinaus wollte, am wenigsten Valeria selbst. Unsicher sah sie sich um.

»So hört meinen Entschluss«, dröhnte die Stimme des Königs in ihren Ohren. »Der erstgeborenen Junkerstochter aus dem Hause Lancaster wird die Ehre zuteil mit dem herrschaftlichen Haus Westwood vermählt zu werden.«

Die Worte trafen Valeria wie ein Schlag. Sie taumelte und ein Schwindel überkam sie, so dass sie glaubte jeden Moment in Ohnmacht zu fallen.

Das Raunen um sie herum wurde lauter, doch zu ihr drang davon nur ein undefinierbares Tosen vor.

Steif knickste Valeria vor dem König.

»Habt Dank«, murmelte sie mit erstickter Stimme.

Dann ging sie. Sie hob den Blick nicht, verschloss Augen und Ohren vor allem, was um sie herum geschah, und verbot sich sogar zu atmen, bis sie den Thronsaal hinter sich gelassen hatte.

***

Valeria lag auf ihrem Bett und weinte bitterlich. Sie schluchzte und schnappte nach Luft. Sie schrie in ihr Kopfkissen, bis ihre Stimme versagte, und dennoch fühlte sie sich keinen Deut besser als in dem Moment, da der König verkündet hatte, wen sie heiraten musste.

»Ein Graf!«, hörte sie die aufmunternden Worte ihrer Mutter. »Wir hätten uns nicht mehr erträumen können!«

Valeria drückte sich das Kissen fest gegen die Ohren.

»Er soll ein Herrenhaus haben, das prächtiger ist als das Schloss selbst!«, versuchte ihre Mutter sie zu trösten.

»Ein verfallenes Gemäuer im Herzen eines verfluchten Landes«, schluchzte Valeria.

»Ach, Kindchen, du darfst auf solche Gerüchte nicht viel geben.«

Alannah ließ sich neben ihrer Tochter auf dem Bett nieder und strich ihr die Haare aus dem Nacken. Valeria stemmte sich hoch und rieb sich die Tränen aus dem geröteten Gesicht.

»Gerüchte?«, fragte sie höhnisch. »Das sind mehr als nur irgendwelche Gerüchte oder warum glaubst du hat der König das getan? Ich bin wahrscheinlich so etwas wie ein Menschenopfer, um den Teufel, der in Westwood haust, milde zu stimmen.«

Sie sah zur Zimmertür. Ihr Vater stand dort mit versteinerter Miene. Noch kein einziges Wort hatte er zu alldem gesagt. Als ob es ihn nicht berühren würde. Dabei wusste Valeria, dass genau das Gegenteil der Fall war.

Ihr Blick fiel auf die gepackten Koffer, die neben ihm standen, und wieder kamen ihr die Tränen. Ihre Mutter reichte ihr ein Taschentuch.

»Das ist der Hochadel, mein Liebchen«, erklärte sie ihr. »Da sind solche Vereinbarungen üblich. Es hat nichts mit Flüchen oder dergleichen zu tun.«

»Die Kutsche«, erinnerte ihr Vater sie mit monotoner Stimme.

Valeria nickte. Alles Weinen und Jammern nützte ihr am Ende doch nichts. Gegen den Willen des Königs konnte sie sich nicht auflehnen.

Sie wischte sich erneut die Tränen aus dem Gesicht, stand auf und strich ihren Rock glatt.

»Atme einmal tief durch und morgen sieht die Welt schon ganz anders aus«, sagte ihre Mutter.

Schultern zurück, Brust raus, Bauch rein. Und immer lächeln. Nie das Lächeln vergessen. So hatte Valeria es gelernt. Mit erhobenem Haupt nahm sie die Treppe nach unten und öffnete die Haustür. Bevor sie in die Kutsche stieg, drehte sie sich noch einmal um und betrachtete ihr Elternhaus.

Das alles hier würde sie vermissen. Es war kein sehr großes Gebäude, mit bloß einem Empfangszimmer und ohne Garten. Es stand eingepfercht zwischen zwei Bauten, die größer und ansehnlicher waren, teilte sich mit einem davon die Stallungen. Tagtäglich hatte ihre Mutter ihr eingebläut, dass sie es einmal besser treffen solle, dass sie nur hart genug an sich arbeiten, nur immer brav und vorbildlich sein müsse. Hatte sie denn je ein Leben gehabt, das erfüllt und glücklich gewesen war? Sechzehn lange Jahre, eine verlorene Kindheit, verpasste Gelegenheiten, Entbehrungen. Und wozu das alles? Um an der Seite eines alten kauzigen Mannes, in einer abgelegenen Grafschaft, einem verfluchten Land, vor die Hunde zu gehen.

Die Kutsche, die man ihr geschickt hatte, war geschlossen und schwarz. Sechs prachtvolle Rappen waren davor gespannt und scharrten unruhig mit den Hufen.

Auch wenn sie wusste, dass solche Kutschen selten eine andere Farbe trugen, schüchterte sie der Anblick ein. Sie versuchte sich an den Gedanken zu klammern, dass sechs Pferde vor einer Kutsche etwas waren, das man üblicherweise nur im Gespann des Königs selbst sah, als eine Gestalt hinter dem Wagen ihre Aufmerksamkeit auf sich zog.

»Belltaine?«, fragte sie verwundert.

Ihre Freundin trat hinter der Kutsche hervor. Gerade hatte sie einen Koffer an den Kutscher übergeben und sah dem Mann dabei zu, wie er das Gepäck auf den Wagen bugsierte.

Sie grinste breit, als sie Valerias verblüfften Gesichtsausdruck sah.

»Rate mal, an wessen Hof ich dienen soll?«

»Du kommst mit mir?«, fragte Valeria erschrocken und zugleich außer sich vor Freude und ergriff Belltaines Hände.

»Für zwei Jahre soll ich im Dienste stehen und lernen, wie eine feine Dame zu sein hat!«

Die Hand ihrer Mutter legte sich auf Valerias Schulter. »Dein Vater hat sich dafür eingesetzt, dass sie dich begleiten darf.«

Valeria wirbelte herum und fiel ihr in die Arme. Über die Schulter ihrer Mutter hinweg flüsterte sie ihrem Vater einen Dank zu, den dieser mit einem Lächeln durch schmal zusammengepresste Lippen quittierte.

»Jetzt aber auf, auf! Der Kutscher wartet nicht ewig auf euch«, ermahnte Alannah sie und schob Valeria von sich. Eine Weile betrachtete sie ihre Tochter wehmütig, bevor diese sich der Kutsche zuwandte.

»Meine Kleine wird erwachsen«, sagte Alannah wehmütig seufzend.

**

Die Kutsche polterte schon seit Stunden durch schier unwegsames Gelände. Valeria sah aus dem Fenster. Ihre Hand lag auf der ihrer besten Freundin und ihr Blick war in die Ferne gerichtet.

»Mir tut alles weh«, beschwerte Belltaine sich. Sie spielte damit auf die vergangene Nacht an. Sie waren in einem Gasthaus eingekehrt und hatten auf harten Strohbetten geschlafen. »Ich verstehe nicht, warum wir unbedingt rasten mussten. Wir wären längst da, wenn wir einfach weiter gefahren wären.«

»Vielleicht ist das nicht das Schlechteste«, murmelte Valeria, ohne sich Belltaine zuzuwenden.

»Ach, sag doch so etwas nicht. Du wirst sehen, es wird ganz wundervoll!«

Die Kutsche rumpelte über einige Wurzeln und Belltaine beschwerte sich lauthals darüber. Valeria hingegen gab keinen Mucks von sich.

Die Felder, die weite Hügellandschaft und die vom Wind gepeitschten Auen verschwanden bald in den Schatten dunkler Wälder. Knorrige Bäume reckten ihre Wurzeln weit in den schmalen Pfad, den die Kutsche nur mühsam befahren konnte.

Es war mitten am Tag und doch stockfinster. Noch immer sah Valeria aus dem Fenster, versuchte in den Schatten etwas zu erkennen und schrak zurück, als etwas an ihr vorüber huschte. Sie warf ihren Rücken gegen den Sitz und schnappte nach Luft.

»Was ist los?«, wollte Belltaine wissen.

Zögerlich sah Valeria wieder nach draußen. Nur Bäume und Gestrüpp. Mehr nicht.

»Es war ... Ich weiß es nicht ...«, hauchte sie. »Ein Wolf vielleicht?«

Belltaine lachte verhalten. »Oder vielleicht auch nur ein Reh? Hier im Wald wimmelt es sicher von Tieren.«

»Ja, bestimmt.« Sie schloss für einen Moment die Augen, doch statt dass ihr dies die Ruhe verschaffte, die sie sich erhoffte, sah sie vor ihrem geistigen Auge bloß wieder den Schatten, der zwischen den Bäumen hindurch huschte.

»Hoffentlich sind wir bald da«, jammerte Belltaine und fügte ein verkniffenes »Autsch!« hinzu, als die Kutsche über ein Schlagloch polterte und ihr Kopf gegen das Dach schlug.

Ein plötzlicher Ruck brachte das Gefährt in eine Schräglage. Valeria unterdrückte einen Aufschrei. Das Herz schlug ihr bis in die Kehle. Belltaine rutschte über den Sitz und die beiden Mädchen wurden an die Seitenwand gedrückt.

Stille folgte. Die Kutsche bewegte sich nicht mehr, Valeria und Belltaine hielten gespannt den Atem an, wagten es nicht sich zu regen und nur das ferne Zirpen von Grillen drang durch die Ruhe des düsteren Waldes.

»Was ...?«, flüsterte Belltaine und verschluckte die folgenden Worte, als sie den Kutscher fluchen hörten.

»Was ein verflixter Dreck!«, knurrte der Mann und sprang vom Kutschbock.

Valeria streckte den Kopf aus dem Fenster.

»Was ist passiert?« , fragte sie.

Der Kutscher trat gegen das Vorderrad.

»Die Viecher haben die Karre in den Dreck gefahren!«

Valeria warf einen Blick zurück. Der Pfad war so schmal, dass die Pferde gar keine Möglichkeit gehabt hätten dem tiefen Schlagloch auszuweichen, in dem das Rad festsaß.

Sie öffnete die Tür und sprang aus der Kutsche. Sofort versanken ihre Pantoletten im Morast und sie ging in Gedanken durch, in welchem ihrer Koffer sie Ersatz dafür fände.

»Oh bitte, bleibt in der Kutsche!«, bat der Mann sie. »Der Wald ist kein sicherer Ort für eine Dame.«

Auch Belltaine streckte ihren Kopf nach draußen und sah sich um.

»Die Kutsche ist bestimmt nicht sicherer«, meinte Belltaine.

Der Mann kratzte sich am Hinterkopf.

»Wie Ihr meint ... Vielleicht auch nicht das Schlechteste, wenn die Gäule weniger Gewicht ziehen müssen.«

Ein Knacksen im Wald ließ Valeria aufschrecken. Sie suchte das Dickicht ab, konnte aber nichts entdecken.

»Vorwärts!«, schrie der Kutscher und ließ die Peitsche knallen.

Die Pferde warfen sich in ihre Geschirre, doch das festsitzende Rad kam kaum ein paar Fingerbreit voran, bevor es wieder zurück in das Loch sank.

Ein weiteres Mal knallte die Peitsche über die Köpfe der Pferde hinweg.

»Das wird doch nichts!«, meinte Belltaine kopfschüttelnd. »Wir sollten diesen schlammigen Boden irgendwie befestigen.«

»Bitte haltet einfach etwas Abstand, meine Dame«, bat der Kutscher, ohne sich Valeria dabei zuzuwenden, und murmelte daraufhin irgendetwas Unverständliches in seinen Bart. Was auch immer er da von sich gab, klang nicht gerade sehr nett.

Valeria krempelte die Ärmel hoch.

»Belltaine, such ein paar Äste zusammen, um sie vor das Rad zu legen. Ich gehe nach hinten und schiebe.«

Sie hob ihren Rock an. Der Saum hatte sich bereits mit dem Schlickwasser vollgesogen und ihre Füße versanken bei jedem Schritt bis zu den Knöcheln im Matsch des holprigen Waldweges. Hinter der Kutsche angekommen bereute sie diese Entscheidung getroffen zu haben.

Außer Sicht ihrer Begleiter fühlte sie sich hilflos und der Wald wirkte noch dunkler und erschreckender als zuvor.

Sich wie ein verzogenes Gör behandeln zu lassen, als wäre sie nicht fähig selbst Hand anzulegen, wollte sie sich aber auch nicht gefallen lassen. Also ignorierte Valeria das Gefühl, jemand würde sie aus den Schatten heraus beobachten, und lehnte sich gegen die Kutsche.

Wieder knallte die Peitsche. Mit einem kräftigen Ruck setzten die Räder sich in Bewegung und Valeria warf sich mit aller Kraft gegen die Rückwand.

Erst schien die Kutsche wieder hängen zu bleiben, dann aber schoss sie so plötzlich nach vorne, dass Valeria den Halt verlor und auf die Knie fiel.

»Wir sind frei!«, rief Belltaine außer sich vor Freude.

Valeria mühte sich auf die Beine und versuchte den Schlamm so gut es ging von ihrem Rock zu wischen. Ihr Kleid war ruiniert, soviel stand fest. Und bis zur nächsten Einkehr würden sie noch eine ganze Zeit lang fahren müssen. An Umziehen war hier draußen aber nicht zu denken.

Ein erneutes Knacksen im Unterholz ging Valeria durch Mark und Bein. Sie sah sich flüchtig um und lief zurück zu Belltaine.

Ihre Freundin lachte herzlich, als sie Valerias verschmutzte Kleidung sah.

»Lasst uns schnell weiterfahren«, bat Valeria den Kutscher.

***

Es dämmerte bereits, als sie den Wald hinter sich ließen und über einen breiten Feldweg auf das gusseiserne Tor des Herrenhauses der Grafschaft Westwood zufuhren.

Aus Stein gehauene Figuren mit scheußlich verzerrten Grimassen schauten Valeria aus toten Augen an. Rissig und von Moos bewachsen waren diese geflügelten Löwenbildnisse, Grünspan zog sich über das Eisengestänge des mächtigen Tores.

Valerias Blick haftete ungläubig auf der verfallenen Pforte, auch nachdem sie schon weit hinter ihnen lag.

Sie wagte es nicht nach vorne zu schauen, aus Angst, dass sich bewahrheiten würde, was sie befürchtete. Dass das Herrenhaus in einem ebenso miserablen Zustand war, wie es sich hier schon erahnen ließ.

Sie richtete sich wieder nach vorne, ließ den Blick an ihren Händen haften und lauschte dem Rauschen der Schottersteine, über die die Kutsche preschte, als sie auf den Hof fuhren.

»Hooo!«, rief der Kutscher und zügelte das Gespann.

»Wir sind da«, flüsterte Belltaine.

Valeria wartete, bis der Kutscher ihr die Tür öffnete, und selbst dann blieb sie noch ein, zwei Minuten sitzen, bevor sie ausstieg.

Schweigend blickte sie auf das Herrenhaus. Es war einst, vor langer Zeit, wohl einmal prachtvoll gewesen. Heute war es nicht mehr als eine Ruine. Verfallen, ungepflegt. Risse zogen sich durch die mächtigen Säulen, Fensterläden hingen schief in ihren rostigen Scharnieren und Teile der Terrasse sowie einige Balkone waren in sich zusammengefallen oder fehlten gänzlich.

»Nein!«, rief sie dem Kutscher zu, als der bereits dabei war ihr Gepäck vom Dach zu hieven. »Das ist ganz sicher ein Irrtum! Das ... das kann doch niemals ein bewohntes Haus sein.«

»Das hat schon alles seine Richtigkeit, meine Dame«, grunzte der Mann in seinen Bart.

»Unmöglich«, entgegnete Valeria.

Belltaine lief ein paar Schritte auf den Eingang zu.

»Schauderhaft«, murmelte sie.

Und sie hatte Recht. Der Anblick des Gebäudes jagte Valeria einen Schauer über den Rücken. Niemals würde sie hier auch nur eine Nacht verbringen können. Der heulende Wind, das Klappern der losen Fensterläden und das Quietschen rostiger Scharniere spielten eine gespenstische Musik und ihr war, als würden sich alle dunklen Wolken am Himmel direkt über den Dächern und Zinnen des Anwesens bündeln.

Der Kutscher warf den letzten ihrer Koffer achtlos auf den Schotter. Valeria löste sich von dem Anblick des Herrenhauses, lief zu ihm und packte ihn am Arm.

»Bitte, Ihr müsst Euch irren. Das hier kann unmöglich bewohnt sein! Unmöglich!«

Der Mann suchte die Fassade ab.

»Sieht aber bewohnt aus«, brummte er schulterzuckend.

Valeria folgte seinem Blick. Tatsächlich. Hinter einem der Fenster flackerte das schwache Licht einer Kerze und umspielte dabei die Silhouette eines Mannes, der zu ihnen hinunter sah.

Der Kutscher schlug die Tür des Wagens zu, was die beiden Mädchen aufschrecken ließ.

»Ich verschwinde jedenfalls«, sagte er knapp. »Dieses verfluchte Land bringt nur Unglück.«

»Ihr könnt doch jetzt nicht einfach wieder fahren!«, beschwerte Valeria sich in hysterischem Tonfall.

»Ich habe Euch abgesetzt, wie es mir aufgetragen wurde, und jetzt verschwinde ich von hier, solange es noch etwas Tageslicht gibt.«

Mit einem Satz war er auf dem Kutschbock und ließ die Peitsche knallen.

»Wartet!«, rief Valeria ihm hinterher.

Der Mann achtete nicht auf sie, wie sie ihm wild gestikulierend nachlief. Er trieb die Pferde schneller an und Valeria konnte ihm nur noch verzweifelt hinterher blicken.

Laut schreiend und stampfend blieb sie zurück. Ihre Hände ballten sich zu Fäusten. »Unverschämter ...«, knurrte sie, doch das passende Schimpfwort fiel ihr nicht ein.

Sie war nicht begabt darin zu fluchen. Eine Eigenschaft, die ihr bisher immer zugutegekommen war, sie jetzt aber über alle Maßen ärgerte.

Sie stapfte zurück zu Belltaine, packte wortlos einen der Koffer und zerrte ihn zum ersten Treppenabsatz. Dort angekommen blieb sie noch einen Moment stehen und sah an dem verfallenen Gebäude hinauf. Sie atmete tief durch, dann lief sie weiter.

Stufe für Stufe zerrte sie das schwere Gepäck hinauf, bis es auch Belltaine gelang sich aus ihrem Bann zu lösen. Sie kam zu Valeria gelaufen, packte mit an und gemeinsam hievten sie den schweren Koffer die Treppe hinauf, durch die angelehnte Eingangstür und in die weite Vorhalle hinein.

Es war zumindest geputzt. Das war ein gutes Zeichen. Zwar waren die Kronleuchter nicht angezündet, doch wenigstens war der Boden gewienert und auf den Vitrinen, Statuen und Vasen, die das große Foyer schmückten, lag kein Staub.

»Ist denn hier niemand?« Belltaines Stimme hallte durch den Raum und verlor sich in der Weite des offenen Treppenhauses.

Zweimal ließ Valeria ihren Blick durch den riesigen Eingangsbereich schweifen, ohne dass sich irgendjemand zeigte, und erst beim dritten Mal sah sie den Mann oben im ersten Stock. Er stand regungslos am Treppenabgang, hatte eine Hand auf dem Geländer der Galerie liegen und die andere in seine Hosentasche eingehakt.

»Verzeiht, mein Herr«, rief sie ihm zu. »Es scheint, man hat uns nicht angekündigt.«

Der Mann sah nicht aus wie ein Page oder Butler. Er trug ein einfaches Hemd unter einer grauen Weste aus fein geknüpfter Seide und aus seiner Brusttasche lugte der Zipfel eines blutroten Taschentuchs hervor.

Er mochte dreißig Jahre alt sein, vielleicht auch jünger. Seine Miene war freundlich, ebenso seine hellen Augen.

»Mein Herr?«, wiederholte Valeria unsicher.

»Verzeiht!«, entschuldigte er sich plötzlich, wie aus einem Bann gerissen. »Ihr seid wahrlich so schön, wie man Euch nachsagt.«

Valeria ging nicht darauf ein. Sie hatte im Moment wirklich kein Interesse an solch einem Geplänkel. Nicht in Anbetracht des Umstands, dass sie soeben eine Ruine betreten hatte und befürchten musste dort den Rest ihres

Lebens zu verbringen. Zudem klebte noch der Dreck der anstrengenden Reise an ihr und ihrer Kleidung. Sie fühlte sich alles andere als schön. »Und Ihr seid?«

Schwungvoll nahm er die Stufen nach unten zu den beiden jungen Damen.

»Callahan«, antwortete er schlicht und warf sich in eine tiefe Verbeugung.

Valeria reichte ihm die Hand, die er annahm und höflich küsste.

»Liam Callahan, Leibarzt und Berater des jungen Lords.«

»Es freut mich sehr«, entgegnete Valeria steif.

Sie hatte gehofft, dass seine Antwort anders ausfiele. Der junge Arzt war höflich, gutaussehend und schien ihr gleich auf den ersten Blick vertrauenerweckend. Zumindest aber hatte er Lord Westwood als jung bezeichnet und das ließ sie hoffen.

»Und Ihr seid?«, fragte er Belltaine.

»Beachtet mich nicht, ich bin lediglich die Zofe.«

Callahan lächelte milde.

»Wie könnte ich Euch nicht beachten?«

Belltaine errötete augenblicklich und senkte den Blick.

»Zwei junge Damen von solcher Schönheit haben diese alten Gemäuer lange nicht mehr gesehen. Ihr bereichert dieses Gut um ein Vielfaches.«

»Ihr seid zu freundlich«, bedankte Valeria sich.

»Ein Kind.«

Verwundert folgte Valerias Blick der kalten Stimme, die unvermittelt gesprochen hatte, hinauf zum Geländer der Galerie. Ein Mann stand dort in den Schatten. Er trug einen schwarzen Gehrock, war schmal gebaut, nicht sonderlich groß, aber auch nicht klein. Mehr als seine Umrisse konnte Valeria kaum von ihm erkennen.

»Schickt sie fort«, sprach er weiter.

»Was erlaubt Ihr Euch?«, rief Valeria ihm empört zu, doch schon wandte er sich von ihr ab und verschwand.

Bestürzt richtete sie sich an Callahan.

»Bitte sagt mir nicht, dass das Lord Westwood war.«

»Er … er hat nur einen schlechten Tag«, beteuerte der Mann.

»Ihr werdet doch wohl nicht wirklich mit dem Gedanken spielen meine Heimreise zu veranlassen, kaum dass ich einen Fuß über diese Schwelle gesetzt habe?«

Valeria wunderte sich selbst über ihre Worte. Nichts lieber täte sie, als von hier zu verschwinden. Davonjagen lassen wollte sie sich aber ganz gewiss nicht.

Callahan winkte ab und deutete auf die Treppe.

»Aber natürlich nicht. Ich zeige Euch, wo Ihr nächtigen werdet.«

Valeria nickte entschlossen. Auch wenn sie von dieser arrangierten Verbindung nicht begeistert war, würde sie alles daran setzen, um eine Heimkehr in Schmach zu verhindern. Wer würde sie schließlich nach einer Ablehnung noch heiraten wollen?

»Ich lasse Euch Euer Gepäck nachbringen«, versprach der Arzt und führte sie hinauf.

Von wem, war die Frage, die Valeria sich unwillkürlich stellte. Das Haus, das sicher einmal beeindruckend gewesen war, schien wie ausgestorben. Sie begegneten keiner Menschenseele, bis sie ihre Gemächer erreicht hatten. Callahan öffnete die Tür und ließ sie eintreten.

Während Valeria sich im Foyer noch über die Sauberkeit gefreut hatte, zeigte sich hier ein ganz anderes Bild.

Staubige und vergilbte Vorhänge hingen zugezogen vor den Fenstern und beraubten den Raum um das letzte bisschen Tageslicht, das sich noch gegen die herannahende Nacht zu behaupten vermochte. Ebenso staubbedeckt waren der Behang des Himmelbettes, die Kissen und die Tagesdecke.

Die Nase gerümpft strich Valeria mit dem Zeigefinger über das Bett und rieb sich den daran hängengebliebenen Staub mit dem Daumen von der Kuppe.

»Bitte, richtet Euch ein und macht es Euch bequem. Und macht Euch keine Gedanken wegen Lord Westwood. Ich rede mit ihm.«

Valeria war nicht in der Lage zu antworten. Ein Kloß steckte ihr im Hals. Es roch alles so alt und modrig. Ihr war, als müsste sie hier drinnen ersticken.

Nachdem auch Belltaine eingetreten war und den großzügigen Raum mit Skepsis betrachtet hatte, schloss Callahan hinter ihnen die Tür.

»Und wo soll ich schlafen?«, murmelte sie verwundert und sah sich zu ihm um, doch Callahan war schon fort.

Hinter dunklen Mauern

Ganz so ausgestorben, wie Valeria anfänglich geglaubt hatte, war das Herrenhaus dann doch nicht. Am selben Abend brachte man ihnen ihre Koffer. Auch frisches Bettzeug und eine Waschschüssel standen bald bereit. Das Zimmermädchen, ein dürres junges Ding mit schmalen Lippen und unscheinbarem Äußeren, erledigte seine Aufgaben rasch und wenig gründlich. Valeria stand nur da und starrte in den viel zu kleinen Kleiderschrank, in dem kaum Platz für ihre Mäntel war, während sich Belltaine alle Mühe gab mit dem Mädchen ins Gespräch zu kommen.

»Und wie heißt du?«, fragte sie neugierig.

»Tara«, antwortete das Mädchen knapp, während es den Staub von der Kommode aufwirbelte, zu Valerias Enttäuschung aber nicht wegwischte.

Belltaine hustete.

»Und wie lange bist du schon im Dienst des Lords? Wie ist er so? Ist er ein guter Herr?«

Das Mädchen überlegte kurz, entschloss sich dann aber wohl nicht zu antworten, denn sie steckte den Staubwedel in ihre Schürze und knickste vor Valeria.

»Wenn Ihr mich nun entschuldigen würdet. Ich wünsche eine gute Nacht.«

Valeria öffnete den Mund, um Einspruch zu erheben, ließ es dann aber doch bleiben. Dann würde sie eben die Nacht in einem verdreckten Zimmer verbringen. Das war allemal besser, als sich schon am ersten Abend mit dem Hauspersonal anzulegen.

»Habt Dank, meine Liebe.«

Tara wirbelte herum und lief zügig aus dem Zimmer.

»Halt, warte!«, rief Belltaine ihr hinterher und schnappte sich einen ihrer Koffer. Dann wandte sie sich noch einmal Valeria zu. »Ich gehöre jetzt ja auch zu den Bediensteten. Die anderen Koffer hole ich später!«

Tara dachte nicht daran auf Belltaine zu warten, also musste sie ihr zügig nachlaufen, um sie nicht zu verlieren. Sie schubste hinter sich die Zimmertür zu, die träge quietschend ins Schloss fiel. Der dadurch entstandene Luftzug ließ drei der Kerzen am Kronleuchter erlöschen und mit einem Mal wurde es düster.

Valeria rieb sich die Oberarme. Es fröstelte sie und wenn man bedachte, dass das Zimmermädchen trotz herbstlicher Temperaturen kein Feuer im Kamin entzündet hatte, war das auch nicht verwunderlich.

Wie sollte sie bloß die Nacht überstehen?

Draußen heulte der Wind noch immer dieses schaurige Lied und sie hatte das Gefühl, er würde bis durch die Fensterritzen dringen. Die verbliebenen Kerzen flackerten heftig und zeichneten bedrohliche Schatten an die Wände.

Sie sah sich um. Das Zimmer war groß, ja, aber die Einrichtung mehr als spärlich. Der runde Teppich in der Mitte des Raumes war ausgeblichen und zottelig. Darauf stand ein Tisch und auf diesem eine rissige Vase, die lange schon keine Blumen mehr gesehen zu haben schien. Der Schminktisch in der Ecke war dreimal so groß wie der in Valerias Schlafgemach im Haus ihrer Eltern, doch der Spiegel war fleckig und stumpf. Sie wagte es nicht in das zweite Zimmer zu linsen, dessen Tür nur angelehnt war. Sicher war es ein Badezimmer und ein Bad würde ihr jetzt wahrlich guttun. Tara hatte aber nicht den Eindruck gemacht, als würde sie sich darum reißen, jetzt noch eimerweise Wasser zu erhitzen und bis in Valerias Gemächer zu schleppen. Die Waschschüssel, die auf der Kommode stand, war Beweis genug dafür.

Seufzend sank sie auf ihr Bett und hustete, als der aufsteigende Staub sie in der Nase kitzelte. Um diese eine Nacht machte sie sich Sorgen? Wie sie den Rest ihres Lebens hier verbringen sollte, das sollte sie sich fragen!

***

In der Nacht hatte Valeria kaum geschlafen. Ihr Bett war klamm gewesen und gegen Morgen hatte es sie so gefröstelt, dass sich ihr Atem in Wolken vor ihrem Gesicht abgezeichnet hatte.

Sie war heilfroh gewesen, als Belltaine bei Tagesanbruch zu ihr gekommen war und Tara den Kamin richtete, während ihre Freundin ihr die Kleidung bereit legte, wie es bisher immer ihre Mutter getan hatte.

»Das kann ich schon selber machen«, erklärte sie, doch Belltaine schüttelte nur energisch den Kopf.

»Das ist jetzt meine Pflicht, also werde ich das auch machen.«

Valeria lächelte. So war Belltaine schon immer gewesen. Zielstrebig, dickköpfig. Immer hatte sie ihr beigestanden, hatte ihr mit Rat und Tat geholfen, wo sie nur konnte und nie eine andere Gegenleistung dafür verlangt als Valerias Freundschaft. Nur zu gerne hatte sie ihr diese geschenkt, wo sie doch selten einem Menschen begegnet war, der nicht hinter ihrem Rücken schlecht über sie sprach – getrieben von Eifersucht und Missgunst.

»Wenn ich dich nicht hätte ...«

»Das wird schon«, flüsterte Belltaine ihr zu. »Die Leute hier sind eigentlich alle ganz nett.«

Valeria sah zu Tara. Nicht ein Mal hatte sie gelächelt, seit sie ins Zimmer gekommen war. Aber vielleicht war das ja ihre Art. In Waterport hätte sie mit dieser Einstellung jedenfalls nicht so schnell eine Anstellung gefunden.

»Ich bringe Euch jetzt in den Speisesaal, Lady Lancaster«, erklärte Tara und knickste knapp.

»Ja, danke.«

»Sicher werdet Ihr dann künftig den Weg alleine finden«, fügte das Zimmermädchen beiläufig hinzu und lief zur Tür.

Valeria atmete tief durch. Auch dieses Mal würde sie nichts sagen. Ganz offensichtlich hielt man hier nicht viel von den Sitten und Gebräuchen, die andernorts gang und gäbe waren. Sie knirschte mit den Zähnen. War es denn zu viel verlangt? Wenn sie schon so abgelegen leben musste, wieso konnte es ihr dann nicht wenigstens vergönnt sein wie eine Prinzessin behandelt zu werden? Warum dieses verwahrloste Haus und so wenige Bedienstete, wenn die Grafschaft Westwood eigentlich in Reichtum und Wohlstand schwelgen müsste? Das Land war weitläufig, sicher reich an

Bodenschätzen und die Abgaben der Einwohner mussten doch für mehr reichen als für den Lohn von einer Handvoll Bediensteter.

Sie hätte weinen können, wenn sie daran dachte, dass das hier jetzt ihr Leben war. Sie hasste dieses Haus, hasste alles hier. Aber natürlich ließ sie sich das nicht anmerken.

***

Vor dem Speisesaal ließ Tara sie alleine zurück. Valeria war aufgeregt, ja beinahe ängstlich. Hinter dieser Wand wartete ihr Zukünftiger auf sie und sie betete, dass er gestern tatsächlich nur einen schlechten Tag gehabt hatte.

Sie tat, was sie für das einzig Richtige hielt, schüttelte ihre Sorgen und Bedenken ab, schob ihre Schultern zurück, setzte ein seichtes Lächeln auf und hob die Nase in die Höhe.

Mit beiden Händen öffnete sie die Flügeltür und trat ein.

Der Speisesaal war so groß wie Valerias gesamtes Elternhaus. Reich verzierte Wandvertäfelungen erzählten Geschichten von Jagdgesellschaften und Tanzbällen, drei Kronleuchter hingen über einer langen Tafel, die Platz für gut dreißig Mann bot, und an ihrem Ende saß der Lord vor einem spärlich gefüllten Teller.

Valeria knickste tief und lange vor ihm, während er nicht einmal den Blick anhob, als sie ihm die Ehre erwies. Er war jung. Jünger als sie anfänglich gedacht hatte. Vielleicht zwanzig, kaum älter, schmal und gut gebaut. Seine Züge waren schön anzusehen, seine Augen groß und von einer auffallend hellbraunen, ja fast goldenen Farbe. Wenn sein Blick nur nicht so kühl und abweisend gewesen wäre, hätte sie ihn als sehr ansprechend empfunden.

»Mein Herr«, grüßte sie ihn, nachdem ihr Eintreten ihn nicht dazu veranlasst hatte ihr seine Aufmerksamkeit zu schenken.

»Setzt Euch, esst«, murmelte er, ohne aufzusehen.

Valeria legte die Stirn in Falten.

»Und schaut nicht so griesgrämig, nicht dass Ihr schon in jungen Jahren runzlig werdet wie eine alte Schachtel.«

»Wie meinen?«, fragte sie empört, bemüht die Fassung zu bewahren.

Wie hatte er ihre Mimik überhaupt sehen können, wo er es nicht einmal für notwendig erachtete von seinem Teller aufzusehen? Natürlich schwieg er und ignorierte Valerias entsetzten Gesichtsausdruck. Wenn das hier ein Spiel war, so hatte sie den ersten Zug haushoch verloren. Trotz empörtem nach Luft Schnappen und intensivem Blickkontakt durch zu schmalen Schlitzen zusammengekniffenen Augen ließ der Lord sich nicht erweichen. Schließlich zog sie mit einem kräftigen Ruck den Stuhl vor und nahm am anderen Ende der Tafel Platz. Es blieb ihr auch kaum eine andere Wahl. Das Tischgedeck, das man für sie bereit gestellt hatte, lag nämlich genau dort, so weit wie möglich von ihm entfernt.

Sie sah hinüber zur Anrichte, auf der Brötchen, gekochte Eier und eine reichlich gefüllte Platte mit frischem Aufschnitt standen.

Er sah nun doch auf. Seine Augen faszinierten sie. Erst hatte sie an Gold gedacht, nun wirkten sie eher wie Kupfer.

»Ihr habt zwei Beine«, erklärte er trocken. »Steht auf und holt Euch, was Euch beliebt.«

Valeria presste die Lippen zusammen. Sie zog sich die Serviette vom Schoß und warf sie grob auf den Tisch. Ungerührt senkte der Graf den Blick und widmete sich wieder seinen pochierten Eiern.

Ob er sich auch selbst bedient hatte? Sicher nicht. Ganz bestimmt gab es hier unzählige Bedienstete, die ihn tagein tagaus umschwärmten. Sie hatten wahrscheinlich den Befehl sich von ihr fernzuhalten, damit sie freiwillig den Heimweg antrat. Womöglich gab es sogar ein anderes Herrenhaus und dies hier war tatsächlich nur eine Ruine. Er versuchte sie zu reizen, sie aus der Reserve zu locken, doch die Genugtuung wollte sie ihm nicht gönnen.

Sie war sich sicher nicht zu fein den Teller selbst zu füllen, wenn es denn nötig war. Sie nahm sich also etwas Fleisch und frischen Salat und verspeiste ihr Morgenmahl schweigend.

Gerade war sie dabei den letzten Bissen auf ihre Gabel zu schieben, da erhob der Graf sich.

»Ihr reist heute wieder ab«, erklärte er mit monotoner Stimme und versetzte ihr damit einen Stich. »Diese Ehe wird nicht zustande kommen. Sicher ist das auch in Eurem Sinne. Und macht Euch keine Gedanken, die Schuld hierfür nehme ich voll und ganz auf mich. Euch soll daraus kein Nachteil erwachsen.«

Valeria sprang auf.

»Wie glaubt Ihr das bewerkstelligen zu können?«, fragte sie mit unverkennbarer Panik in der Stimme. »Der König selbst hat seinen Segen gegeben. Nichts, was Ihr tut oder sagt, kann die Schmach nehmen, die mich treffen wird, wenn Ihr diese Verbindung ablehnt!«

Ihr Herz pochte schnell. Sie wollte von hier weg, aber verstand er denn nicht, was das für sie bedeuten würde? Welche Schande es für ein junges Mädchen war abgewiesen zu werden? Für einen Moment glaubte sie so etwas wie Unsicherheit in seinem Blick erkennen zu können, doch das verflog ebenso schnell, wie es gekommen war.

»Es ist zu Eurem Besten. Dieser Ort ist nichts für junge Damen.«

»Dann muss er es eben werden!«, fuhr sie ihn an.

Er öffnete den Mund und schloss ihn gleich wieder. Da war sie wieder, diese Unsicherheit.

»Ich werde an den König schreiben. Ihr könnt bleiben, bis seine Antwort eingetroffen ist.«

Mit den letzten Worten ging er.

»Habt Dank!«, rief sie ihm hinterher und biss sich gleich darauf auf die Lippen.

Es gab wirklich nichts, wofür sie dankbar sein musste. Sie hätte wahrlich kein schlechteres Los treffen können.

***

Von Unruhe getrieben lief Valeria im Zimmer auf und ab.

»Dieser unmögliche ...«, knurrte sie. »Er ist einfach ein ... ein totaler ...« Es fielen ihr nicht die richtigen Worte ein.

»Ein Mistkerl? Dreckskerl? Schwein?«, fragte Belltaine spöttisch.

»Ja genau!«, stimmte Valeria zu. »Das alles und noch Schlimmeres. Wenn er wenigstens ein alter Sack wäre! Dann müsste ich nur ein paar Jahre mit ihm durchhalten. Aber er sieht aus, als würde er mich noch überleben.«

»Zumindest sieht er gut aus«, stellte Belltaine trocken fest.

Sie war gerade dabei Valerias Zimmer auf Vordermann zu bringen. Sie klopfte die Vorhänge aus, während Valeria ihren Schminktisch einrichtete.

»Was macht das schon?«, fragte sie. »Wenn ich den Rest meines Lebens mit diesem Mann verbringen soll, glaubst du da spielt allein sein Aussehen eine Rolle?«

Belltaine lachte.

»Vielleicht denkt er dasselbe über dich?«

»Er kennt mich doch überhaupt nicht! Was erlaubt er sich da ein Urteil über mich?«, fauchte Valeria und knallte dabei ihr Puderdöschen so kräftig auf den Tisch, dass sich daraus eine weiße Wolke erhob. Hustend wedelte sie den Puder vor ihrer Nase weg.

»Du kennst ihn doch auch nicht und urteilst dennoch über ihn.«

»Ja«, knurrte sie. »Weil er sich eben benimmt wie ein ... ein ...«

»Mann?«

»Genau! Nein, ich meine ... Ach, du weißt schon.« Sie winkte ab.

»Ich finde es hier jedenfalls recht angenehm. Die Zimmer der Bediensteten sind großzügig und die anderen Angestellten nett. Ja, es sind nicht sehr viele, aber die, die hier arbeiten, sind schon seit vielen Jahren im Dienste dieser Familie. Und Tara hat mir erzählt, dass der Lord ein sehr großzügiger und entgegenkommender Arbeitgeber ist.«

Valeria wunderte es, dass diese Tara überhaupt mehr als zwei zusammenhängende Sätze herausbekam, und sie konnte sich kaum vorstellen, dass die anderen Bediensteten herzlicher waren. Aber sie war zu wütend, um klar zu denken und urteilte sicher zu hart.

»Das mag ja alles so sein, aber richte dich nicht allzu häuslich ein. Der Graf ist gegen unsere Heirat. Er will dem König schreiben. Was glaubst du, was man von mir denkt, wenn das ans Tageslicht kommt?«

Bei den letzten Worten spürte Valeria einen Kloß im Hals, der ihr das Atmen erschwerte. Sie sah sich jetzt schon als alte Jungfer im Haus ihrer Eltern. Sie würde nicht mehr auf die Straße gehen können, ohne dass man hinter ihrem Rücken lachte. Jetzt schon beurteilte jeder sie nur nach ihrem

Äußeren. Lehnte Lord Westwood diese Verbindung ab, würde jeder glauben, es läge an ihrem Charakter, dass sie dumm oder eitel oder auch beides zugleich wäre.

Belltaine legte ihr die Hand auf die Schulter.

»So weit wird es nicht kommen. Er wird dich kennenlernen und seine Meinung ändern.«

Valeria sagte nichts dazu. Sie stand an den Schminktisch gelehnt vor dem Spiegel und betrachtete ihr Antlitz. Sie verstand nicht, womit sie das alles verdient hatte. Sie hatte doch immer getan, was alle von ihr verlangten. Sie war immer eine gute Tochter gewesen und jetzt wollte sie nichts weiter, als eine gute Ehefrau zu sein. War das denn schon zu viel verlangt? Wenn sie gewusst hätte, was sie nach ihrem sechzehnten Geburtstag erwarten würde, hätte sie ein ganz anderes Leben geführt. Sie hätte so viel erleben können. All die Dinge, auf die sie verzichtet hatte, die sie verpasst hatte. Nie hatte sie mehr bereut, ihre Jugend nicht in vollen Zügen genossen zu haben, als in diesem Moment.

Das hier hätte alles ganz anders laufen sollen. Eigentlich hätte sie jetzt ihre Hochzeit planen müssen. Rosen oder Tulpen, Frühjahr oder Sommer, das sollten die Fragen sein, die sie hätten beschäftigen müssen. Biskuit oder reinweiß, im kleinen Kreise oder pompös. Stattdessen stand sie hier und bereute jede Entscheidung, die für sie getroffen worden war und gegen die sie sich nicht aufgelehnt hatte.

»Was soll's«, sagte sie schließlich. »Machen wir das Beste daraus.«

**

Valeria verbarg sich hinter einem Vorhang, als Lord Westwood das Foyer betrat. Sie hatte auf der Galerie gestanden und durch das Fenster beobachtet, wie er den Brief an den König an einen Boten übergeben hatte und sich schnell versteckt, als er sich wieder dem Herrenhaus näherte.

Es gab nichts mehr, was sie machen konnte. Der König würde erfahren, dass der Lord die Verbindung ablehnte, und was dann geschähe, lag im Ungewissen. Ändern hätte sie daran ohnehin nichts können. Sie hätte es ja versucht, doch der Lord hatte sich den ganzen Tag in seinem Arbeitszimmer verkrochen. Wahrscheinlich weil er die Konfrontation mit ihr fürchtete.

Er war nicht nur unhöflich und abweisend, feige war er auch noch. Zumindest aber brachte er den Mut auf sich gegen den Willen des Königs zu stellen.

Gerade betrat er die Vorhalle und Valeria konnte von hier oben beobachten, wie er die Tür hinter sich schloss und den Raum durchquerte.

Zum Teil hatte Belltaine schon Recht. Er sah nicht schlecht aus. Wäre sie ihm auf einem der zahlreichen Tanzbälle begegnet, die sie in ihrem Leben schon besucht hatte, hätte sie sich gewünscht, dass er sich in ihre Tanzkarte eintrug. Wer weiß, womöglich hätte sie ihn gar selbst bei der Damenwahl aufgefordert. Aber sicher war er selten, wenn überhaupt je, auf solchen Festivitäten anzutreffen. Er konnte wahrscheinlich nicht einmal tanzen und hätte ihr – in seinen Augen noch ein Kind – im Leben nicht die Aufwartung gemacht.

Sie schob sich weiter hinter den Vorhang. Zu ihrer Verwunderung kehrte der Lord nicht zurück in sein Arbeitszimmer, sondern nahm den Weg in die entgegengesetzte Richtung.

Von Neugier getrieben folgte Valeria ihm in sicherem Abstand. Schließlich war es so, dass sie womöglich den Rest ihres Lebens mit diesem Mann verbringen musste. Da hatte sie doch wohl das Recht zu erfahren, was er so trieb. Zumindest redete sie sich das ein.

Der Lord schien zu spüren, dass ihm jemand folgte. Immer wieder sah er sich um, gleich so, als wäre er gerade dabei etwas Verbotenes zu tun. An einer unscheinbaren Tür blieb er stehen. Noch einmal sah er sich um und schlüpfte dann hindurch.

Valeria biss sich auf die Lippen. Sie zögerte, dann huschte sie über den Gang und folgte ihm. So ein Benehmen an den Tag zu legen hätte sie sich bisher nie erlaubt, doch was hatte sie, nach seinem Benehmen seit ihrer Ankunft, noch zu verlieren?

Sie lugte durch das Schlüsselloch. Der Gang dahinter war düster, lang und leer, also öffnete sie die Tür. Sie war nur ein paar Schritte auf Zehenspitzen schleichend in den Gang hinein gelaufen, da hörte sie, dass der Lord wieder zurückkam. Hektisch sah sie sich um und entdeckte eine Tür, hinter der sie verschwinden konnte.

Durch den Türschlitz beobachtete sie, wie Lord Westwood den Weg zurück nahm, den er gekommen war. Direkt neben ihr hielt er einen Moment inne. Hatte er sie entdeckt? Womöglich ihr Atmen gehört? Sie hielt die Luft an.

Der Lord kniff die Augen zusammen und sie wusste plötzlich, woran sie seine Pupillen erinnerten. An die Augen einer Katze. Sie waren groß, wach und leuchtend wie der Vollmond in klarer Sternennacht. Wenn er doch nur nicht so arrogant und unhöflich wäre, dann hätte er durchaus eine gute Partie sein können.

Erst als sie seine Schritte nicht mehr hören konnte, verließ sie ihr Versteck und lief den Gang hinunter. Um die Ecke gebogen blieb sie wie angewurzelt stehen. Ungläubig sah sie sich um. Hinter ihr endete der Gang an einer Tür, doch gekommen war Westwood von rechts. Dort aber war nichts weiter als ein alter klappriger Schrank. Zögerlich griff sie nach den Türen und zog sie auf. Was sie dahinter entdeckte, war noch merkwürdiger als alles, mit dem sie hätte rechnen können.

Windlichter. Es mussten Dutzende sein, flackernd in kristallklaren Gläsern füllten die Kerzen jedes einzelne Regalbrett.

War Lord Westwood tatsächlich bloß hierher gekommen, um sie anzuzünden? Doch wozu das Ganze?

Es musste schwarze Magie sein. Anders konnte sie es sich nicht erklären. Es wunderte sie aber auch nicht. So wie der Lord sich benahm und angesichts des verfallenen Anwesens ... Ihr Herz schlug schneller, als sie an den König dachte, und sie musste sich fragen, warum er ihr das angetan hatte. Warum er sie nur hatte ansehen müssen und schon seine Entscheidung gefallen war sie mit Westwood zu vermählen statt mit einem der unzähligen Junggesellen in Waterport.

So ablehnend, wie Westwood ihr gegenüber war, schien er aber wohl ebenso unzufrieden mit der Entscheidung des Königs zu sein wie sie. Zu ihrem Glück.

Zögerlich hob sie die Hand, unsicher, ob sie es tatsächlich wagen sollte eine dieser Kerzen näher zu betrachten.

Aber was hatte sie schon zu verlieren? Sie griff beherzt zu und ließ das Glas sofort fallen. Es war so heiß, dass ihr die Finger brannten. Klirrend fiel es zu Boden und zerbarst.

Rauch stieg von der erlöschenden Kerze auf, mehr Rauch, als so eine einzelne kleine Kerze hätte auslösen sollen.

Valeria hustete und hielt sich die Hand vor den Mund, doch schon ergriff sie eine Müdigkeit, wie sie sie noch nie vorher gespürt hatte. Dunkelheit umfing sie und die Augen fielen ihr zu.

***

Jayden staunte nicht schlecht, als die Kutsche, die ihn und seine Mutter zu dem Anwesen der Familie Westwood brachte, durch das mächtige Eisentor fuhr. Das war es also, das Land, das ihr künftiges Zuhause werden sollte.

Alleine die Kutsche war schon so prachtvoll, wie man es sich nur erträumen konnte. Seine Mutter lächelte, als sie ihn so staunen sah.

Sie hatte lange nicht mehr gelächelt. Seit sein Vater gestorben war, grämte sie die Trauer und das stand ihr wahrlich nicht gut zu Gesicht. Sie war eine hübsche Frau. Ihr Alter von fast fünfunddreißig Jahren sah man ihr nicht an. Ihre Haut war hell, glatt und makellos. Ihr Gesicht schmal, ihre Nase zart und klein. Ihre Lippen leuchteten in solch einem roten Glanz, dass keine Farbe nötig war, um sie zu betonen. Und ihr Haar? Es war wie Gold.

Sie war die Schönste - die Schönste aller Frauen. Da war er sich ganz sicher. Nicht nur, weil sie seine Mutter war, sondern auch, weil das der Grund ihrer Reise war.

Sie hatte versucht es ihm zu erklären, aber verstehen konnte er es dennoch nicht. Sie würde ihn heiraten, diesen Mann, diesen Fremden, den sie zuletzt in ihrer Jugend gesehen hatte. Dabei hatte sie Jaydens Vater geliebt, auch wenn er nur ein Hufschmied gewesen war und sein Leben lang nie mehr als eben dieser Schmied geworden wäre.

Doch nun war er tot. Er war eines Tages in den Wald gegangen und nicht wieder heimgekehrt. Tage später erst hatte man seinen von Wölfen zerfetzten Körper gefunden. Jayden selbst hatte den Leichnam seines Vaters nicht gesehen und dennoch verfolgte ihn das Bild bis in seine Albträume.

Seine Mutter hatte ihm versprochen, dass ihre Liebe zu seinem Vater niemals verblassen würde, dass diese zweite Ehe nur dem Zweck diente ihr Überleben zu sichern.

Er fühlte sich dennoch nicht gut bei diesem Gedanken. Er war zwar erst zehn Jahre alt, doch er war jetzt das Oberhaupt ihrer Familie und musste sie beschützen.

Die Kutsche fuhr über den geschotterten Hof und hielt vor dem pompösen Haupteingang des Herrenhauses an. Ein Page öffnete die Tür der Karosse und bot Jaydens Mutter an ihr beim Aussteigen behilflich zu sein. Links und rechts vom Eingang standen weitere Bedienstete und verbeugten sich, als sei sie nicht die Frau eines Hufschmieds, sondern eine Königin.

Jaydens Mutter nahm ihn bei der Hand und gemeinsam betraten sie die Eingangshalle. Unsicher und doch voller Staunen sah er sich um. Alles hier glänzte in Gold und Silber. Reich verzierte Holzvertäfelungen schmückten die Wände, die Kronleuchter an der Decke waren so mächtig, dass sie Jayden beinahe Angst machten, und der Holzboden war so gründlich poliert, dass er sich darin spiegeln konnte. Eine Weile betrachtete er sich darin, bis er die Füße eines Mannes vor sich treten sah.

Da stand er. Der Mann, der um alles in der Welt Jaydens Mutter und sonst niemanden ehelichen wollte. Der Mann, der gut zwölf Jahre gewartet hatte, bis sein Wunsch nun endlich in Erfüllung ging.

Er war groß und kräftig gebaut, doch so stark, wie Jaydens Vater es gewesen war, sah er nicht aus. Er hatte kein Feuer in den Augen. Nein, er konnte ihm nicht das Wasser reichen.

Dennoch empfand Jayden Ehrfurcht vor diesem Mann, vor Lord Westwood, dem Herrn dieses Hauses. Er sah aus wie jemand, der wusste, was er wollte, wie jemand, der wusste, wie er sich dessen bemächtigen konnte, was er anstrebte.

Das Lächeln, das sich auf den Lippen des Mannes kräuselte, wirkte falsch und trügerisch. Er hatte noch kein Wort gesagt und bei dem Jungen trotzdem schon verspielt.

»Lord Westwood«, grüßte seine Mutter ihn und knickste auf elegante Weise.

Der Lord senkte sein Haupt, nahm ihre Hand und küsste sie. Wie gerne hätte Jayden dem Mann auf die Finger geschlagen.

»Miss Ackland, welch eine Freude, welch ein Anblick. Wenn denn möglich, seid Ihr noch schöner als an dem Tag, da ich Euch zuletzt sah.«

»Ihr lasst Scham in mir aufsteigen, mein Lord«, antwortete sie diplomatisch.

Jayden unterdrückte das Bedürfnis zu würgen und dem Mann vor die Füße zu rotzen. War es nicht schon unverschämt genug einer Frau drei Tage nach dem Tod ihres Mannes einen Antrag zu machen? Musste er dann auch noch so dreist sein sie so ungeniert zu bezirzen, während sie noch Schwarz trug? Und das vor den Augen ihres Sohnes, den er bislang nicht einmal eines Blickes gewürdigt hatte?

»Nun kommt, ich will Euch unsere Gemächer zeigen.«

Seine Mutter legte die Stirn in Falten.

»Unsere?«, fragte sie unsicher und lächelte verlegen. »Bedenkt, noch ist diese Ehe nicht rechtskräftig.«

Er grinste. »Das wird sie schon sehr bald sein, macht Euch da keine Gedanken.«

Er legte ihr die Hand um den Oberarm und packte kräftig zu.

Was erlaubte dieser Mann sich? Jayden riss den Mund auf, um Einspruch zu erheben, doch ehe er ein Wort sagen konnte, wurde er an seinen Schultern gepackt und jemand zog ihn weg.

»Was ist mit meinem Sohn?«, fragte seine Mutter unsicher.

»Seid unbesorgt, Lady Ackland, oder sollte ich Lady Westwood sagen?«, fragte der Lord breit grinsend und zog sie mit sich.

Sie versuchte sich aus seinem Griff zu lösen.

»Ackland ist hier absolut angebracht«, ermahnte sie ihn mit Nachdruck.

»Euer Sohn kommt hier gut unter. Ich habe es Euch versprochen, Ihr wisst, was ich Euch geschrieben habe.«

»Mutter?«, fragte Jayden verunsichert. Es war einer der Pagen, der ihn festhielt. Der Mann war zu stark, um von ihm loszukommen, und er wollte seiner Mutter auch keinen Ärger machen. Er hatte es ihr schließlich versprochen.

»Ja, das weiß ich sehr wohl und nun lasst mich los.«

Westwood tat, was sie von ihm wollte, und sie richtete sich ihr Kleid, bevor sie sich Jayden zuwandte.

»Mein Liebling, sei brav und tu, was man von dir verlangt«, bat sie ihn. »Ich werde mir derweil von deinem Stiefvater das Haus zeigen lassen, ja? Geh du mit dem netten Mann.«

Jayden knirschte mit den Zähnen. Er war ja nicht dumm. Sie tat jetzt so, als wäre alles gut, dabei war ihr Westwood genauso unsympathisch wie ihm. Dennoch nickte er und folgte dem Pagen.

***

Valeria fiel auf die Knie. Der Rauch hatte sich verzogen und es war ihr, als wäre bloß der Bruchteil einer Sekunde vergangen. Was war geschehen? War es eine Vision gewesen, die sie heimgesucht hatte? Ein Blick in die Vergangenheit? Sie war sich ganz sicher, der Junge aus ihrem Traum war Lord Westwood – der *heutige* Lord Westwood. War seiner Mutter dasselbe geschehen wie nun ihr? Und aus diesem armen Jungen war ein ebenso grausamer Herrscher geworden, wie der Mann es gewesen war, der an jenem Tag sein Stiefvater wurde? Was war in der Zwischenzeit geschehen? Sie war keinen Deut schlauer geworden.

Hektisch sammelte sie die Glasscherben auf und versteckte sie unter dem Schrank. Nicht auszudenken, würde man sie mit dem Beweis für ihr Eindringen in sein Geheimversteck erwischen. Zwar verstand sie nicht, warum Lord Westwood seine Erinnerungen hier wegsperrte, doch es konnte nichts Gutes bedeuten. Und wer wusste schon, ob Valeria nicht eines Tages ebenso weggesperrt werden würde wie die Erinnerung an seine Mutter.

Ende der Leseprobe

© privat

Jennifer Alice Jager begann ihre schriftstellerische Laufbahn 2014. Nach ihrem Schulabschluss unterrichtete sie Kunst an Volkshochschulen und gab später Privatunterricht in Japan. Heute ist sie wieder in ihrer Heimat, dem Saarland, und widmet sich dem Schreiben, Zeichnen und ihren Tieren. So findet man nicht selten ihren treuen Husky an ihrer Seite oder einen großen, schwarzen Kater auf ihren Schultern. Ihre Devise ist: mit Worten Bilder malen.

Tauch ein in romantische Geschichten.

Hol Dir BITTERSÜSSE STIMMUNG auf Deinen E-Reader!

E-Books von impress hier: Carlsen.de/impress

impress IST DAS DIGITALE LABEL DES CARLSEN VERLAGS FÜR GEFÜHLVOLLE UND MITREISSENDE GESCHICHTEN AUS DER GEHEIMNISVOLLEN WELT DER FANTASY.

Wahre Gegensätze finden immer zueinander

Carina Mueller
**Hope & Despair, Band 1:
Hoffnungsschatten**
288 Seiten
Softcover
ISBN 978-3-551-30060-7

Zum Dank für die heimliche Rettung eines schiffbrüchigen Ufos bekam die amerikanische Regierung einst zwölf übermenschliche Babys geschenkt. Sechs Mädchen und sechs Jungen – jeweils für die guten und schlechten Gefühle der Menschheit stehend. Dies ist genau siebzehn Jahre her. Während Hope und die anderen fünf Mädchen sich als Probas dem Guten im Menschen verpflichten, verhelfen die männlichen Improbas Kriminellen zu Geld und Macht. Bis zu dem Tag, an dem die Improbas ihre Gegenspielerinnen aufspüren und nur Hope entkommen kann. Mit ihrem Gegenpart Despair dicht auf den Fersen ...

www.impress-books.de

Ein wunderbar romantisch-rockiger Sommerroman

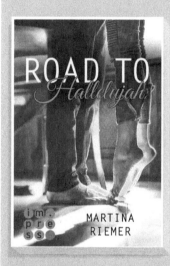

Martina Riemer
Road to Hallelujah
(Herzenswege 1)
304 Seiten
Softcover
ISBN 978-3-551-30056-0

Nach dem Tod ihrer Großmutter beschließt Sarah sich ihren großen Traum zu erfüllen: eine Reise nach New York mit nichts als ihrer Gitarre im Gepäck. Doch dann wird sie von ihrem besorgten Bruder dazu überredet, mit dem Aufreißer und Weltenbummler Johnny die Reise anzutreten. So hatte sich Sarah die Erfüllung ihres Traums nicht vorgestellt. Und Johnny sich seinen Amerika-Trip ganz sicher auch nicht. Zu allem Überfluss wird auch noch Sarahs geliebte Gitarre während des Flugs zerstört. Nur gut, dass Sarah nicht die Einzige mit einem Instrument im Gepäck ist …

www.impress-books.de

Entdecke die Welt hinter den Spiegeln

Ava Reed
Die Spiegel-Saga, Band 1:
Spiegelsplitter
Softcover
358 Seiten
ISBN 978-3-551-30044-7

Caitlin weiß nicht, was es bedeutet, sich in einem Spiegel zu sehen, denn sie erblickt nichts darin. Doch er zieht sie an, ruft sie zu sich, wo auch immer sie ist. Eines Tages steht sie dem geheimnisvollen Finn gegenüber, der eine Sehnsucht in ihr weckt, der sie nicht entkommen kann. Immer wieder begegnen sich die beiden, ohne zu wissen, was sie in Wirklichkeit verbindet. Bis Caitlins Erbe zu erwachen beginnt und sie erkennt, dass es mehr auf dieser Welt gibt, als sie ahnt …

www.impress-books.de